AF498357

Nataly von Eschstruth

Die Bären von Hohen-Esp

e-artnow 2018

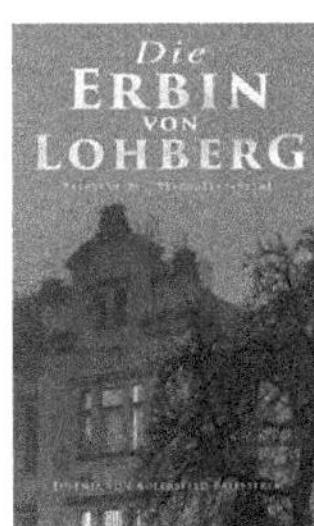

Eufemia von Adlersfeld-Ballestrem
Die Erbin von Lohberg (Detektiv Dr. Windmüller-Krimi)

Philipp Galen
Der Irre von St. James (Historischer Krimi): Detektivroman

Elisabeth Bürstenbinder
Um hohen Preis

Elisabeth Bürstenbinder
Die Alpenfee

Elisabeth Bürstenbinder
Ein Gottesurteil (Historischer Roman)

Nataly von Eschstruth

Die Bären von Hohen-Esp

e-artnow, 2018
ISBN 978-80-273-1627-4

Inhaltsverzeichnis

I

»Wenn ein Mädchen einen reichen Mann bekommt, ist es immer glücklich verheiratet«, hatte der alte Kammerherr von Wahnfried gesagt und dabei die weißbuschigen Augenbrauen noch grimmiger zusammengezogen als sonst. »Gundula kann Gott danken, daß der Bär von HohenEsp sie zum Weib begehrt! Ist wohl kein Nest so weich gepolstert wie das seine, und wenn man den Grafen ansieht, lacht selbst solch altem Kerl wie mir das Herz im Leibe, wieviel mehr meiner jungen Tochter.«

Die alte Dame, die dem Sprecher gegenübersaß, richtete sich noch straffer empor und legte die großen, kräftigen, schneeweißen und ungeschmückten Hände im Schoß zusammen.

Ihre klaren, durchdringend ernsten Augen hefteten sich ruhig auf die hünenhafte Gestalt des Bruders, der, auf seinen Krückstock gestützt, vor ihr stand und sie herausfordernd anblickte.

»Jung, schön und reich«, sagte sie langsam, »ja, das ist er, aber er ist noch mehr! Graf Friedrich Carl ist leichtsinnig. Er ist durch und durch Lebemann; die große Welt, in welcher er, der Frühverwaiste, so jung schon selbständig ward, droht sein Verderben zu werden.«

»So! Inwiefern, wenn man fragen darf?«

»Weil er sich ruiniert, weil er über seine Verhältnisse lebt.«

Der Kammerherr lachte hart auf.

»Ein HohenEsp sich ruinieren! Ein HohenEsp über seine Verhältnisse leben! Ahnst du, wie reich der Mann ist?«

»Man kann in einer einzigen Nacht Hunderttausende verspielen! Der Graf ist ein leidenschaftlicher Spieler. Möglicherweise hat er bis jetzt Glück am grünen Tisch gehabt; wenn das aber einmal aufhört, wird er sich und die Seinen rücksichtslos an den Bettelstab bringen!«

»Lächerlich! Verlangst du etwa, daß ich ihm einen Korb geben soll, lediglich, weil er mal in fideler Gesellschaft ein Spielchen macht?« Herr von Wahnfried nahm seine Promenade durch den Salon wieder auf, daß der Krückstock auf dem Parkett dröhnte. »Das wäre mir freilich das liebste, denn das ganze Lebensglück unseres Lieblings einem Spieler anvertrauen...«

»Blödsinn! Infamer Blödsinn! Du bist eifersüchtig, du willst das Mädel überhaupt nicht fortgeben...«

»Einem Mann, der mir eine glückselige, sorgenfreie Zukunft garantiert – sofort! Aber dem Grafen von HohenEsp? Nein! Wenn du mich fragst, sage ich tausendmal nein, denn ich weiß, daß sie einem namenlosen Elend entgegengeht!«

»Sieh mal an – namenloses Elend! Nette Zukunftsmusik! Haha! Na, und was sagt Gundula selbst dazu?«

Da seufzte die große resolute Frau zum erstenmal schwer auf, und über das ernste Gesicht zog es wie tiefe Schatten.

»Gundula ist verblendet«, sagte sie leise, »sie ist ebenso wie alle anderen von der Schönheit und Liebenswürdigkeit dieses glänzendsten aller Kavaliere eingenommen!«

»Gut! Warum also diesen schönen Wahn zerreißen?«

»Weil es nicht immer bei einer Flitterwochenliebe bleibt! Wenn sie ihr Unglück erst einsieht und begreifen lernt, ist es zu spät.«

»Hast du dich von all dem Unglück, welches dich im Leben getroffen hat, zu Boden schlagen lassen?«

»Nein, ebensowenig wie du; aber Gundula...«

»...ist unser Fleisch und Blut, ist eine Wahnfried reinster Rasse. Komm einmal her, sieh mal da hinab! Na, gäbe es wohl auf der ganzen Welt eine bessere Bärin von HohenEsp, die mit stolzen, wehrhaften Pranken um ihr Glück kämpfen wird?«

Tante Agathe hatte sich erhoben und war hinter den Bruder getreten; ihr Blick flog hinab in den großen Hof, in dessen Mitte sich ihren Augen ein Bild zeigte, wahrlich dazu angetan, ihr besorgtes Herz zu beruhigen.

Baronesse Gundula kehrte vom Reiten heim. Sie hatte ihrem kleinen Groom die Zügel zugeworfen und verabschiedete sich eben noch von dem Rittmeister von Hammer und dessen Gattin, welche sie begleitet hatten, als eine hohe Leiter, welche seitlich an dem Hausflügel lehnte, ins Wanken geriet und mit lautem Krach neben dem Pferd niederschmetterte.

Der Goldfuchs stieg kerzengerade empor und brach in jähem Schreck wild aus, das Hoftor zu erreichen; machtlos hing der Groom am Zügel und ließ sich schleifen, während er voll verzweifelter Angst nach dem Kutscher schrie.

Schon aber war Gundula dem erregten Tier entgegengeeilt. Mit kraftvoller Hand griff sie zu und drängte den schnaufenden Fuchs zurück. Ihre hohe, wundervolle Gestalt, von dem knappen Reitkleid eng umschlossen, schien aus Stahl und Eisen; energisch, sicher und doch bei aller Kraft voll schmiegsamer Grazie stand Gundula neben dem Durchgänger und zwang ihn zum Gehorsam. Leuchtend rot stieg das Blut in ihre Wangen, die großen, stahlgrauen Augen blitzten einen stummen Befehl, und das Pferd schäumte ins Gebiß und fügte sich gehorsam der Gebieterin.

»Bravo, mein gnädiges Fräulein!« applaudierte der Rittmeister, und Gundula lachte ihm heiter zu und rief ein paar siegesfrohe Worte.

Wie sie so dastand in dem hellen Sonnenlicht, zeigte es sich besonders auffallend, wie ähnlich sie in Gestalt und Wesen ihrem Vater und ihrer Tante Agathe war, von welchen die Welt sagte, daß sie energisch bis zur Starrköpfigkeit, klug und zielbewußt bis zur Rücksichtslosigkeit seien.

»Und *die* sollte nicht ihren Weg gehen und sich von ein paar Kartenblättern um Glück und Existenz bringen lassen?« Wieder lachte der Kammerherr sein dröhnend tiefes Lachen. »Unbesorgt, Agathe! Ich frage jetzt das Mädel; will sie ihn, so bekommt sie ihn!«

»Ein wildes Pferd zu bändigen, ist wohl leichter, als einen leichtsinnigen Menschen im Zügel zu behalten! Wenn ein Weib liebt, so ist es schwach und ohnmächtig – und Gundula wird ihren Gatten lieben! Sie wird auch an seiner Seite so selbstlos und uneigennützig sein, wie sie es jetzt ist, und das öffnet dem Bankrott Tür und Tor.«

Herr von Wahnfried starrte mit wunderlichem Lächeln gradaus. »Sie wird ihren Gatten lieben, ja. Aber nur so lange voll blinder Nachsicht, bis ein anderer kommt, den sie noch mehr liebt.«

Beinahe entsetzt blickte Agathe auf. »Wie soll ich das verstehen? Wen könnte sie je mehr lieben als den Mann ihrer Wahl?«

»Ihren Sohn!« antwortete der Kammerherr langsam, voll schweren Nachdrucks, und in seinen tiefliegenden Augen glomm es wieder so seltsam wie zuvor. »Eine Bärin ist das gutmütigste Geschöpf der Welt, welches sich geduldig den Pelz zausen läßt, solange sie nichts anderes hat als ihren Meister Petz. Wenn aber erst die junge Brut in der Höhle liegt, dann wird aus dem sanftmütigen Weibchen eine gar wilde, leidenschaftliche Mutter, welche die wehrhaften Pranken hebt und zerbeißt und zerreißt, was das sichere Nest ihrer Jungen gefährdet. Je nun! Auch Gundula wird eine Bärin von HohenEsp sein, und wenn sie zuvor nicht für sich selber kämpfte, für ihre Söhne tut sie es so wahr und sicher, wie es mein Blut ist, welches in ihren Adern kreist.«

*

Gundula von Wahnfried stand im Brautkleid und harrte ihres Verlobten, der sie in seiner glänzenden Equipage, mit dem elegantesten Viererzug, den die Residenz aufwies, zur Trauung abholen wollte.

Jungfer und Modistin hatten noch geschäftig an Schleppe, Kranz und Schleier geordnet, als Tante Agathe einen Blick auf die Uhr warf und den Diensteifrigen in ihrer kurzen, energischen Art bedeutete, das Zimmer zu verlassen.

Auch Gundula schien noch ein letztes Alleinsein mit ihrer geliebten Pflegemutter, die sie voll strenger, aber zärtlicher Sorge großgezogen hatte, zu ersehnen.

Sie legte ihre Arme um den Nacken der alternden Frau und blickte ihr mit leuchtenden Augen in das ernste Antlitz.

»Tante Agathe«, flüsterte sie, »ich weiß, daß du meine Verlobung mit Friedrich Carl nicht sehr gern zugegeben hast! Du liebe, treue Seele hast so schwarz gesehen und die kleine, harmlose Passion meines Herzliebsten zu einer wüsten Leidenschaft gestempelt, die uns nach deiner

Ansicht ruinieren muß! Hast du auch jetzt noch keine bessere Meinung von Friedrich Carl bekommen, wo er es doch auf meinen Wunsch über sich vermocht hat, während unserer ganzen Verlobungszeit keine Karte anzurühren?«

Fräulein von Wahnfried blickte mit wunderlichem Ausdruck in die verklärten Augen der reizenden Braut, welche so gar nicht stolz, stark und energisch, sondern weich, lieblich und hold erglühend wie das verliebteste und schwächste aller Weiber vor ihr stand.

Ein feines Zucken ging um ihren herb geschlossenen Mund.

»Ich sehe, daß du glücklich bist, mein Liebling«, sagte sie, ihre Lippen auf das wunderschöne Antlitz der Braut drückend, »und es sei fern von mir, dir diesen sonnigen Tag durch meine Angst vor dräuenden Wolken zu verdunkeln. Du hast Zeit gehabt, um zu überlegen, was du tust; ich hoffe, du wirst den Anforderungen, die das Leben an dich stellt, gewachsen sein.«

»Ich bin es, Tante! Ich fühle die hohe, heilige Kraft der Liebe in mir. Du fürchtest, Tante, daß ich einst Mangel an Geld und Gut leiden werde! Was frage ich danach? Wäre Friedrich Carl der ärmste aller Männer gewesen, ich würde ihn ebenso geliebt haben, ihm ebenso überglücklich meine Hand gereicht haben wie jetzt! Du weißt, daß ich niemals viel Sinn für Glanz, Pracht und Wohlleben gehabt habe. Dazu hast du mich zu ernst und solid erzogen, hast mich bessere und höhere Werte des Lebens kennen gelehrt. Doch ist es denn ein Unrecht, wenn Friedrich Carl sich seines Lebens freut, es gern in möglichst glänzendem Rahmen genießt? Gewiß nicht, das ist nur Geschmackssache; und da er die Mittel besitzt, um in der großen Welt zu leben und gewissermaßen auch die Verpflichtung hat, seinen Namen zu repräsentieren, so lasse ich es sehr dahingestellt, ob seine Geschmacksrichtung nicht viel natürlicher und richtiger ist als die meine.«

»So wirst du dich bekehren lassen?«

Gundula neigte das schöne Antlitz so tief, daß die duftigen Wogen des Brautschleiers darüber hinflossen.

»Das dürfte schwierig, aber nicht unmöglich sein. Ich werde mich gern dem Geschmack meines Mannes anpassen...«

»Auch wenn dich derselbe in Widerspruch zu deinen Pflichten setzt?«

Die junge Braut blickte erschrocken, beinahe verständnislos empor. »Wie könnte das möglich sein?«

»Wirst du blindlings *alles* gutheißen, was dein Gatte tut? Als Frau lernt man oft sehr viel schärfer und weitsichtiger urteilen wie als Mädchen!«

Das rosige Antlitz war jählings erbleicht, Gundula hob ihr Haupt und schaute der Sprecherin starr in die prüfenden Augen. Ein seltsam fremder Zug schlich sich plötzlich um die lächelnden Lippen, fest und energisch, ein Gemisch von Stolz und Unwillen.

»Wenn Friedrich Carl jemals unedel oder frevlerisch handelt – was Gott verhüten möge –, werde ich *nicht* derselben Meinung sein wie er, sondern so handeln, wie *ich* es für recht und gut erachte!«

Sie atmete schwer auf und senkte wieder, wie erschreckt über ihre eigenen Worte, das Köpfchen.

»Aber wie sollte das geschehen?«

Agathe preßte die Lippen zusammen und kämpfte sekundenlang einen schweren Kampf. Dann schüttelte sie seufzend den grauen Kopf und strich liebkosend über das blonde Haupt ihres Lieblings, um das sich die blühenden Myrten rankten.

»Nein, Kind, ich will dir deinen Glauben und dein Vertrauen nicht nehmen, ich will in dieser Stunde nicht mit Möglichkeiten rechnen, die vorläufig noch in Gottes Hand stehen. Nur eine Bitte möchte ich noch aussprechen, eine ernste, innige Bitte. Dein Vater hat am gestrigen Tag sein Testament gemacht und dich nach seinem Tod zur Erbin eingesetzt, er hat auch keinerlei Bedingungen mehr gestellt, obwohl er weiß, daß du mit deinem Gatten in Gütergemeinschaft leben wirst. Du selber, Gundula, bist in Geldangelegenheiten und Geschäftssachen leider Gottes unerfahren wie ein Kind, darum kann ich dir kaum klarmachen, welche Gefahr dieses Testament für deine Zukunft birgt! Um so berechtigter ist aber meine Bitte, welche du hoffentlich nicht abschlägst, auch wenn du dieselbe in diesem Augenblick noch nicht verstehst.«

»Sprich, Herzliebe!«

»Du weißt, daß dir Tante Margarete ihr ganzes Vermögen vermachte, allerdings mit der Klausel, daß ich, solang ich lebe, die Nutznießung des Kapitals habe.«

»Ja, Tantchen. So Gott will, wirst du dich noch viele lange Jahre dieser Renten freuen!«

Agathe überhörte diese Worte, sie blickte mit sorgenvoller Stirn geradeaus ins Leere und fuhr beinahe hastig fort: »Von diesem Erbe, das dir zusteht, weiß niemand etwas. Dein Vater hat es selbst mir gegenüber nie erwähnt, er wird auch ganz bestimmt bei Friedrich Carl nichts davon gesagt haben. Auf dieses Kapital bezieht sich meine Bitte, Herzensliebling. Gelobe es mir in dieser Stunde mit heiligem Eid, *nie* und *nimmer* deinem Gatten gegenüber von diesem Erbe zu sprechen. Gelobe es mir! Schwöre es mir, wenn dir die Ruhe meiner Seele wert ist! Sieh mich nicht so fragend, so erstaunt an! Ich kann und will dir nicht die Gründe sagen, die mich zu dieser Forderung bewegen. Ich beschwöre dich nur mit all der innigen Liebe, die ich dir seit langen Jahren gezeigt habe, ich flehe dich an als Stellvertreterin deiner teuren, verewigten Mutter: Schwöre mir, Gundula, nie und nimmer zu Friedrich Carl von diesem Geld zu sprechen!«

In den Augen der jungen Braut glänzten Tränen. Sie warf sich an die Brust der Sprecherin und schluchzte leise auf: »Obwohl ich nicht den Grund für diese seltsame Bitte einsehe, Herzenstante, will ich dir dennoch ewiges Schweigen geloben, dir zur Beruhigung!«

Unten auf der Straße klang ein jubelndes Hurra, brausende Hochrufe aus unzähligen Kinderkehlen ertönten.

Der Bräutigam nahte, die Braut zu holen. Ein Zittern banger Glückseligkeit rann wie erlösend durch die Glieder des jungen Mädchens. Im nächsten Augenblick ward die Tür stürmisch geöffnet, und voll jubelnden Entzückens, schön und strahlend wie ein junger Siegesgott, breitete der Graf von HohenEsp seine Arme nach der Geliebten aus.

Diese Augenblicke gehörten dem jungen Paar; Tante Agathe trat schweigend in den Erker und blickte auf die Straße hinab. Drunten drängte sich eine neugierig erregte Menge um die prunkende Galakutsche der Bären von HohenEsp.

Der Kammerherr war eingetreten. Er trug seine elegante Hofuniform, welche seiner markigen Gestalt so besonders kleidsam war. Trotz des Krückstocks ging er hoch und stolz aufgerichtet, und ein Ausdruck großer Genugtuung lag auf den strengen Zügen.

»Ich bin froh, daß ich diesen Tag noch erlebe«, hatte er am Morgen gesagt, »er gibt meinem Leben einen guten Abschluß.«

Jetzt streifte sein Blick aufleuchtend das junge Paar, ein schmunzelndes Nicken – und dann bot er seiner Schwester Agathe den Arm.

»Komm, du treue Pflegemutter, unser Wagen wartet.«

Die beiden Alten gingen, und Friedrich Carl legte den Arm noch inniger um die reizende Braut, die in der Residenz als gefeiertste Schönheit galt. Er blickte ihr tief in die ernsten blauen Augen, die ihm wie verklärt in Glückseligkeit entgegenstrahlten.

»Nun bist du mein, Gundula«, flüsterte er, und sein frisches, hübsches, so lebenslustig lachendes Antlitz färbte sich tiefer.

II

Der Graf von HohenEsp und seine junge, liebreizende Frau galten für das glücklichste Paar im Land. Nicht deshalb, weil Pracht und Glanz sie umgaben, weil Sorge und Kummer unbekannte Gäste in ihrem Haus waren, weil sie alles besaßen, was dem Herzen Freude und dem Leben Reiz verleiht, sondern weil sie einander aus heißer, inniger Liebe geheiratet hatten. Auf Gundulas Wunsch hatte das junge Paar die Flitterwochen auf Burg HohenEsp verlebt, und ein paar Damen und Herren der Gesellschaft, die, auf weiterer Fahrt durch das Land begriffen, für etliche Stunden in dem wunderlichen alten Strandschloß Rast gehalten hatten, konnten gar nicht genug erzählen, wie wahrhaft verklärt in unaussprechlicher Glückseligkeit die junge Gräfin dreingeblickt habe. Ihr sei die Stille und Einsamkeit dieses Aufenthalts sichtlich sehr sympathisch, während der lebenslustige Gatte wohl nur aus Galanterie und im Rausch des Honigmonats in diesem freiwilligen Exil aushalte.

Selbstredend werde das junge Paar den Winter in der Residenz verleben. Graf Friedrich Carl habe das heilig gelobt und sehr vergnügt dabei ausgesehen, auch Gundula habe sehr liebenswürdig gelächelt, aber doch heimlich geseufzt.

Währenddessen träumte das junge Paar eine zauberhafte Spätsommeridylle auf HohenEsp, der einsamen, uralten Burg, die sich auf bewaldeter Bergkuppe am Ufer der Ostsee erhebt und weithin über die blauwogende Unendlichkeit schaut. Sie gehört zu dem ältesten Grundbesitz der Familie, ein düsteres, altes Gemäuer, ein Krähenhorst, den die kokette Laune ehemaliger Bewohner gar eigenartig ausstaffiert hatte. Die Bärenburg gleicht in Wahrheit der Höhle eines Bären, denn die plumpen, massigen Mauern, der graue, stumpfe Turm sind im Inneren und Äußeren mit lauter Dingen ausgestattet, die an den Bären und seine wehrhaften Pranken erinnern.

Gundula war im ersten Augenblick erschrocken, als ihr die beiden riesenhaften Bären, die am Eingang des Burgtores Wache halten, aus grimmig offenen Rachen die Zähne entgegenfletschten, als ihr überall auf Schritt und Tritt in der ganzen Burg, wohin sie nur blickte, Bären in allen Größen und Arten entgegenschauten, als jedes Möbel oder jedes Gewebe ihr in Schnitzerei oder Muster das nämliche Motiv zeigten – Bären! Bären überall! Bald aber gefiel ihr diese absonderliche Eigenart, und je mehr sie sich in die Traditionen der Familie und den Gedanken hineinlebte, daß sie nun selber eine Bärin von HohenEsp geworden, eine jener seelen- und nervenstarken, stolzen, gewaltigen Frauen, welche seit vielen Jahrhunderten hier gehaust, wahrhafte Herrinnen der alten Zwingburg zu sein, da schlug ihr Herz hoch auf im stolzen Selbstbewußtsein, und beinahe zärtlich haftete ihr Blick auf den braunzottigen Gesellen, welche in dieser verzauberten alten Herrlichkeit die neue Gebieterin auf Schritt und Tritt begrüßten.

»Ich begreife eigentlich deinen Geschmack nicht, Herzlieb«, lachte Friedrich Carl, als sie eines Abends auf der Zinne des Turmes standen, um weit hinab über die Wipfel des Buchenwaldes auf das ferne, blaue Meer zu schauen, in das der glühende Sonnenball langsam, durch violette Dunstschleier tauchend, niedersank. »Ich begreife dich nicht, daß es dir hier in der entsetzlichsten aller vermoderten und verräucherten Bärenhöhlen so gut gefällt. So schön, wie HohenEsp seinerzeit als Sitz der Ersten unseres Geschlechts gewesen sein mag, so völlig überlebt hat sich sein mystischer Zauber in unserer heutigen Zeit voll Komfort, Eleganz und Leichtlebigkeit. Ich hatte im stillen eigentlich gehofft, Gundula, du würdest beim Anblick all der grausigen Untiere, die einen schier zudringlich hier auf Schritt und Tritt verfolgen, schleunigst Reißaus nehmen. Was zuviel ist, ist zuviel! Unsere Altvorderen sind mir mit diesem Bärenkultus schließlich langweilig geworden.«

Beinahe erschrocken sah die Gräfin den Sprecher an. »Langweilig? Und das sagst du, Friedrich Carl, der Nachkomme dieses herrlichen Geschlechts, für den jeder Zoll dieses Grund und Bodens heilig sein sollte? Sieh, ich trage erst seit wenigen Wochen den Namen HohenEsp – und doch ist es mir, als sei mein Herz und Sinn schon ganz und gar verwoben mit ihm. Ich kann nicht satt werden, durch Räume zu schreiten, wo ringsum die Andenken von Vätern und Ahnherren sprechen, wo alles davon zeugt, was sie einst waren und was wir Glückseligen jetzt sind, wo uns ihr Geist umweht und ihre Namen zu uns sprechen! O du lieber Mann, ich habe zuvor nie darüber nachgedacht, wie schön es wohl sein müsse, die Mutter eines Sohnes zu sein; hier aber, in der Burg deiner Väter, da überkommt es mich wie eine heiße, ehrfurchtsvolle Sehnsucht, wie eine jauchzende Begeisterung bei dem Gedanken, daß ich berufen sein möchte, diesem alten, trotzigen Bärengeschlecht einen Erben zu schenken, es fortzupflanzen in einem Sohn, der dereinst so edel, so ritterlich sein wird wie alle jene heldenhaften Männer, die ehemals in diesen Räumen gehaust, die ihren Wahlspruch in die grauen Quadersteine gemeißelt, ihn hoch auf ihr Banner geschrieben haben und in seinem Sinn lebten und starben.

>Christe Kyrie...
Zu Land und See,
Schirmherr der Not –

Das walt' Herre Gott!‹«

Mit entzücktem, staunendem Blick sah Graf HohenEsp auf die Sprecherin. Wuchs sie tatsächlich neben ihm empor, oder täuschte ihn sein Auge, daß er ihre schlanke Gestalt plötzlich so hoch und stolz neben sich sah? Und dieses schöne, begeisterte Angesicht, diese leuchtenden Augen... Gehörten sie wahrlich seiner ernsten, träumerisch stillen Gundula?

Fester schlang er den Arm um sie, heißer noch küßte er ihre Lippen.

»Schade, daß mein guter Vater dich nicht sprechen hören kann, du wärest wahrlich eine Schwiegertochter nach seinem Herzen! Ja, der alte Herr war in der Tat noch der alte Schirmvogt der Not und Schwachheit, wie ihn der alte Wappenspruch verlangt, er hat viel Gutes getan, und wenn auch nicht mit gewappnetem Arm gegen die Seeräuber hier von dem Bärenhorst aus, so doch als moderner Mann im Reichstag und von der Ministerkanzel aus; du weißt, wie man sein Andenken in Ehren hält. Ja, ein moderner Mann! HohenEsp bewohnte er selten, fast nie; es lag ihm zu abgelegen. Da hatte er sich Schloß Walsleben für den Sommeraufenthalt zurechtmachen lassen, auch ein von den Vätern ererbter ›heiliger‹ Boden, aber doch etwas behaglicher und komfortabler als hier die alte Bärenhöhle. Und siehst du, Herzlieb, diesem hübschen Besitz möchte ich mein wonniges Weib auch einmal zuführen. Wir waren nun drei Wochen hier, die Walslebener dürfen doch nicht eifersüchtig werden!«

Wie innig er sie an sein Herz drückte, wie schmeichelnd seine Stimme klang, wie unwiderstehlich der strahlende frohe und heitere Blick seiner Augen, die in letzter Zeit oftmals recht müde und gelangweilt in die Waldeinsamkeit hinausgeschaut hatten.

Ein Gefühl tiefer Wehmut beschlich Gundulas Herz, wenn sie ans Scheiden dachte, wie unaussprechlich glücklich war sie hier gewesen! Wie redete jedes Zimmer, jedes Plätzchen im Park von einer Zeit berauschend seliger junger Liebe! Nie und nimmer würde sie sich in HohenEsp langweilen, und müßte sie ihr ganzes Leben hier zubringen!

Aber was galten ihr die eigenen Wünsche, wenn Friedrich Carl andere Pläne hegte? Ein einziger Blick in sein lachendes Gesicht, ein Kuß von seinem Mund, und die Bärin war wieder die willenlose Taube, die mit demütigem Lächeln nickt. »So bring mich nach Walsleben, Liebster! Die Welt ist ja überall schön, wo du bist!«

»Gut, sagen wir vierzehn Tage noch nach Walsleben! Das genügt, daß du dein neues Heim, die Umgegend und Menschen kennenlernst, und dann... dann machen wir doch noch unsere Hochzeitsreise, Liebchen?«

»Hochzeitsreise? Ich glaubte, die machten wir schon jetzt!«

»Hierher nach HohenEsp?« Er lachte beinah übermütig. »Nein, meine kleine Schirmvogtin, diese Extratour war nur ein Beweis meines unbedingten Gehorsams! Du wünschtest, die Bärenburg kennenzulernen, und ich war Wachs in deinen Händchen, wie ich stets im Leben sein werde. Nun aber kommt die Belohnung für diesen Separatarrest, obwohl derselbe so süß und wonnig war, daß er seinen Lohn schon reichlich in sich selber trug! Aber wir Menschen sind nun mal unbescheiden und nimmersatte Kreaturen. Auf das schöne Exil in HohenEsp folgt ein noch schöneres in Walsleben, und wie man nach der süßen Speise noch Konfekt und Früchte verlangt, so lassen wir uns noch eine kleine Spritztour gen Nizza, San Remo, Monte Carlo usw. servieren.«

»Alles, was du willst! Die Zwingherrin ist ihrem Herzliebsten gegenüber Sklavin!«

In Walsleben fand Gundula alles, was wohl sonst jedes Frauenherz entzückt und hoch befriedigt hätte: gediegene Eleganz, Behaglichkeit und die Erfüllung eines jeden, selbst des anspruchsvollsten Wunsches. Es würde die junge Frau auch beglückt haben, wenn sie mehr Wert auf äußeren Glanz gelegt und Sinn für all die vielen hübschen Nichtigkeiten gehabt hätte, mit denen sich das moderne Wohlleben ausstattet und die einer Reihe von müßigen Tagen einen scheinbaren Inhalt verleihen.

Gundula hatte aber seit jeher wenig Passion für Geselligkeit und alles, was mit derselben zusammenhing. Die reinste Freude, die sie empfinden konnte, war die an einer schönen Natur mit all dem stillen Zauber und den unerforschlichen Wundern, die ihrem Schöpfer Preis und Ehre geben.

Das Walslebener Schloß mit seinem eleganten Leben und Treiben entsprach nicht ihrem Geschmack. Dennoch verriet nicht das kleinste Wort, nicht der leiseste Seufzer, wie ungern sie hier weilte. Sie sah es ja dem glücklichen Gesicht ihres Mannes an, daß er sich außerordentlich wohlfühlte, und was hätte der selbstlosen und anspruchslosen Seele Gundulas mehr Befriedigung geben können, als den Geliebten froh und zufrieden zu sehen?

Man fuhr schon am zweiten Tag, als die junge Herrin kaum den eigenen fürstlichen Besitz in Augenschein genommen hatte, in die Nachbarschaft, um Besuche abzustatten. Da man nur so kurzbemessene Zeit in Walsleben weilte, drängten sich die Einladungen; man besuchte Feste und sah wiederum Gäste bei sich, und Gundula empfand es bei all ihrem Widerwillen gegen eine derartige Vergnügungshetze doch mit unendlicher Wonne, daß Friedrich Carl eine stolze Genugtuung darin fand, der Welt sein junges Weib zu zeigen, daß er sich beneidenswert und glücklich in ihrem Besitz fühlte. Zwischen all dem Trubel fanden sich doch noch schöne, stille Stunden, in denen der Geliebte ihr allein gehörte, in denen er sich ihr voll zärtlicher Ritterlichkeit auch ausschließlich widmete. Dafür dankte sie ihm durch eine stets liebenswürdige Bereitwilligkeit, ihm hinaus in das laute, bunte Leben zu folgen, und als die für Walsleben festgesetzte Zeit abgelaufen war und der junge Graf voll ungeduldiger Sehnsucht nach neuen Zerstreuungen verlangte, da gab sie gern Befehl, die Koffer zu packen.

Welch ein ruheloses Hin und Her, Kreuz und Quer durch die Welt! Dann kam Monte Carlo!

Anfänglich hatte Gundula gar nicht geahnt, welch ein Höllenabgrund in diesem Paradies gähnte. Sie sah voll naiver Verständnislosigkeit dem Spiel zu, bis es ihr allmählich klarwurde, was dasselbe eigentlich bedeuten wollte. Da erschrak sie zum erstenmal bis in das tiefste Herz hinein. Sie stand hinter ihrem Gatten und sah, wie die Glut fieberischer Erregung immer dunkler und heißer in sein schönes Antlitz stieg, wie die Banknoten in seiner Brieftasche mehr und mehr zusammenschmolzen.

»Herzlieber«, flüsterte sie in sein Ohr, »laß uns gehen! Ich sterbe vor Müdigkeit.«

Er sprang sofort auf, raffte noch ein paar Goldstücke zusammen und bot ihr den Arm.

»Vergib mir, Darling! Es ist in der Tat sehr spät geworden. Aber im Eifer des Spiels…ich habe gar nicht daran gedacht, daß du in letzter Zeit immer so spät ins Bett gekommen bist.«

Am folgenden Tag verspielte er noch eine weit größere Summe.

»Ich muß an meinen Bankier telegrafieren«, sagte er, »unser Reisegeld ist auch schon futsch!«

Da faßte sie flehend seine Hände, und ihre blauen Augen schauten voll Angst in sein schönes, sorgloses Antlitz.

»Friedrich Carl«, flüsterte sie, »ach, laß uns fort von hier!«

Er lachte hell auf und küßte sie. »Ich glaube, du hast Angst, daß ich uns hier bankrottspiele«, scherzte er. »Unbesorgt, du liebes Närrchen! Die paar tausend Franken reißen noch kein Loch in unseren Geldbeutel, und einmal muß ich doch auch wieder gewinnen!«

Er gewann aber nicht, sondern verlor auch in den nächsten Tagen unaufhörlich. Die namhafte Summe, die ihm sein Bankier angewiesen hatte, schmolz dahin wie der Schnee im Sonnenschein. Der junge Graf lachte noch immer, aber es war ein etwas gewaltsames und nervöses Lachen.

»Friedrich Carl, laß uns fort von hier«, flehte Gundula abermals, und diesmal rollten ein paar große Tränen über ihre Wangen und netzten seine Hand. Er zuckte zusammen.

»Wenn du befiehlst, sofort, mein Liebling! O du glaubst doch nicht etwa, der Spielteufel habe mehr Gewalt über mich als dieser süße Engel, den ich mir selbst zum Wächter meines Glückes gesetzt habe?«

Er schellte seinem Kammerdiener und teilte ihm mit, daß mit dem Kurierzug am nächsten Vormittag weitergereist werden soll. So unbeschreiblich glücklich wie in dieser Stunde war Gundula nie wieder.

*

Die nächstfolgenden Jahre verlebte das junge Paar in Saus und Braus in der heimatlichen Residenz. Graf HohenEsp machte ein glänzendes Haus, und da er nie im Leben gefragt hatte: »Kann ich mir dies oder jenes gestatten«, so fragte er auch jetzt nicht danach, sondern war sehr erstaunt, als ihm sein Administrator eines Tages eröffnete, er sei nicht in der Lage, noch mehr Gelder zu zahlen, da die zuständigen Revenuen bereits an die Adresse des Herrn Grafen abgeführt seien.

»Was? Ei zum Teufel! Wir haben ja das neue Quartal kaum angefangen!«

»Herr Graf vergessen, daß das Kapital sehr abgenommen hat; die Summen, die nach Monte Carlo geschickt wurden, die Ehrenschuld, die an Herrn von X., und diejenige, welche nach Wiesbaden abgesandt wurde ...«

»Donnerwetter! Ist das so ins Geld gelaufen?« wunderte sich der junge Mann sehr gelassen. »Das ist ja fatal. Aber ich muß doch momentan was haben! Vom nächsten Quartal an können wir ja manches sparsamer einrichten. Aber gerade jetzt muß ich so mancherlei berappen. Was fangen wir da an?«

Der Beamte zuckte etwas besorgt die Schultern.

»Können Sie keinen Wald schlagen lassen?«

»Da ist in den letzten Jahren schon so viel rasiert worden, Herr Graf, daß da nichts mehr weg darf! Höchstens die Buchenwaldung um HohenEsp herum. Da sind starke Stämme, die würden einen guten Ertrag geben.«

Friedrich Carl grub die schlanke Hand in sein lockiges Haar. »Meine Frau hat eine Leidenschaft für das alte Bärennest und den schönen Hochwald. Sie will jeden Sommer ein paar Wochen da zubringen. Also ganz herunter darf das Holz nicht!«

Ein Jahr verging, und im Haus des Grafen von HohenEsp klangen nach wie vor die Flöten und Geigen, klimperten fernab im Zimmer des Hausherrn die Goldstücke auf dem Spieltisch. Friedrich Carl amüsierte sich, reiste, rauchte, spielte und war nach wie vor ein aufmerksamer und ritterlicher Gatte, wenngleich die immer blasser werdenden Wangen und der müde, resignierte Ausdruck im Gesicht seiner Frau immer deutlicher hervortraten.

Gundulas Vater war sehr unerwartet an einem Herzschlag gestorben, und während des Trauerjahres, in dem man doch nicht gut die Saison mitmachen konnte, unternahm Graf HohenEsp in Begleitung seiner Gemahlin eine Reise um die Welt.

»Du hast ja jetzt ein recht nettes Kapital geerbt, Liebchen«, sagte Friedrich Carl in seiner leichten, fröhlichen Art, »da könntest du mir eigentlich einen Gefallen tun. Es ist momentan schwer für mich, Geld flüssig zu machen; du weißt, daß das bei Grundbesitz immer seinen Haken hat. Darum wäre es mir sehr lieb, du rücktest ein bißchen von deinem Mammon heraus, um die Reisekosten zu decken. Ja? Willst du? Wärest auch die beste Frau der Welt!«

Er küßte ihre Wangen und Hände, und sie lächelte ihr stilles, müdes Lächeln, schmiegte sich an ihn und nickte. »Nimm, soviel du willst! Was soll ich mit dem Geld?« Und er nahm Geld, soviel er wollte, denn die Reisekosten waren nicht gering.

Ach, wie hatte Gundula gehofft, daß sie das Trauerjahr still und behaglich in der schönen Einsamkeit von HohenEsp verleben würden, endlich, endlich einmal wieder glücklich zu sein wie zu Anbeginn ihrer Ehe. Statt dessen hub wieder ein ruheloses Wandern an, ein stetes Zusammenleben mit fremden Menschen, deren Mittelpunkt der schöne, liebenswürdige Graf ja ständig war! Reiche Engländer und Amerikaner schlugen ein Spielchen vor; und um die Langeweile der endlosen Seefahrten zu lindern, spielte Friedrich Carl; manchmal mit Glück, meist mit recht erheblichen Verlusten. Und als man nach Jahr und Tag heimkam, teilte er seiner blassen Frau so en passant einmal mit, daß die Reiserei doch infam teuer gewesen sei und ein Heidengeld verschlungen habe. Das ererbte Kapital sei beinahe draufgegangen. Na, allzuviel war es ja nicht! Und da keine Kinder da sind, für die man zu sorgen hat, ist es ja gleichgültig, wo es bleibt! Gundula hatte ohne ein Wort still vor sich hingenickt.

Nein, es waren keine Kinder da, für die man hätte sparen und sorgen müssen. Was ihr Mann achselzuckend und mit lachendem Mund als eine ja wohl fatale, aber doch nicht zu ändernde Tatsache aussprach, das fraß ihr seit Jahren schon wie nagendes Todesweh am Herzen, das lastete auf ihr wie ein grausames Schicksal, wie eine Bürde, unter der sie freud-und trostlos daherschlich.

Ein Sohn! Ach, daß sie einen Sohn hätte! Wenn sie zurückdenkt an jene ersten traumseligen Wochen in HohenEsp, mit welch einer stolzen Glückseligkeit sie zu den gedunkelten Bildern an der Wand emporgeschaut und ihnen zugeflüstert hatte:, »Einen Sohn will ich euch einst zuführen, einen jungen Bären, furchtlos, brav und rechtschaffen, ein Schirmvogt der Schwachen, ein Retter der Gefährdeten, ein Edelmann in Tat und Wort, so wie ihr es gewesen seid!«

Wie glühte ihr damals das Herz in der Brust voll stolzer Begeisterung, wie träumte sie mit offenen Augen einen herrlichen, goldenen Traum! Weh ihr! Es ist nur ein Traum gewesen und geblieben! Kein Kind im Haus! Nur ein graues Gespenst schleicht darin herum, das klimpert mit Goldstücken und schlägt klatschend die Karten auf!

III.

Die Zeit verging, für Gundula schleichend, mit bleiernen Flügeln, für ihren Gatten in wirbelndem Tanz.

Da es der Gräfin in das Herz schnitt, unter so gänzlich veränderten Verhältnissen auf HohenEsp zu weilen, so hatte sie eigentlich darauf verzichten wollen, in diesem Jahr zu kurzem Sommeraufenthalt nach dort zu reisen, da trat jählings ein Ereignis ein, das das bleiche Antlitz der müden jungen Frau in Sonnenhelle tauchte.

Anfänglich wagte sie es kaum, an ihr verspätetes Glück zu glauben, ihr Herz zitterte in bangen Zweifeln, ihre Seele jauchzte in Hoffnung, und auf ihren Wangen blühten wieder Rosen auf, ihre Lippen lächelten wie im Traum. Friedrich Carl beobachtete überrascht und erfreut die sichtliche Veränderung seiner sonst so resignierten Frau, und als er sich eines Tages sogleich nach dem Dinner mit scherzenden Worten und einer kleinen Galanterie über ihre leuchtenden Augen und blühenden Wangen zurückziehen wollte, da hielt sie sanft seine Hände fest, führte ihn nach ihrem dämmrig stillen Salon und warf sich voll bebender Erregung an seine Brust.

»Das alles siehst du und bemerkst du, Geliebter, und fragst doch nicht nach der Ursache, die mich neu aufleben läßt in übergroßer Seligkeit?«

Überrascht schaute er sie an, nahm an ihrer Seite auf dem Diwan Platz und murmelte betroffen: »Ich verstehe dich nicht, Gundula… Hast du etwa das große Los gewonnen?«

Sie lachte unter Tränen. »Nur das große Los? Ach, was bedeutet alles Geld und Gut der Welt gegen unser Glück!«

Seine Hand zuckte unruhig auf ihrem schönen Haupt. »Sprich, Liebling… Foltere mich nicht!«

Da schmiegte sie sich fest, ganz fest in seinen Arm und flüsterte ihm ein paar Worte ins Ohr.

»Gundula«, schrie er beinahe auf, »Gundula, ist das Wahrheit? Uns sollte ein Erbe geboren werden. Ich sollte noch ein Kind auf den Armen wiegen?«

Er sprang empor, er stürmte im Zimmer auf und nieder, und dann bedeckte er ihre Hände, ihr verklärtes Gesicht mit Küssen.

»Ja, das ist ein unerwartetes Glück, Gundula«, jubelte er, »nun ist ja dein heißester und sehnlichster Wunsch erfüllt!«

»Und der deine nicht auch?«

Wie ein Erbleichen ging es über sein erhitztes Gesicht, er sah sie nicht an, sondern preßte die Wange gegen ihre Hand.

»Wie kannst du da fragen, Liebste? Als ob es mir gleichgültig sei, ob die HohenEsps aussterben oder nicht! Neun Jahre lang hatte ich mich freilich an diesen Gedanken gewöhnt. Ich rechnete mit jeder Möglichkeit, nur nicht mehr mit der, einen Erben zu bekommen.«

»Und wenn es eine Bärin ist?«

»Um so kostbareren Schatz hat die Burg zu hüten«, lächelte er galant, und dann küßte er die Lippen seiner Frau und zog die Klingel, um dem Diener zu sagen, daß er heute abend zu Hause bliebe, es solle ein Bote nach dem Klub gesandt werden mit der Meldung, daß der Herr Graf heute verhindert sei, zu kommen.

Gundula aber faltete die bebenden Hände und schloß lächelnd die Augen. Kam es noch einmal zurück, das Glück, das große, märchenhafte Glück von ehemals?

Als sich der Gräfin lächelndes Antlitz zum Schlaf in die Kissen geneigt hatte, wanderte Friedrich Carl ruhe- und rastlos in seinem Zimmer auf und nieder. Er hatte einen Brief per Eilboten abgesandt, einen Brief, der den Administrator anwies, sofort dem Abholzen der HohenEsper Waldungen Einhalt zu tun. Er hatte sich in sehr mißlicher Lage befunden und nach kurzem Kampf den Befehl gegeben, die herrlichen Buchenwaldungen um die Burg herum schlagen zu lassen; hatte doch Gundula geäußert, daß sie keinen Aufenthalt wieder in HohenEsp nehmen wolle. Sie schämte sich vor all den Ahnherren im Saal, daß sie ihnen noch immer keinen Stammhalter zuführen könne. Das war nun anders geworden. Jetzt, nach neunjähriger Ehe! Wer hätte das gedacht? Nun war Gundulas Liebe für den alten Ahnensitz neu entflammt, und auf keinen

Fall durfte sie die Verwüstungen in ihren geliebten Wäldern erblicken. Das war ein recht fataler Zwischenfall! Was sollte er nun beginnen? Seine Lage war von Jahr zu Jahr schlechter geworden, ach, Gundula ahnte es nicht, wie schlecht! Er mußte absolut eine bedeutende Summe flüssig machen, um eine Spielschuld zu bezahlen. Infam! Er hatte während der letzten Zeit so viel Pech gehabt, und wenn er einmal gewann, so rannen die Dukaten wie die Wassertropfen durch die Finger. Es ist seltsam, daß in Spielgewinnen so gar kein Segen steckt.

Walsleben, Mönchhagen und Gottern sind bereits derart belastet, daß er mit diesen Gütern kaum noch rechnen kann, und das Kapital ist lang verbraucht, ebenso das Erbe seiner Frau.

Friedrich Carl stöhnt leise, schlägt die Hände vors Antlitz und sinkt in einen Sessel nieder.

Wie sich Gundula auf das Kind freut! Ihr Antlitz ist wie verklärt, ihr ganzes Wesen atmet jauchzende Glückseligkeit. Kann auch er sich auf einen Erben freuen? Im ersten Rausch der Überraschung tat auch er es, gewiß. Welch eines Mannes Herz schwellt nicht Stolz und Genugtuung, wenn er Vater werden soll! Ja, er freute sich wie ein Trunkener, ohne jede Überlegung, die rührende Ergriffenheit seiner guten Frau steckte auch ihn an. Aber jetzt, in der stillen, einsamen Nacht, bei nüchterner Überlegung, da schleicht sich in dieses Glücksgefühl eine beklemmende Angst, die sorgende Frage, was aus dem Kind werden soll. Wie willst du es ernähren, von was einst standesgemäß unterhalten, was antworten, wenn einst der Sohn den Vater fragt: »Wo blieb das Erbe meiner Väter?« Welch ein bitterer, qualvoller Vorwurf! Graf Friedrich Carl will ihn nie hören, nie! Er will, er muß es wieder einbringen, was er vergeudet hat!

Aber wie?

Je nun, das Glück kann ihm nicht immer den Rücken kehren, einmal muß er doch wieder mit Erfolg spielen, und dann wird er jeden Gewinn anlegen und sein Vermögen ersetzen.

Und er spart und legt an … Und dann schlägt das Glück einmal wieder um, und er muß alles wieder von der Bank abholen, um die Spielschulden abzutragen. Es ist ein qualvoller Kampf, ein Auf und Nieder, ein Wasserschöpfen mit dem Sieb.

Aber Graf Friedrich Carl kämpft voll zäher Beharrlichkeit, er denkt an seinen Sohn. Und er sorgt und müht sich immer leidenschaftlicher und nervöser, je mehr er es beobachtet, wie in Gundulas Wesen eine wunderbare und auffällige Veränderung vor sich geht. Wie in langem Staunen haftet sein Blick oft verstohlen auf der Gräfin.

Ist dies dieselbe resignierte, müde, sanfte und gleichgültige Frau von ehedem, die auf all seine Wünsche nur ein selbstloses »Wie du willst!« hatte, welche mit gesenktem Haupt einherschritt, interesselos und so matt und scheu wie eine weiße Taube, der ein Sturm die Schwingen brach? Ist dies dieselbe Gundula, die zu ihrem eigenen Schatten geworden war? Jetzt ist es, als ob ein Steinbild endlich zum Leben erwacht sei.

Tante Agathe kam zum ersten Male zu kurzem Besuch und weinte Tränen der Freude über das Glück ihres Lieblings. Als sie Gundula so gänzlich verändert schalten und walten sieht, nickt sie leise vor sich hin. Wie ein Echo ziehen die Worte ihres verstorbenen Bruders durch ihren Sinn: »Wenn aber erst die junge Brut in der Höhle liegt, dann wird aus dem sanften indolenten Weibchen eine gar trotzige, wehrhafte Bärin!« Ja, wahrlich! Auch Gundula wird eine solche Bärin sein!

Auf dringenden Wunsch der Gräfin siedelte die Haushaltung nach HohenEsp über und verblieb den ganzen Sommer da, denn wie Gräfin Gundula scherzend sagte, sollte der junge Bär in seiner angestammten Höhle geboren werden. Graf Friedrich Carl leistete seiner Gemahlin tagelang Gesellschaft, dann trieb es ihn wieder voll rastloser Ungeduld in die Residenz zurück; er kam und ging, er schweifte ruhelos zwischen dort und hier, und dabei ward er immer nervöser, immer blasser und elender und sah schließlich so ernstlich krank aus, daß es Gundula auffiel und sie besorgt nach der Ursache fragte. Er lachte und versuchte voll unsicherer Heiterkeit zu scherzen. »Ich werde noch die Ankunft des neuen Herrn und Gebieters abwarten und alsdann ein paar Wochen in ein Bad reisen; der Doktor meint, es sei eine verschleppte Erkältung, dafür ist Luftwechsel gut!«

Früher hatte die Gräfin nie an einem Wort ihres Mannes gezweifelt, jetzt plötzlich hatte ihr Auge etwas so seltsam Forschendes und Durchdringendes, daß Friedrich Carl ihrem Blick auswich.

*

Die Wochen vergingen. Auf der Burg HohenEsp wurde ein Sohn geboren. Ein Sohn! Wie ein zitternder Jubelschrei rang es sich von den Lippen der jungen Mutter. Nun lag der heißersehnte kleine Bär in ihrem Arm, und die alten Bilder von der Wand schauten mit wundersam lebendigem Blick auf sie nieder und lächelten ihr zu.

Welch ein Jubel und Glück im ganzen Haus! Nur der Vater des jungen Erben hält seinen Sohn mit zitternden Händen, und die Fieberglut auf seiner Stirn wechselt mit fahler Blässe. Sind es Tränen, oder ist es perlender Schweiß, was langsam über seine fahlen Wangen rinnt? Alles schläft in der Burg mit lächelnden Lippen und wohligem Behagen, nur Graf Friedrich Carl wandelt ruhelos, selber einem Gespenst gleich, durch die weiten, hallenden Räume. Er findet keinen Schlaf.

Vor ihm schweben zwei große blaue Kinderaugen, die schauen ihn ernst und vorwurfsvoll an, als ob sie ihn richten wollten, und ein kleiner Mund fragt wieder und immer wieder: »Wo blieb das Erbe meiner Väter, welches sie dir zu Lehen hinterließen, auf daß du es für deinen Sohn treu und rechtschaffen verwalten solltest?«

O furchtbare Antwort, die er einst seinem Kind geben muß! Wie Folterqualen peinigt sie schon jetzt sein Herz. Er erträgt diese Qual bitterster Selbstanklage nicht. Er *muß* wieder gewinnen, was er vergeudete, er muß den drohenden Ruin abwenden, er *muß* es, wenn er noch den Mut haben soll, Weib und Kind in die Augen zu schauen. Seine Hände wühlen aufgeregt in den Papieren auf dem Schreibtisch. Der Administrator hat ihm die Abrechnungen geschickt, es gibt gar nichts mehr abzurechnen, die Gläubiger drängen, und die Termine laufen ab. Was tun?

Die Herren, mit denen er den Winter über spielte, die ihm außerordentliche Summen abgenommen hatten und durch sein Vermögen reich geworden waren, haben sich zurückgezogen. Sie leben auf Reisen, sie haben sich auf ihre Besitzungen begeben. Es bleibt keine andere Möglichkeit, keine andere Hoffnung als Monte Carlo. Er will noch das Letzte zusammenraffen, was er besitzt, und will va banque sagen! Nur warten muß er, bis sein Weib genesen ist, bis sie … jede Nachricht aus dem Höllenpfuhl jenes Spielernestes ertragen kann.

Er hat seinen Sohn zum Bettler gemacht, aber alles kann und darf er ihm nicht nehmen, die Mutter muß er ihm lassen! Also warten, warten. O welch martervolle Wochen werden das sein! Wenn es ein Fegfeuer gibt, so wird er es in diesen Wochen kennenlernen! Er saß mit hämmernden Pulsen und eiskalten Händen an Gundulas Lager, er sah in ihr Antlitz, das alle Himmelswonnen junger Mutterschaft widerspiegelte, er hörte mit krampfhaftem Lächeln all die seligen Zukunftspläne an, die sie für des Kindes und ihr eigenes Geschick schmiedete. Ja, sie wollten glücklich sein!

Aber leichtsinnig und gewissenlos hat er all das morgenschöne Glück zertrümmert.

Der Tag kommt, an dem der junge Bär von HohenEsp getauft werden soll.

Auf Friedrich Carls Wunsch und zum beispiellosen Entzücken der Gräfin hat man von jeder Festlichkeit Abstand genommen. Im allerkleinsten Kreis, nur von den Eltern, Tante Agathe und dem jungen Pastor aus dem nächsten Dorf, bei dem HohenEsp eingepfarrt ist, wird das Kind über die heilige Taufe gehalten.

Wie schön sieht Gundula aus!

Guntram Krafft hat man den Knaben getauft, und der Prediger hat über ihm die Hände gefaltet und gebetet, daß dieses Kind dereinst in Wahrheit ein Schirmherr und Schutzvogt für alle sein möge, die unter seine starke Hand gestellt sind.

Nie hatte Gundula geglaubt, daß ihr so sehr lebensfroher, oberflächlicher Gatte von einer heiligen Handlung derart ergriffen sein könne.

Auch der Prediger schaute voll warmherziger Teilnahme auf den Grafen, der kaum imstande war, seine Erregung zu meistern. Und wie bleich, wie leidend, wie nervös er aussah! Kaum, daß er den Knaben halten konnte, so bebten ihm die Hände.

»Du bist krank, Friedrich Carl«, flüsterte ihm Gundula besorgt zu, als sie sich an seine Brust lehnte, »jetzt sehe ich erst, wie schlecht du aussiehst! Fühlst du Schmerzen? Hustest du etwa?«

Er zwang sich zu einem Lachen und scherzte. »Die Geburt eines Sohnes ist ja für den Vater jedesmal sehr angreifend, doch geht es mir, den Umständen nach, immer noch sehr gut. Eine kleine Luftveränderung wird alles wieder gutmachen!«

»Oh, so reise bald! Du siehst, dem Kind und mir geht es so ausgezeichnet, daß du nun um unsertwillen nicht mehr zu zögern brauchst!«

»Ich dachte, übermorgen nach San Remo zu fahren.«

»Und wie lange bleibst du?«

»Das steht bei Gott! Halt mir den Daumen, mein braves Weib, daß ich bald frisch genug sein werde, um heimkehren zu können! Ach, Gundula, du glaubst nicht, wie gern ich wieder bei euch sein möchte!«

Er reiste, und Gundula stand droben auf dem Söller des Turmes und blickte dem entschwindenden Wagen nach.

Zum Abschiednehmen just das rechte Wetter, zog es voll wehmütiger Sehnsucht durch den Sinn der Gräfin, als sie hinaus in die herbstlich stille Gegend blickte, über der ein kühler Seewind brauste und die dunklen Schatten eilenden Gewölks strichen. Regentropfen fielen kalt und schwer hernieder, und Gundula erschauerte. Ein nie gekanntes Gefühl unbeschreiblicher Trauer überkam Gundula, es war ihr plötzlich zu Sinn, als könne es nie wieder licht und hell auf dieser Welt werden, als sei die Sonne für ewige Zeiten für sie untergegangen. Wie in jäher Angst streckte sie die Arme nach der Richtung aus, in welcher der Wagen verschwunden war.

IV.

Acht Tage waren vergangen. Aus San Remo hatte ein Brief die glückliche Ankunft des Grafen gemeldet. Gundula hatte die Zeilen verschiedentlich durchgelesen und jedesmal das Empfinden gehabt, daß dieselben sehr wirr und unklar waren. So schrieb wohl ein Fieberkranker.

Besorgt gab sie Tante Agathe den Brief zu lesen. Diese saß lange und blickte schweigend auf das Schriftstück nieder. Bedächtig nickte sie vor sich hin, und ihr gutes altes Gesicht trug einen wundersamen Ausdruck.

»Ich glaube nicht, daß er krank ist, wenigstens nicht körperlich krank.«

»Was glaubst du, was ihm fehlt?« forschte die Gräfin.

»Geld!« antwortete die alte Dame lakonisch.

Gundula lachte leise, wie von jäher Angst erlöst.

»Nun, solch ein Manko ließe sich am ersten verschmerzen.«

»Du glaubst?«

Die junge Mutter blickte heiter in das bekümmerte Gesicht der Sprecherin.

»Ja, Tantchen! Du weißt, daß ich das kostspielige Leben in der großen Welt nie geliebt habe. Wenn Friedrich Carl die Mittel fehlen, seine Unkosten zu bestreiten, ist er gezwungen, mit uns in dieser Einsamkeit zu bleiben. Wir werden endlich für uns leben und glücklich sein.«

»Ahnst du, daß die Verhältnisse deines Mannes sehr derangiert sind?«

Gundula zuckte gleichgültig die Schultern. »Das müßte ich mir eigentlich an den fünf Fingern abzählen können. Nach den ungeheuren Ausgaben, die er seit Jahren hatte, muß auch das größte Kapital zusammenschmelzen. Aber was will das bei einem Grundbesitz wie dem seinen besagen? Die Güter sind ja wundervoll, ein paar Jahre solide gelebt und gespart – und das Defizit ist bald ersetzt!«

»Die Güter sind leider kein Majorat. Nicht einmal der Besitz von HohenEsp ist der Familie dauernd gesichert.«

Erstaunt blickte Gundula auf.

»Du irrst, Tante!«

»Doch nicht! Als das Majorat seit drei Generationen nur noch auf zwei Augen stand, wurde es leider Gottes durch den Großvater deines Mannes abgelöst, um die Güter eventuell auch auf Töchter vererben zu können. Wie dies möglich war, ist uns heutzutage ein Rätsel. In den schweren Jahren der Befreiungskriege war jedoch nichts unmöglich, und der alte HohenEsp nahm eine sehr einflußreiche Stellung bei Hof ein.

Später unterließ man es in unbegreiflichem Leichtsinn, das Majorat wiederherzustellen. Auch dem Vater deines Mannes wurde nur der eine Sohn geboren, und abermals unterblieb es, die Erbfolge zu sichern.«

»Wie genau du Bescheid weißt, Tante Agathe«, murmelte Gundula, die aufmerksam gelauscht hatte, »nun, vorerst ist ja Guntram Krafft auch der einzige, und ich denke, seine Güter werden ihm nie streitig gemacht.«

Die alte Dame machte eine beinahe ungeduldige Bewegung.

»Die Güter sind durch Friedrich Carl bis auf das Äußerste verschuldet«, sagte sie herb, »und ich fürchte, du wirst dein väterliches Vermögen völlig zusetzen müssen, um wenigstens das eine oder andere zu entlasten.«

Alles Blut wich aus dem Antlitz der Gräfin.

»Es ist bereits verbraucht...«

Gundula krampfte die Hände ineinander und nickte stumm.

»Ich erwartete es kaum anders«, murmelte die alte Dame mit bitterem Lächeln.

Da hob die Herrin von HohenEsp jäh das Haupt und starrte sie in atemlosem Entsetzen an.

»Wenn dem wahrlich so ist, wenn die Güter verschuldet, das Kapital verbraucht und Friedrich Carl nicht fähig ist, sich zu arrangieren, was wird dann aus meinem Sohn?«

Das klang wie ein Aufschrei.

Das alte Fräulein von Wahnfried preßte herb die Lippen zusammen.

»Das Opfer väterlichen Leichtsinns!«

»Tante Agathe!«

Gräfin HohenEsp faßte den Arm der Sprecherin, ihr Antlitz war bleich wie der Tod.

»Das wäre…das wäre ein Verbrechen von Friedrich Carl!« stöhnte sie und schlug wie in jähem Entsetzen die Hände vor das Antlitz. »War ich denn mit Blindheit geschlagen, daß ich nicht mehr sah, was um mich her vorging? Habe ich die ganze furchtbare Zeit verträumt und verschlafen, daß ich nicht ahnte, zu welchem Dasein ich mein Kind geboren habe? Aber nein, nein, tausendmal nein! Es kann, es darf ja nicht so sein! Du bist falsch unterrichtet, Tante Agathe, man hat meinen Mann verleumdet! Es ist nicht so schlimm, es kann nicht so schlecht mit ihm stehen, sonst wäre er nun und nimmermehr nach San Remo gefahren!«

»Er ist nach Monte Carlo gefahren!«

»Monte Carlo?« Gundulas Augen flammten. »Undenkbar! Woher weißt du das?«

»Ich sehe es aus diesem Brief…und ich habe Menschenkenntnis genug, um einen Mann wie Friedrich Carl richtig zu beurteilen.«

»Tante!«

Gundula taumelte einen Schritt zurück und preßte die Hand gegen das stürmende Herz. »Du hast stets so hart und unbarmherzig über meinen Mann geurteilt!« Sie unterbrach sich und horchte.

Drunten, auf dem holprigen Pflaster des Burghofs, klang Hufschlag.

»Kommt er zurück?«

Agathe war an das Fenster getreten, ihre hohe, kraftvolle Gestalt schien zusammenzuzucken. »Der Administrator!«

»Der Administrator? Was will der hier in HohenEsp…bei mir…zu solch ungewohnter Zeit?«

»Ich werde ihn sprechen.«

»Nein, bleib! Er soll hierherkommen!« Und schon hatte Gundula das bleigefaßte Fenster hastig geöffnet und rief durch den Herbststurm in den Hof hinab: »Ich bitte Sie, sogleich heraufzukommen, Herr Werner!«

Der alte Mann schrak zusammen, starrte mit verstörtem Blick empor und stotterte: »Zu Befehl, gnädige Frau!«

Dann gab er noch kurzen Befehl, das dampfende Pferd genügend abzureiben, und wuchtete auf seinen schweren Reitstiefeln über die Steinfliesen nach der Treppe. Wenige Minuten später stand er auf der Schwelle, und Gundulas Blick starrte ihm forschend entgegen.

Wie blaß und hohläugig der alte Getreue aussah, wie seine Gestalt zusammensank und wie kummervoll und mitleidig sein Blick die Gebieterin traf.

»Verzeihen, Frau Gräfin«, stammelte er, »wäre es wohl vergönnt, daß ich mit dem gnädigen Fräulein von Wahnfried ein paar Worte allein sprechen kann?«

Wie ein eisiger Schauer kroch es nach Gundulas Herzen, aber sie richtete sich auf und schüttelte den Kopf.

»Es gibt keine Geheimnisse vor mir. Sprechen Sie! Was gibt es?«

»Frau Gräfin sind noch leidend…«

»Nein, nein! Ich bin kräftig und gesund! Haben Sie so schlechte Nachrichten zu bringen, daß Sie fürchten, mir schaden zu können?«

Die Sprecherin nahm sich zusammen, so ruhig und fest wie sonst zu reden, aber auf ihre Wangen traten zwei brennend rote Flecke, und die Hände krampften sich fester um die Stuhllehne.

»Sie bringen mir eine Nachricht von meinem Mann?« fragte sie hastig, flüsternd.

Der Administrator senkte den grauhaarigen Kopf tief zur Brust, ein schwerer Seufzer rang sich über seine Lippen.

»Es ist so, Frau Gräfin!«

Werners Blick trifft wie hilfeflehend Tante Agathe.

»Herrgott des Himmels…foltern Sie mich nicht!«

Da zieht der Administrator mit jähem Griff einen Brief und eine Depesche aus der Tasche und reicht beides Tante Agathe. »Lesen Sie! Lesen Sie!« murmelt er. »Ach, du Herr mein Gott, ich kann es nicht aussprechen, es will mir nicht über die Lippen!«

Gundula hat die Papiere mit heftigem Griff erfaßt, sie wankt nach dem Fenster, sie öffnet und liest.

Der Administrator macht eine kurze, händeringende Bewegung gegen Tante Agathe; sie versteht ihn nicht, und so tritt er selber hinter die Gräfin, als wolle er bereit sein, eine Zusammenbrechende zu stützen.

Aber Gundula sinkt nicht unter dem furchtbaren Schlag, der sie trifft, nieder. Nur das Papier der Depesche knistert und wankt zwischen ihren Fingern, und ein leiser, halberstickter Schrei ringt sich von ihren Lippen.

»Tot! Er ist tot!«

Eine sekundenlange, furchtbare Stille.

Agathe ist mit fahlem Antlitz nähergeeilt und legt ihre Arme um die junge Witwe.

»Tot!« murmelt sie. »Allbarmherziger Gott, wie das?«

Werner hatte einen der großen, aus Eiche geschnitzten Sessel nähergeschoben.

Die Bärenköpfe, die seine Knaufe bilden, verschwimmen vor Gundulas Blick.

Sie sinkt schwer auf das Lederpolster nieder und starrt auf die Depesche.

Ihre Augen sind weit offen, stier und tränenlos. »Es steht wohl alles im Brief an die unglückliche Frau Gräfin«, murmelt Werner auf den fragenden Blick Agathes, und er legt die Hand über die Augen und wendet sich ab, als könne er den Anblick des schmerzversteinerten Antlitzes nicht ertragen. Da hebt Gundula das Haupt, ein jäher Blick flammt aus ihren Augen.

»Der Graf hat sich erschossen, in Monte Carlo erschossen?« fragt sie langsam, und ihre Stimme klingt fremd und heiser.

»Wohl in einem Anfall von Geistesstörung«, stöhnte der alte Beamte, »es ist zuviel Schweres in letzter Zeit gekommen, die Gläubiger haben so gewissenlos gedrängt.«

»Dieser Brief ist an mich gerichtet?« Sie will das Schreiben heben, um die Adresse zu lesen, aber ihre Hand sinkt schwer zurück.

»Sehr wohl, Frau Gräfin! Ich erhielt ihn vorgestern von dem gnädigen Herrn mit der Weisung, ihn nur dann an Eure Gnaden abzugeben, wenn eine Depesche des Kammerdieners schlimme Nachricht über den Herrn Grafen brächte!«

»Und diese Nachricht kam!« Wie der leise, grelle Schmerzensschrei zerspringender Saiten klingt es über die wachsbleichen Lippen Gundulas, dann sinkt ihr Haupt wieder schwer vornüber, ein herzzerreißendes Weh zuckt über das Antlitz, sie krampft die Hände zusammen und ringt nach Atem wie eine Erstickende.

Tante Agathe hat eine belebende Essenz aus dem Nebenzimmer geholt und will Stirn und Schläfen der beklagenswerten Frau befeuchten, Gundula aber wehrt sie jäh ab und richtet sich gewaltsam auf.

Sie reicht dem Administrator die Hand. »Ich danke Ihnen, daß Sie selber kamen; ich danke Ihnen, daß Sie meinen Schmerz teilen. Bleiben Sie in meiner Nähe, es gibt wohl viel schwere, traurige Arbeit für uns. Jetzt kann ich noch keinen Gedanken fassen. Lassen Sie mich jetzt allein, auch du, Tante Agathe … Der Tote will zum letztenmal mit mir reden.«

Ihre zitternde Hand faßt den Brief, sie winkt damit. »Geht!«

Einen Augenblick noch verharrt Gundula regungslos, preßt die Hand gegen die Stirn, als müßte sie gewaltsam ihre Gedanken zusammenraffen, und öffnet alsdann das Schreiben.

Ihre tränenlosen Augen starren wie geistesabwesend darauf nieder.

Die ersten Zeilen verschwimmen, sie faßt kaum ihren Sinn, dann schärft sich ihr Blick, sie liest, liest immer hastiger und schneller, das Blut stürmt wieder siedendheiß durch ihren Körper, eine fieberische Aufregung erfaßt sie nach der todesstarren Ruhe.

Ja, nun wird ihr alles klar.

Er schreibt: »Ich konnte es nicht mehr ertragen, Dir und dem Kind in die Augen zu sehen, denn mein Leichtsinn hat nicht nur mich, sondern auch Euch zu Bettlern gemacht! Ich habe nicht nur mein Eigentum, sondern auch das Deine vergeudet! Vergib es einem Sterbenden, einem Mann, der in dem letzten halben Jahr unaussprechlich gebüßt hat, der im Höllenbrand wilder Selbstanklagen selbst das heiligste und reinste Glück verspielte, das Glück, Vater zu sein! Ich habe einen Kampf der Verzweiflung gekämpft, um das Verlorene wiederzugewinnen. Morgen wage ich es und setze alles auf eine einzige Karte. Gewinne ich, bin ich gerettet – für Euch und für ein besseres, glückliches Leben; verliere ich abermals, gibt es kein Wiedersehn mit Euch; ich habe gesühnt, wenn Du diesen Brief in Händen hältst, geliebtes Weib! Wirst du meiner in mildem Erbarmen gedenken, Gundula? Ich war nicht schlecht, aber eine schlechte, treulose und gewissenlose Welt hat mich leichtsinnig gemacht. Bewahre unseren Sohn vor ihrem Gifthauch! Erziehe einen besseren Mann aus ihm, als sein unglücklicher Vater es war; mach ihn zu einem echten und wahren HohenEsp!«

Die Leserin ließ den Brief sinken, sie krampfte aufstöhnend die Hände zusammen. Ja, die Welt! Die Welt, die verführerische Welt mit ihren Spielsälen und Hasardkarten hat aus dem Grafen von HohenEsp einen erbärmlichen Schwächling gemacht, der den Ruin über seine Familie heraufbeschworen hat und dann feige zu dem Revolver greift, um den Folgen seiner Schuld zu entgehen. Das tat Friedrich Carl, der Mann, zu dem sie einst emporgesehen hatte wie zu einem Gott.

Oh, wie leicht ist die Waffe gehoben, jene eine, flüchtige Sekunde überwunden, die durch einen Druck des Fingers allem Elend ein Ziel setzt – und wie schwer, wie bitter schwer ist es, durch lange, mühselige Jahre die Last der Armut zu schleppen, sich und ein Kind ernähren zu müssen.

Hat Friedrich Carl denn gar nicht daran gedacht, was aus seinem Weib und Kind werden soll, wenn er sie verläßt wie ein Feigling? Und wenn er sein Geld und Gut vertan hatte, blieben ihm nicht noch seine kraftvollen Hände, durch deren Arbeit er die Seinen ernähren konnte?

O nein! Was hätte die Welt dazu gesagt, wenn ein Graf von HohenEsp gearbeitet hätte! Hat nicht die Welt selber ihm den falschen Begriff von Ehre eingeimpft, einer Ehre, die befleckt wird durch Schwielen in der Hand? Friedrich Carl ist in der großen Welt aufgewachsen, er ist gesäugt worden mit ihren Ansichten über Stand und standesgemäßes Leben, über all die haltlosen Verschrobenheiten, die dem vornehmen Mann zum Gesetz gemacht sind. Die Welt hat ihm ihre Ansichten, ihre Passionen und ihre Laster eingeimpft, und er ist ihr Opfer geworden!

Eine unsägliche Bitterkeit quillt im Herzen der verlassenen Frau auf, und gleichzeitig bäumt sich ein wilder, ungestümer Trotz in ihr empor, den Posten, den der pflichtvergessene Gatte so treulos verlassen hatte, nun selber einzunehmen und den Kampf für die Existenz ihres Kindes zu wagen.

Der Bär hat seine Brut feig im Stich gelassen, die Bärin aber wird einstehen für ihr Junges und wird nicht Rast noch Ruhe kennen, bis sie ihm die sichere Höhle gebaut hat.

Gundula faltet den Brief zusammen, erhebt sich und tritt festen Schrittes an ihren Schreibtisch, den Brief zu verschließen. Ihr blasses Gesicht blickt fast unheimlich in kalter Ruhe.

Es ist alles zu furchtbar jäh, zu unvermittelt gekommen. Jene Nachricht aus Monte Carlo ist wie ein scharfer Schnitt, der die Vergangenheit von ihr losgelöst hat.

Ihr Stolz, ihr strenges Rechtlichkeitsgefühl bluten zunächst noch aus tieferen Wunden als ihr Herz. Das leise Wehklagen, Schluchzen, Flüstern und Raunen verstummt in der Burg, als die Gräfin von HohenEsp ihr Zimmer verläßt, als sie so starr und still wie ein steinernes Bild durch die hohen Hallen schreitet.

Sie nimmt ihr Kind in den Arm und blickt lange, lange auf das lächelnde, rosige Gesicht nieder.

Sie spricht mit niemand ein überflüssiges Wort, nur mit dem Administrator sitzt sie während des langen Abends beisammen und ordnet voll geschäftsmäßiger Ruhe alles, was in solch schwerer Zeit zu besorgen und zu bedenken ist. »Wenn der Graf beerdigt ist, wollen wir unsere Verhältnisse arrangieren, Herr Werner. Ich bitte Sie, mir als Freund und Berater beizustehen, ich habe niemand auf der Welt als Sie!«

»Gott helfe mir, daß ich Sie gut berate, Frau Gräfin«, antwortete der alte Mann mit festem Händedruck. »Ach, hätte doch der Herr Graf auf meinen Rat gehört, wir hätten diesen furchtbaren Tag nie erlebt.«

Tante Agathe sitzt neben der Herrin von HohenEsp und hält ihre Hand zwischen den ihren. »Die Güter können nicht gehalten werden, du mußt alles verkaufen?«

Gundula beißt die Zähne zusammen. »Von Walsleben und Gottern trenne ich mich nicht schwer, aber HohenEsp ist ein Stück von meinem Herzen, das kann ich nicht opfern, ich werde und muß es halten. Ich habe gelobt, meine volle Kraft einzusetzen, um den ältesten Familiensitz für meinen Sohn zu retten.«

»Das ist selbstverständlich. Du zahlst die Schulden mit deinem Vermögen ab und versuchst das Gut neu emporzuwirtschaften.«

»Mit meinem Vermögen?«

»Ja, dein Erbe von Tante Margarete. Weißt du nun, warum du mir einst geloben mußtest, dasselbe vor Friedrich Carl nie zu erwähnen?«

Gundula schrickt beinah empor. »Jenes Erbe? Du hast den Nießbrauch davon!«

Agathe lächelt seltsam. »Ich habe es für dich verwaltet und erhalten, sonst nichts.«

Rote Flecken treten auf die blassen Wangen Gundulas. »Tante Agathe«, sagt sie mit zitternder Stimme, »wolltest du mir wahrlich dies Kapital vorstrecken, damit ich keine Hilfe bei dem Herzog oder einem Geldvermittler zu suchen brauche?«

»Dazu – lediglich dazu hielt ich das Geld für dich bereit.«

Ein tiefer Atemzug hebt Gundulas Brust. »Ich habe nie an dieses Geld mehr gedacht oder gar damit gerechnet, weil ich es bis zu deinem Tod als dein Eigentum betrachtete, aber jetzt, wenn du es mir nicht geben, sondern nur leihen wolltest, Tante Agathe, wäre alles gut. Ich könnte die Saat säen, und Gott der Herr wird mir eine Ernte bescheren!« –

Schloß Walsleben und die Herrschaft Gottern wurden verkauft, die Burg HohenEsp mit dem kleinen Landbesitz und den Waldungen blieb nach Abtrag aller Schulden im Besitz der Gräfin. Herr Werner hatte voll treuen Eifers die Interessen der verwitweten Frau gewahrt, die zerrütteten Verhältnisse geordnet und mit Hilfe des von Tante Agathe so sicher gehüteten Kapitals dem jungen Bären von HohenEsp eine bescheidene und weltferne Heimat erhalten. Er sorgte noch für einen sehr zuverlässigen und intelligenten Inspektor, der unter dem Oberbefehl der Gräfin das Gut bewirtschaften sollte, dieweil er selber voll unermüdlichen Fleißes tätig war, Gundula in finanziellen und wirtschaftlichen Angelegenheiten zu ihrem eigenen Sachwalter auszubilden.

Die Gräfin faßte mit scharfem Verstand schnell auf und zeigte eine große Ausdauer und einen schier männlichen Schaffensdrang. Es währte nicht lange, so leiteten ihre energischen Hände die Verwaltung des Besitzes, so war sie selber voll eiserner Ausdauer bei Tag und Nacht, Wind und Wetter zur Stelle, um durch rastlosen Eifer und voll sauern Fleißes in Jahren wieder einzubringen, was Friedrich Carl während ein paar flüchtiger Nachtstunden vergeudet hatte.

V.

Hatte seinerzeit der jähe Tod des Grafen von HohenEsp in der Residenz viel Staub aufgewirbelt, so nahm seine Witwe das lebhafte Interesse der Gesellschaft beinahe noch mehr in Anspruch wie die Katastrophe selbst, die so viele schon lange vorher in ihrer ganzen Tragik prophezeit hatten. Was wird aus der unglücklichen Frau? Was wird aus dem armen Kind?

Die Antwort auf diese Frage war wiederum eine Überraschung. Mit Hilfe der Tante Agathe von Wahnfried hatte die Gräfin ihre zerrütteten Vermögensverhältnisse geordnet und dabei eine Energie und Umsicht bewiesen, die die Welt in Staunen setzte. Obwohl es ihr möglich gewesen wäre, das so bedeutend bequemer gelegene und hochherrschaftliche Walsleben für ihren Sohn zu erhalten, hatte sie seltsamerweise darauf verzichtet und statt dessen die alte Bärenhöhle HohenEsp aus dem Konkurs gerettet.

Der Herzog war der einzige, der die Wahl der Gräfin durchaus billigte.

»HohenEsp ist der älteste Besitz der Familie, von dem sie den Namen hat und der einst für den Sohn das größte Interesse haben muß«, sagte er, »und daß die Gräfin dieses kleine Gut dem größeren und bei weitem kostspieliger zu erhaltenden vorgezogen hat, zeugt von ihrer Umsicht und ihrem praktischen Sinn. Es wird ihr in ihrer bedrängten Lage sehr viel leichter fallen, den kleinen Grundbesitz heraufzuwirtschaften, als sich auf dem eleganten Walsleben zu halten. Gebe Gott, daß sie nach dieser tränenreichen Aussaat eine desto lohnendere Ernte hält! Ich hoffe, daß die ›Bärin von HohenEsp‹ sich nicht dauernd in ihrer Höhle vergräbt, sondern bald einmal in die Residenz zurückkehrt, damit wir Gelegenheit haben, ihr unsere vollsten Sympathien zu beweisen.«

Aber die Gräfin kam nicht. Das Trauerjahr verging, und weitere Jahre folgten ihm.

Man hatte versucht, sich der Gräfin zu nähern, aber bald erzählte man sich staunend in der Residenz, daß Gräfin HohenEsp keinerlei Besuch in ihrer verzauberten Burg empfange und jede Annäherung schroff zurückweise. Man hatte geforscht und erfahren, daß die Gräfin außerordentlich viel Glück mit der Selbstbewirtschaftung der Ländereien habe. Die Ernten seien großartig ausgefallen, der abgeholzte Forst sei neu angepflanzt, und die Gräfin beabsichtige sogar, in diesem schon größere bauliche Veränderungen vorzunehmen. Ställe und Scheunen seien in kläglichem Zustand gewesen; dem soll zuerst abgeholfen werden.

Die schöne Witwe sei der beste, tatkräftigste Inspektor, den man sich denken könne; kein Mensch werde die ehemalige sanfte, stille, resignierte Gräfin HohenEsp wiedererkennen. Keine Männerhand könne die Zügel einer Regierung eiserner führen als die schlanke Rechte der seltsamen Burgfrau.

Der einzige Gast, den sie empfängt, ist der Pastor des nahen Dorfes.

Über den Sohn wußte man nicht viel. Der Inspektor hatte erzählt, der junge Graf wüchse zu einem prächtigen, überaus kraftvollen und blühenden Knaben heran. Wie ein wandelndes Bild aus alter Zeit schreite er mit seinem langen blonden Haar und den leuchtenden blauen Augen umher. So klein er noch sei, er müsse jetzt schon tüchtig an die Arbeit. Müßiggang sei ihm ebenso unbekannt wie allen andern in der Burg HohenEsp. Seit seinem sechsten Jahr müsse er auch schon fleißig bei dem Herrn Pastor lernen, auch auf das Pferd sei er schon gesetzt worden, aber dafür zeige er weniger Passion wie für das Segeln auf dem Meer.

Das komme wohl daher, weil er an Sonn- und Festtagen mit den Knaben aus dem nahen Fischerdorf spielen dürfe, sie hätten natürlich schon einen halben Seemann aus ihm gemacht. Die Knaben wagten sich in ihrem Boot oft tollkühn auf die See hinaus, und als der Pastor der Gräfin einmal vorgestellt habe, wie gefährlich das doch für den einzigen Erben des alten Geschlechts sei, da habe die »Bärin« nur in ihrer herben, ernsten Weise nach einem Wappenschild gewiesen, auf dem der Wahlspruch der HohenEsps gestanden habe.

>»Christe Kyrie –
Zu Land und See –

Ein Schirmherr der Not!«

»Eine eigenartige, wackere Frau«, nickte der Herzog voll warmer Anerkennung, als man ihm erzählte, wie die Erziehung des jungen Grafen gehandhabt werde, und nach kurzer Pause fragte er unvermittelt: »Wer ist eigentlich zum Vormund des Kindes bestellt?«

»Laut Testament die Mutter; sie ist ganz allein mit allen Rechten und Pflichten betraut.«

»So wäre es doppelt notwendig, der Vereinsamten ein Zeichen unseres Interesses und guten Willens zu geben. Ich werde ihr für den Sohn eine Freistelle auf unserer Ritterakademie anbieten.«

Das geschah, und man harrte voll großer Spannung der Antwort. Diese ließ nicht lange auf sich warten.

Als Gundula den Brief las, verschärfte sich der bittere, abweisende Zug in ihrem Antlitz.

»Mein Sohn auf die Ritterakademie, auf dieselbe vielleicht, wo einst sein Vater seine erste Weltweisheit eingesogen hat?«

»Wie liebenswürdig von dem Herzog, wie gnädig und gut gemeint«, sagte Tante Agathe, die neben die Lesende getreten war und mit in das Schreiben blickte.

Gundula nickte mit herb geschlossenen Lippen.

»Ja, er meint es gut, der Herzog.«

»Was antwortest du?«

»Solange meine Augen offenstehen und meine Hände Kraft haben, das Schicksal meines Kindes zu lenken, wird er nie die Welt kennenlernen!«

»Gundula! Hältst du es für möglich, einen jungen Mann im neunzehnten Jahrhundert noch zu erziehen wie einen Parsifal?«

»Das halte ich nicht nur für möglich, sondern das will ich beweisen!«

»Bedenke die Zukunft, das Glück deines Kindes!«

»Just dies will ich sichern, denn ich denke an die Vergangenheit seines Vaters.«

»Was soll aus Guntram Krafft werden?«

»Das, was mit seinem Vater verlorenging, ein echter HohenEsp, ein Herr auf seinem Gebiet, ein Schirmvogt der Not, ein Mann, der zurückerwirbt, was der Leichtsinn ihm vergeudet und die Welt ihm genommen hat.«

»Überlege es dir noch reiflich, ehe du das gnädige Anerbieten des Herzogs ablehnst!«

»Ich habe überlegt.«

Fräulein von Wahnfried kannte den Klang in der Stimme der Gräfin, sie kannte auch ihre grenzenlose Erbitterung gegen alles, was ihrer Ansicht nach den Leichtsinn Friedrich Carls gefördert hatte.

Dagegen war nicht mehr anzukämpfen, man konnte nur hoffen, daß die lindernde Zeit die Wunden heilen und Gundula vernünftiger über manche Notwendigkeit denken würde.

Gundula saß inzwischen an ihrem Schreibtisch und schrieb mit festen, großen Schriftzügen ihre Antwort an den Kammerherrn des Herzogs nieder. Sie dankte in schlichter, aber aufrichtiger Weise für das so überaus huldvolle und gnädige Anerbieten des hohen Herrn, das sie jedoch voll dankbarer Erkenntlichkeit ablehnen müsse, da sie nicht imstande sei, sich schon jetzt von ihrem Sohn zu trennen. Guntram Krafft sei das einzige Glück, das ihr das grausame Schicksal gelassen habe, und dasselbe noch so lange wie möglich ihr eigen zu nennen, sei der letzte Wunsch, den sie noch an das Leben habe.

Die Erziehung des Knaben zu leiten, für seine wissenschaftliche Ausbildung zu sorgen, werde ihr mit Gottes gnädiger Hilfe auch in HohenEsp gelingen, sie hoffe zuversichtlich, aus ihrem Sohn einen vollwertigen, braven und tugendhaften Mann zu machen.

Der Brief hatte in seiner starren und schmerzlichen Eigenwilligkeit etwas Rührendes. »Man hört aus jeder Zeile das leidenschaftliche Herz einer unglücklichen Mutter schlagen«, sagte der Herzog, und er nahm die Weigerung der Gräfin nicht ungnädig auf, sondern erhielt dem wunderlichen Bärennest im Wald sein volles Interesse.

*

Und abermals verging die Zeit. Guntram Krafft erhielt durch einen Erzieher und den Pastor eine vortreffliche Erziehung, wenngleich seine praktischen Fähigkeiten nicht darüber vernachlässigt wurden.

»Er soll alles lernen, was ein gebildeter Mann an Schulweisheit braucht«, sagte die Gräfin, »vor allen Dingen aber soll er ein tüchtiger Landwirt werden, denn er soll das Werk, das ich begonnen habe, zu Ende führen und den verlorenen Besitz seiner Väter zurückerwerben.«

Fast schien es, als wolle ihm die stolze, energische Frau wenig Arbeit übriglassen. In geradezu erstaunlicher Weise war es ihr gelungen, HohenEsp zu einem hochkultivierten Gut emporzubringen. Von Jahr zu Jahr konnte sie von dem angrenzenden Besitz Gottern Areal zurückkaufen, was ihr um so leichter wurde, als der Besitzer der Herrschaft selber in recht mißliche Lage gekommen und froh war, das Land wieder in Kapital verwandeln zu können.

So kam der Tag, an dem die überraschende Nachricht die Runde durch die Residenz machte, daß es der Bärin von HohenEsp in ganz unglaublicher Weise gelungen sei, die Herrschaft Gottern zu HohenEsp zurückzukaufen, daß es ihr auch durch ihre enorme Willenskraft, ihren Fleiß und ihre äußerste Sparsamkeit gelungen sei, ihren Sohn schon jetzt wieder zu einem sehr wohlhabenden Mann zu machen.

Der Wohnsitz solle aber nach wie vor HohenEsp bleiben. Graf Guntram Krafft, der nunmehr neunzehn Jahre zähle und seiner Militärpflicht genügen müsse, werde wohl zum erstenmal allein in die große, unbekannte Welt heraustreten.

Man erwartete voll Spannung das Erscheinen des schier sagenhaft gewordenen jungen Mannes, bis die enttäuschende Nachricht kam, daß der Graf wegen eines ganz unbedeutenden kleinen Fehlers – man sagte, daß ihm bei einer stürmischen Seefahrt im Boot, beim Überholen einer Teertonne, dieselbe zwei Zehen vom Fuß geschlagen – vom Militär freigekommen sei. Es sei ein Jammer darum! Der junge Mann verkörpere das Urbild aller blühenden Kraft und Lebensfrische, er sei in der Tat ein wahrer »Bär« von HohenEsp, so groß, so stark, so reckenhaft schön und ritterlich; ihm selber habe die Lust, Soldat zu werden, aus den Augen geblitzt, und er habe sofort gebeten, ihn der Marine zuzuweisen, da er so gut Bescheid mit dem Seefahren wisse; aber die Gräfin habe voll leidenschaftlicher Energie alle Hebel in Bewegung gesetzt, den Sohn freizubekommen. Da sie die Bestimmungen für sich gehabt habe und Graf Guntram Krafft ein durchaus gehorsamer Sohn sei, so sei leider nichts zu machen gewesen. Die »Bärin« habe ihr Junges in die Höhle zurückgeschleppt.

Da gab man es in der Residenz schulterzuckend auf, die interessanten Einwohner von HohenEsp jemals von Angesicht zu schauen, und weil die Mütter und Töchter sehr enttäuscht waren, so ärgerten sie sich darüber.

In einer der vornehmsten Villenstraßen lag das reizende Rokokoschlößchen »Monrepos«, in dem der Oberst und Kommandeur des Ulanenregiments, Freiherr von Sprendlingen, Wohnung genommen hatte. Seine elegante, lebenslustige Frau liebte es, ein großes Haus zu machen, eine Passion, der sie ohne Bedenken huldigen konnte, da die Vermögensverhältnisse des Obersten sehr gut waren und das Ehepaar nur ein einziges Töchterchen besaß, für das man zu sorgen hatte. Der Freiherr verwöhnte seine bezaubernde Frau in nur denkbarer Weise, Frau von Sprendlingen verzog und verhätschelte ihr Töchterchen dementsprechend, und so herrschte in dem Haus ein Luxus und ein Behagen, das keinen, auch den größten Wunsch, nicht unerfüllt läßt.

In den Salons der Hausfrau brannten nur einzelne verschleierte Lampen, da die Herrschaften zum Dinner gefahren waren; in dem lauschigen Boudoir des fünfzehnjährigen Töchterchens aber strahlten die Lichter festlich und hell, denn dort saßen die Mädchen, die zu Fräulein von Sprendlingen eingeladen waren, bei heimlichen Weihnachtsarbeiten, bei viel Kaffee und noch mehr Süßigkeiten und sprachen ebenso wie die Alten die Neuigkeiten des Tages durch. Da man schon mancherlei über den HohenEsper gehört und sich ebenfalls über den »Strich durch die Rechnung« ärgerte, so begannen sie über den doch allzu gutmütigen Zottelbär, der derart unselbständig an dem Rock der Mutter hänge, zu spotten.

»Ein forscher, echter Mann hätte bei dieser Gelegenheit doch wohl etwas mehr Eigenwillen und Schneid bewiesen und das Gängelband abgestreift«, spottete Gabriele, die Tochter des

Hauses, und ließ ihre Stickerei sinken. »Aber vielleicht ist er zu feige und freut sich, daß er daheim bleiben kann! Hätte er Mut, würde er sich das idealste Glück eines Mannes, Soldat zu werden, unter allen Umständen erzwungen haben.«

»Feige? Nein, das ist er wohl nicht«, schüttelte ihre Freundin Trautchen gutmütig den hellblonden Kopf. »Denk doch, er wagt sich bei Sturm und Wetter auf die See hinaus!«

Gabriele lachte spöttisch und rümpfte die entzückende kleine Nase. »Was will es heißen, sich auf die See zu wagen? Gar nichts! Kippt das Boot um, so schwimmt man! Wie weit fährt denn der Herr Graf? Sicher nicht zehn Schritt entfernt vom Ufer weg. Auf den Ozean hinaus ist er noch nie gelangt, und die Schiff- und Bootfahrt an der Küste stellt überhaupt keine Anforderungen an den Mut eines Mannes!« Gabriele schüttelte die krauslockigen, lichtbraunen Haare aus der Stirn und machte ein geradezu verächtliches Gesicht. »Ein Mann, der nicht Soldat ist, kann mir niemals imponieren, und Graf Guntram Krafft ist kein kühner, stolzer Bär wie seine Vorfahren, sondern ein ganz lappiger Waschbär! Er sollte nur einmal meinen Weg kreuzen, ich wollte es ihm schon zeigen, wie ich über ihn denke!«

Und Gabrieles Augen, die wundersam hellen, schillernden Nixenaugen, blitzten gar trotzig in dem süßen Gesicht, und sie wiederholte nachdrücklich: »Glaub mir's! Ich würde es ihm zeigen!«

Die schwarzlockige kleine Gräfin Sevarille verzog das Mündchen etwas ironisch. »Solche Dinge klingen in der Theorie ganz poetisch und schön, aber in der Praxis kommt die Sache doch oft anders. Wenn zum Beispiel der geschmähte Waschbär hier auftauchte als schöner Mann und reicher Erbe und er machte dir eine Liebeserklärung, Gabriele, du heiratetest den tatenlosen Gutsbesitzer, ohne dich zu besinnen!«

Heiße Röte stieg in das Gesicht der Genannten, die Nixenaugen schillerten wie die See, ehe sie in hohen, verderbenden Wogen aufbrauste. »Ich wünsche mir einen Heiratsantrag von ihm, lediglich um dir zu beweisen, daß ich keine leeren Phrasen geredet, sondern Wort halten würde, so wahr ich Gabriele von Sprendlingen bin! Und wäre er schön wie ein Gott und reich wie Krösus, wenn er kein Held ist und dieses Heldentum als Soldat beweist, ich würde *nie* sein Weib, nie! Das schwöre ich bei allem, was mir heilig ist!«

Thekla setzte ihr Schnitzmesser zu einem tiefen Kerbschnitt an und sagte mit einem wunderlich scharfen Lächeln: »Gut, wir haben deinen Schwur gehört und werden nicht verfehlen, dich zu guter Zeit daran zu erinnern! Aber *mündlich* ist schon mancher Schwur getan und leichtfertig gebrochen worden. Auch du gibst deine stolze Versicherung nur mit den Lippen, aber *schriftlich*? Haha! *Schriftlich* verzichtest du nicht auf den Grafen von HohenEsp!«

Gabriele griff mit nervös bebender Hand nach den Zetteln und Bleistiften, die, für ein Schreibspiel zurechtgelegt, bereits auf einer Marmorschale seitwärts des Tisches standen.

»Und warum nicht?« spottete sie mit gefurchter Stirn. »Wenn dir ein geschriebenes Wort sicherer ist als ein gesprochenes, dann sollst du es haben!«

Gabriele setzte den Bleistift an und schrieb, ohne zu überlegen, mit festen, schwungvollen Schriftzügen auf einen der Zettel: »Da meine Freundin Thekla meine Ansicht über den Grafen von HohenEsp schriftlich wünscht, so erkläre ich hiermit noch einmal, daß ich denselben nie und nimmermehr heiraten werde, weil er kein Held ist und mir nicht imponiert.«

Mit leisem Auflachen faltete sie den inhaltsschweren Zettel zusammen und warf ihn Komtesse Sevarille zu, die hastig nach dem Papier griff und es mit spöttischem Lächeln einsteckte.

VI.

Von der See herüber brauste der eisige Novembersturm und fegte die letzten welken Blätter um die Zinnen von HohenEsp. Der Buchenwald, den Gräfin Gundula vor fünfundzwanzig Jahren an all den Stellen, die Friedrich Carl so schonungslos hatte abholzen lassen, nachgepflanzt hatte, war emporgewachsen und füllte schon wieder die Lücken aus, die ehemals das Auge der Burgherrin so schmerzlich verletzt hatten.

Noch waren sie den wundervoll hochstämmigen Riesen, die rings um den Hügel, der die Mauern von HohenEsp trug, Wache hielten, lange nicht gleichgekommen, aber sie waren ebenso gediehen und frisch und kräftig aufgewachsen wie der junge Sproß des alten Grafentums, der als blondlockiger Knabe unter ihnen gespielt, als Jüngling mit kräftigen Armen geschafft und nun als Mann sein Erbe in Empfang nehmen sollte.

Guntram Krafft war mündig geworden ohne besondere Zeremonie und Feierlichkeit, ohne von fremden Menschen in neuen Rechten anerkannt zu werden, denn das ehemalige Vermögen seines Vaters war in den Besitz seiner Mutter übergegangen, und nur von dem freien Willen der Gräfin hing es ab, ob der Sohn Herr sein sollte auf dem Besitz der Väter. In dem Willen Gundulas aber lag es, den jungen Mann selbständig zu machen. Voll stolzer Genugtuung sah sie, daß er zu einem Charakter ausgereift war, fest und zuverlässig, stark in allem Guten und Edeln und dennoch so rein an Herz und Sinn wie ein Kind.

Als er groß geworden war, um eine berechtigte Frage nach seinem Vater und dessen Leben zu stellen, hatte Gundula zum erstenmal seit langen Jahren von ihrem Gatten gesprochen. Da erst entspann sich ein inniges Wechselleben zwischen Mutter und Sohn. Da entrollte die Gräfin vor den weitoffenen Augen ihres Sohnes die traurigen Bilder der Vergangenheit, und waren dieselben schon an und für sich dunkel genug, so färbte sie die Erbitterung der einsamen Jahre noch düsterer. Es ist leicht verständlich, daß es Guntram Krafft nicht nach jenen Verhältnissen verlangte, die die Mutter ihm so unerquicklich geschildert hatte und von denen die jungen Fischer im Dorf nichts Gegenteiliges zu erzählen wußten.

Die meisten seiner Spielkameraden waren als Matrosen eingezogen worden, hatten ihre Jahre abgedient und Reisen in weite, ferne Wunderländer gemacht, von denen sie wohl einmal in ihrer wortkargen Weise erzählten, aber nach welchen sie doch nie zurückverlangten. Sie liebten ihre einsame, sturmumbrauste und meerumspülte Heimat mit der zähen Treue nordischen Blutes, sie kehrten heim, freiten und machten sich seßhaft, selten nur, daß der eine oder andere fernblieb in Hamburg oder Kuxhaven, wo ihn besserer Verdienst lockte.

Kam jemals eine heiße, leidenschaftliche Sehnsucht über Guntram Krafft, die herkulische Stärke seiner Arme zu prüfen, auch hinauszuziehen mit flinken, weißen Segeln, um jene heimlichen Wunder fremder Länder kennenzulernen, wollte sie ihn packen, die Wanderlust des Jünglings und der Tatendrang des Mannes, so genügte nur ein einziger Blick auf die schwarze Trauergestalt der Mutter, in ihr bleiches, gramgefurchtes Antlitz unter dem frühergrauten Scheitel, und er schüttelte voll stolzer Entsagung das Haupt und war sich voll bewußt, daß er die einsame Frau nicht verlassen durfte, deren einziges Glück er geblieben war.

Die rastlose Arbeit in Flur und Feld und sein eifriges Studium edler Wissenschaften gaben seinem Leben reichen Inhalt; und wenn er Freude und Zerstreuung suchte, so fuhr er voll jauchzenden Ungestüms hinaus in die See, mit Sturm und Wogen einen tollkühnen Kampf zu kämpfen, der geschickteste Segler, der furchtloseste Schwimmer, ein Seemann, zu dem die wetterharten Fischer voll staunender Bewunderung aufblickten und ihn den »Besten der ihren« nannten.

Wie oft hatte Guntram Krafft sein Leben eingesetzt, wenn es galt, bedrohten Freunden Hilfe zu bringen, strandenden Schiffen in Nebel und Sturm ein tollkühner Lotse zu sein, sie sicher einzuholen an dieser Küste, die durch widrige Gegenströmungen und Untiefen schon manchem Fahrzeug und manch wackerem Seemann mit Tod und Verderben gedroht hatte.

Guntram Krafft fühlte sich in seiner so arbeitsreichen Einsamkeit unendlich glücklich und verlangte nicht hinaus in die Welt voll Zerstreuung, Pracht und Lustbarkeit, eine Welt, die ihm so fernlag wie jene anderen Welten, die ewig unerreichbar als leuchtende Sterne im endlosen Himmelsraum kreisen.

Und doch fiel es dem scharf beobachtenden Blick der Gräfin auf, daß es oft wie ein melancholischer Schatten auf dem freien, männlich schönen Antlitz lag, daß sein Blick oft sinnend und träumerisch in das Weite streifte, daß er oft ganz unerwartet sagte: »Nun hat Jochen Riem auch geheiratet, die kleine Anning, die er seit Kind auf so liebgehabt hat«, oder: »Weißt du's, Mutter, daß dem Göschen-Wulff in dieser Nacht ein Bub geboren ist? Ein prächtiger pausbackiger Kerl; kann schreien für zehn, und der Göschen ist so stolz, als sei er ein Kaiser geworden.« Und nach kurzer Pause: »Wie ist es doch so still und leer hier in HohenEsp! Wäre wohl nicht übel, Mutter, wenn auch hier mal ein wenig junges Leben einzöge und ein paar kleine Bärlein herumpurzelten!« Er lachte dazu, und dennoch blickten seine blauen Augen seltsam ernst.

Da war's, als ob Frau Gundula urplötzlich aus einem langen, langen Traum erwache, und sie nickte wie erschrocken vor sich hin und sprach leise: »Ja, es ist Zeit geworden!«

Nun stand sie an dem spitzen Bogenfenster mit den kleinen, bleigefaßten Scheiben und blickte starren Auges hinab auf die laublosen Buchenwipfel, die der Sturm wie brandende Flut gegen das graue Turmgemäuer peitschte.

Tage und Nächte lang hatte sie in schwerem Kampf gerungen, hatte gesonnen und überlegt, um das Rechte zu finden. Die Natur forderte ihr Recht; Guntram Krafft war ein Mann geworden, dessen Herz sich nach Liebe sehnte, dessen Wunsch es war, gleich seinen Gespielen ein Weib zu freien und glücklich zu sein.

Guntram Krafft mußte die Brautfahrt unternehmen, er mußte Ausschau halten unter den Töchtern des Landes, die von ihnen das Ideal verkörpern möchte, das sich der weltfremde Mann von seinem Weib gebildet hatte. Ihr Sohn mußte den Winter in der Residenz verleben und die Feste mitmachen, er mußte es! Es half da kein Weigern mehr! Kein anderer Ausweg wollte sich ihrem Sinn zeigen, ob sie noch so sehr grübelte.

Wird Guntram Krafft die rechte Wahl treffen? Ohne Zweifel! Ihre Ansichten sind auch die seinen geworden, der Geschmack der Mutter ist dem Sohn eingeimpft.

Gundula ist ihres Sohnes gewiß. Außerdem schickt sie ihn nicht völlig allein und haltlos in das bunte Leben hinaus. Der alte Kammerdiener ihres Mannes, der schon Gundula als Braut gekannt und auf dessen Armen auch Guntram Krafft aufgewachsen ist, der goldtreue, zuverlässige Anton, wird seinen jungen Gebieter in die Residenz begleiten.

Gräfin Gundula blickt in den Sturm hinaus und wartet auf den Sohn, und als sie endlich seinen schweren, stampfenden Schritt auf der gewundenen Stiege hört, da hebt sie wie mit letzter Selbstüberwindung das Haupt und schaut ihm festen Blicks entgegen. In der niederen, spitzgewölbten Tür, den hochgewachsenen Nacken beim Eintreten beugend, steht Guntram Krafft. Mächtige Wasserstiefel reichen bis über die Knie, eine Düffeljoppe läßt die breite Brust noch hünenhafter erscheinen, und ein aufgeschlagener Südwester sitzt fest auf den blonden, lockigen Haaren und umrahmt das frische, männlich schöne Antlitz mit den leuchtenden Blauaugen.

»Dag' ok, Mutting«, lacht er mit strahlendem Blick, reißt den Hut ab und hebt ihn in seemännischem Gruß hoch über das Haupt. »Hoffentlich hast du nicht zu lange auf mich gewartet? Aber bei diesem Wetter muß man auf dem Posten sein, damit kein Unglück am Hamelwaat passiert. Ich war draußen, aber eine Lustfahrt war's just nicht bei der heutigen Brise, und kalt genug hat's uns um die Ohren gepfiffen. Da hat dir dein Bär einen regelrechten Bärenhunger heimgebracht, und für ein Warmbier verkaufe ich heute auch das Recht der Erstgeburt.«

Er lachte, daß die weißen Zähne unter dem blonden Schnurrbart blitzten, legte zärtlich den Arm um die düstere Frauengestalt und küßte Frau Gundula herzhaft auf den Mund.

»Das steht bereit, du Wasserratte«, lachte diese, mit einem Blick unendlichen Wohlgefallens die blühende Schönheit ihres Sohnes umfassend, »willst du dich erst umkleiden oder erst durch einen Imbiß erwärmen? Du weißt, ich liebe es nicht allzusehr, dich in dieser Ausrüstung am Tisch zu sehen.«

»Weiß ich, Mamachen, ich werde nie dein Eßzimmer durch Teerjacke und Ölzeug entweihen. Auch ist's mir, ehrlich gestanden, selber zu unbequem. Aber, bitte, befiehl einstweilen alle Bier- kannen und Schinkenbrote auf Deck, damit ich in zehn Minuten an ihnen zum Massenmörder werden kann.«

In sehr kurzer Zeit saßen Mutter und Sohn beim lodernden Kaminbrand in der Speisehalle zusammen, wo Guntram Krafft das Frühstück serviert war. Der Hausanzug des jungen Hohen-Esp war weder sehr elegant noch sehr modern, er war solide und zeugte von der Sparsamkeit, die in allen Dingen noch im Haus herrschte. Aber trotz seiner nicht allzu vorteilhaften Kleidung sah der junge Graf ganz vortrefflich aus, just so, wie es zu seiner bärenhaften und urwüchsigen Schönheit paßte. Man konnte es sich bei seinem Anblick kaum denken, daß diese Reckengestalt in Frack und Lackschuhe hineinpassen würde.

Frau Gundula musterte das Äußere des jungen Bären interessierter als je zuvor, und während er frisch und fröhlich dem kräftigen Mahl zusprach und dabei voll lebhaften Eifers über seine Seefahrt sprach, flogen ihre Gedanken weit voraus...

»Unser Rettungsboot taugt nichts, Mutting«, bemerkte Guntram Krafft etwas unwillig, »es ist ganz unzweckmäßig gebaut. Über die äußerste Brandungslinie, wo sich die Wellen auf drei bis vier Faden brechen, kriegen wir's kaum noch hinaus. Ja, so ein gutes Peake-Boot, das sich aufrichtet wie ein Holundermännchen, mit einem schweren eisernen Kiel, und vorn und hinten hohe, gewölbte Luftkästen...ja, das könnten wir brauchen, damit ließe sich etwas ausrichten!«

»Sicherlich«, nickte Gundula zerstreut und überlegte, daß sich der junge Graf am besten in der Residenz neu ausrüsten müsse. Anton verstand sich vorzüglich darauf, der muß ihn ein- kleiden.

»Ich finde, es ist eine Schande, daß gerade hier für unsere Küstenstrecke so gar nichts ge- schieht. Die nächste Rettungsstation hat gar keinen Wert für uns, denn wir können sie einfach nicht erreichen, wenn plötzlich Not am Mann ist. Es muß hier etwas geschehen, das Hamelwaat ist auch solch ein Brunnen, der erst zugeschüttet wird, wenn das Kind ertrunken ist. Mir geht es schon so lang im Kopf herum, mich an die zuständige Behörde zu wenden, daß sie uns eine regelrechte Rettungsstation bauen läßt. Was meinst du, Mutter, was ich dazu tun könnte?«

Die Gräfin blickte auf, legte entschlossen die Hand auf den Tisch und sagte: »Du wirst in der Residenz am besten Gelegenheit haben, maßgebende Persönlichkeiten für deine Pläne und Absichten zu interessieren.«

»In der Residenz?«

»Ich möchte dir heute eine Eröffnung machen, Guntram Krafft, dir einen Wunsch mitteilen, den du mir hoffentlich erfüllst.«

Er blickte erstaunt auf, nahm ihre Hand und küßte sie als stumme Antwort.

»Es ist Zeit, daß du, als jetzt großjähriger Mann, deinem Herzog vorgestellt wirst. Ich habe mich diesbezüglich mit einer Anfrage an das Hofmarschallamt gewandt und eine sehr huldvolle und gnädige Antwort des Herzogs erhalten. Man sieht deinem Besuch in der Residenz mit lie- benswürdigstem Interesse entgegen und ist bereit, dich bei Hof zu empfangen. Dein Aufenthalt wird sich über die Saison erstrecken, du wirst die Feste im herzoglichen Schloß und, falls es dir Freude macht, auch die der Hofgesellschaft mitmachen.«

Guntram Krafft sah weder erfreut noch erregt bei dieser Eröffnung aus, er blickte die Spre- cherin nur erstaunt an und sagte beinahe bedauernd: »Gerade im Winter bin ich am wenigsten abkömmlich hier. Denk an die Sturmflut vom 13. und 14. Februar vorigen Jahres! Wie gut war es, daß ich da auf dem Posten war! Aber so Gott will, haben wir gutes Wetter in diesem Winter, und wenn du sagst, daß ich die Verpflichtung habe, mich meinem Landesherrn vorzustellen, gut, so gehe ich.«

»Du wirst gleichzeitig Gelegenheit haben, eine Menge der hübschesten, liebenswürdigsten und vornehmsten jungen Damen kennenzulernen.«

Der junge Graf richtete sich höher auf, sein Blick haftete wie in starrem Forschen auf dem Antlitz der Sprecherin, über das ein müdes, flüchtiges Lächeln glitt. Flammende Glut stieg in die Wangen, ein Ausdruck von Verlegenheit lag plötzlich auf dem schönen Antlitz, und langsam nach dem Bierglas greifend, fragte er zögernd: »Was meinst du damit, Mutter?«

»Ich meine und hoffe, daß mir mein Sohn vielleicht eine schöne, liebenswürdige Tochter aus der Residenz mitbringt, eine junge Bärin für das alte Nest, die all das frohe, frische Leben in HohenEsp aufblühen läßt, das du seit einiger Zeit so sehr hier vermißt hast.«

Einen Augenblick sanken die dunklen Wimpern tief über Guntram Kraffts Augen, dann schlug er sie voll auf und lachte die Gräfin mit strahlendem Blick an.

»Das würdest du gutheißen?«

»Es ist meine sehnliche Hoffnung und mein dringender Wunsch, daß du heiratest, mein Sohn. Deine finanzielle Lage ist durch Gottes gnädige Hilfe eine derartige geworden, daß du auch ein armes Mädchen heimführen kannst, vorausgesetzt, daß sie solid und anspruchslos genug ist, jetzt und für die Zukunft mit dir in unsrer lieben Waldeinsamkeit hier zu leben. Ein genußsüchtiges, eitles und oberflächliches Weib paßt nicht in die Bärenhöhle von HohenEsp, sie würde dein Unglück sein. Ich habe dich durch fünfundzwanzig Jahre hindurch gelehrt, mit meinen Augen zu sehen. Gebe der barmherzige Gott, daß du in dem wichtigsten und entscheidendsten Augenblick deines Lebens nicht mit Blindheit geschlagen sein mögest!«

Die Gräfin hatte sich erhoben, sie breitete die Arme aus und zog ihren Sohn an die Brust, und als sie in seine großen, klaren Augen sah, die aus dem kühnen, wettergebräunten Männerantlitz noch so offen, ehrlich, treu und wahr leuchteten wie Kinderaugen, da wußte sie, daß sie seiner immer sicher sein konnte.

VII.

Schneegestöber! Die eleganten Villen hatten Hermelinmäntel umgeworfen und standen in ihrer fürstlichen Pracht noch stolzer und unnahbarer als sonst inmitten der wohlgepflegten Gärten. Schlitten flogen mit klingenden Schellen und prächtig geschmückten Pferden vorüber. Damen und Herren in eleganten Eiskostümen eilten dem spiegelblanken See im Park zu, und zwischendurch drängte und schwatzte und lachte der breite Strom der Passanten, die Dienst, Geschäft oder Vergnügen hinaus in das lustige Winterwetter trieb.

Guntram Krafft schritt langsam, schauend die Parkstraße hinab. Anfänglich hatte ihn das Lichtermeer geblendet, die Menschenmenge belästigt, die Masse der hohen Häuser in unangenehmer Weise bedrückt. Er verstand es noch nicht, das Einzelne, Schöne und Interessante daraus zu erfassen. Aber er lernte es bald und gewann Interesse für seine Umgebung.

Anton war ein verständiger und guter Lehrmeister, der auch für seine tadellose äußere Erscheinung sorgte.

Er war eine imposante, auffallend schöne Erscheinung, der Bär von HohenEsp, aber trotz der modernen Kleider lag es doch wie ein undefinierbares, gewisses Etwas über ihm, was ihn fremd und ungeschickt zwischen den anderen Herren erscheinen ließ. Eine unüberwindliche Befangenheit und das Ungewohnte der neuen Kleidung beeinflußten ihn.

Gundula hatte ihren Sohn tadellos erzogen, seine Manieren waren vorzüglich, er war weit entfernt davon, sich wie ein Hinterwäldler zu benehmen, und doch wirkte seine Art und Weise seltsam, weil ihn das Ungewohnte der Situation ungeschickt und linkisch machte.

Die Gräfin hatte bestimmt, daß sich ihr Sohn erst zehn bis vierzehn Tage in der Residenz aufhalten solle, ehe er seine Besuche bei Hof und in der Gesellschaft abstattete. Sie fand es wohl selber notwendig, daß sich die weltfremden Augen des jungen Mannes zuvor an den bunten Wirbel der Großstadt gewöhnten, daß er erst ein wenig auf dem Parkett gehen lerne, ehe er sich in den glitzernden Strom hineinwagte.

Und Guntram Krafft lernte gehen, von Tag zu Tag besser, so daß Anton schon recht zufrieden war und sagte: »In zehn Tagen wird im Schloß getanzt, Herr Graf, da müssen zuvor die Karten abgeworfen werden.«

»Aber ich kann nicht tanzen, Anton! Das, was wir daheim im Fischerdorf ›Tanzen‹ nannten, das paßt wohl schwerlich hierher in das Palais.«

»Macht nichts, Herr Graf! Sie sehen zu und plaudern mit den schönen jungen Damen.«

Just diese Gedanken waren es, die den Grafen beschäftigten, als er die Parkstraße entlangpromenierte und mit hellem Blick auf das muntere Leben im Schneegestöber blickte.

Helles Schlittengeläut erklang hinter ihm, doch wandte er in seinem lebhaften Schauen kaum den Kopf, bis ihn ein lautes Schnaufen, Klirren und Hufschlagen sowie die schrillen Angstrufe etlicher Passanten jählings zurückschauen ließen.

Ein sehr eleganter Schlitten kam herangesaust, gezogen von zwei Vollblütern unter langwehenden Schneedecken.

Da plötzlich gleitet das Handpferd auf dem Glatteis, von dem der Wind momentan den Schnee hinweggeweht hat, aus, es stürzt wie gemäht zusammen, schlägt wild um sich, reißt auch das andere Roß nieder, und der Schlitten, der in voller Fahrt gegen den Knäuel fährt, schlägt gegen den hochgeschaufelten Schneewall zur Seite.

Der Kutscher ist von seinem kleinen Rücksitz herabgeschleudert worden, und die Dame, die im Schlitten sitzt, scheint momentan unter demselben begraben zu sein.

Guntram Krafft steht mit schnellen Schritten neben dem Schlitten, packt ihn mit kraftvollen Händen und richtet ihn ohne jede weitere Unterstützung auf, als sei er ein Puppenspielzeug. Dann greift er abermals zu und richtet die Dame, die halb vergraben im Schnee liegt, in seinen Armen empor. Er spricht kein Wort dabei, aber seine Blicke beobachten prüfend ihre Bewegungen, ob sie sich verletzt habe.

»Gottlob, ich bin mit heiler Haut davongekommen«, sagt sie mit überraschend ruhiger und fester Stimme; sie scheint nicht sehr ängstlich oder nervös zu sein, sondern den kleinen Unfall höchst gelassen hinzunehmen. »Ich danke Ihnen, mein Herr, für Ihre liebenswürdige Hilfe«, fügt sie hinzu, und als Guntram Krafft höflich den Hut zieht, blickt er zum erstenmal in das Antlitz der jungen Dame. Und sein Blick wird groß und starr im Schauen, sein Atem stockt plötzlich, und das Blut steigt heiß in seine Wangen empor. Solch ein reizendes Gesichtchen hat er nie zuvor gesehen.

Wie ein Wunder scheint es vor ihm aufzutauchen und all seine Träume zu verwirklichen. Nixenaugen sind es, die zu ihm emporglänzen mit langem, forschendem Blick, Augen, so hell, so groß, so flimmernd in einer undefinierbaren Farbe, als habe sich blau-grünes Seewasser unter den dunklen Wimpern zum Stern geformt. Sein Blick hängt wie gebannt an ihrem Antlitz, so naiv und ehrlich in seinem staunenden Entzücken, daß sich die junge Dame lächelnd abwendet und neben die Pferde tritt, die mit Hilfe von untergeworfenen Decken wieder auf die Füße gebracht worden sind.

Auch der Kutscher ist herbeigehinkt, klopft den Schnee von seinem Mantel und untersucht das Geschirr. »Na, das hat man alles noch gut gegangen, gnädiges Fräulein! Nicht mal ein Strang oder Riemen ist gerissen, und die Pferde sind auch mit dem Schreck davongekommen. Steigen Sie man ruhig wieder ein, es ist doch noch eine ganze Strecke bis nach Haus.«

Guntram Krafft ist zur Seite getreten, sein Blick hängt noch immer wie gebannt an der schlanken, schweigsamen Gestalt der jungen Dame. Sie wendet sich dem Schlitten zu, um einzusteigen, und abermals tritt der junge Graf herzu, ihr beinah schüchtern die Hand zu bieten, um ihr behilflich zu sein.

Wieder trifft ihn ihr Blick, sie lächelt. Flüchtig legt sie für eine Sekunde die zierliche Hand in die seine und schwingt sich voll sicherer Grazie in den Schlitten. Ein Zungenschnalzen des Kutschers, die Pferde bäumen ein wenig aufgeregt, ziehen an und sausen mit dem Schlitten davon.

Die Leute, die sich angesammelt haben, zerstreuen sich schnell. Auch der Graf von HohenEsp schreitet mechanisch weiter. Sein Blick folgt dem Schlitten, sein Antlitz leuchtet wie verklärt. Er möchte die Augen schließen, um nur noch ihr Lächeln zu sehen. Ihm ist, als wehe noch der feine, diskrete Veilchenduft zu ihm auf, den ihre Gestalt ausströmte, als er sie im Arm hielt.

Erst viel später kam ihm der Gedanke, wer sie gewesen sein mag. Ob er sie wohl einmal wiedersieht? Gewiß! Warum hätte sie sonst seinen Weg gekreuzt? Die Residenz ist ja nicht groß.

Am darauffolgenden Tag geht er noch mehr als sonst spazieren. Es ist rauhe Schneeluft, und die verwöhnten Leute der Residenz sitzen hinter dem Ofen und ahnen gar nicht, wie anders der Nord-Nordwest über die See heult.

In dicke Pelze gehüllt, schreiten hier in den geschützten Straßen die Leute so eilig aus, als fürchteten sie, in Eiszapfen verwandelt zu werden.

Guntram Krafft schaut so aufmerksam ringsum, er wandert ruhelos einher und sucht jemand, ohne es sich selber einzugestehen, und wenn ein Schlitten klingelt, so bleibt er unwillkürlich stehen und schärft den Blick.

Seine Visiten wird er am anderen Tag fahren, und Anton versichert, daß durch die alsdann erfolgenden Einladungen reiche Abwechslung in dieses langweilige Leben kommen werde.

An der Straßenecke hängt in dem vergitterten Kasten der Theaterzettel aus.

»Der fliegende Holländer« liest er, und mit wenigen Schritten überquert er den schneeverwehten Damm und studiert überrascht das Personenverzeichnis.

Der fliegende Holländer!

Wie oft hat er nicht an einsamen langen Winterabenden drunten im Dorf in »der blauen Woge« mit den Fischern zusammen gesessen, wenn sie mit geheimnisvollem Augenzwinkern vom Klabautermann und dem »fliegenden Dutschman« berichteten.

Guntram Krafft lacht leise auf, und seine Augen blitzen. Nein, beim »fliegenden Holländer« darf er nicht fehlen! Er sehnt sich nach Wogen und Wind, er sehnt sich nach seinem heimatlichen Meer, aus dessen Flut die Nixen steigen, ihn mit kristallenen Augen anzulächeln, so wie sie, jene Fremde, die ihm doch bisher das einzig Traute und Bekannte hier in der Fremde schien.

Und der Graf von HohenEsp schreitet gedankenvoll durch die menschenleeren Straßen, nach dem Theater, um sich einen Platz zu sichern.

VIII.

Schon geraume Zeit vor Beginn der Vorstellung hatte sich Graf HohenEsp im Theater eingefunden.

Er war der erste Gast im Haus, fast allein in der Loge, und betrachtete voll nachdenklichen Interesses das Gemälde des Vorhangs und die geschmackvolle Pracht ringsum.

Sobald eine Tür klappte, richtete sich sein Blick wie in ungeduldigem Forschen den neu Eintretenden zu, und so viel anmutige Mädchen und selbstbewußte Frauen auch erschienen, Guntram Krafft sah jedesmal enttäuscht aus. Allmählich füllte sich das Theater, immer bunter, immer farbenprächtiger wurde das Bild ringsum. Ein paar höhere Offiziere mit ihren Damen nahmen neben dem Grafen Platz, die Erscheinung des fremden Herrn mit schnellen Blicken musternd und alsdann hinter dem Fächer in unauffälliger Weise nur das eine Wort flüsternd: »Der Parsifal!«

Ein Lächeln, Raunen, Flüstern...

Die ganze Residenz wußte es bereits, daß der Graf von HohenEsp im Hotel Quartier genommen und gekommen war, die Feste der Saison zu besuchen, um sich eine Burgherrin für die ferne Bärenhöhle zu erwählen.

Fast alle Blicke waren auf den Bären von HohenEsp gerichtet, der ahnungslos über die Menge hinwegblickte und nur eine einzige unter allen suchte. Er hörte nur mit halbem Ohr der Begrüßung und Unterhaltung neben ihm zu. Dann aber setzte die Musik ein, und ihre wundervolle Eigenart interessierte den Grafen mehr als das verstummende Geplauder neben ihm. Die Oper ergriff ihn durch Musik und Inhalt sehr stark. Vergessen hat er, wo er ist; er weiß es nicht, daß ein Lichtstrahl aus den Kulissen hervor just sein weit vorgeneigtes begeistertes Antlitz trifft; er ahnt es nicht, wie schön ihn die Erregung macht, wie auffällig er sich in diesem Augenblick benimmt. Er weiß es auch nicht, daß zwei Mädchenaugen in langem Schauen auf ihm haften, daß es in ihnen aufleuchtet wie geheime Leidenschaft und brennendes Interesse – seine Nachbarin, Komtesse Thea, die keinen Blick von ihm wendet.

In die gegenüberliegende Loge sind leise zwei Damen getreten und haben unbemerkt Platz genommen.

Die jüngere ist es, die mir langem Blick den Grafen von HohenEsp mustert und ihrer Nachbarin zuflüstert: »Sieh, Mama, da drüben steht der fremde Herr, der mich gestern unter dem Schlitten hervorgeholt hat.«

Frau von Sprendlingen, die noch immer auffallend schöne und elegante Frau des seit etlichen Jahren pensionierten Generals, hob die Lorgnette.

»Ah! Das interessiert mich! Eine auffallend schöne und stattliche Erscheinung! Er scheint ja überaus begeistert von der Aufführung.«

»Ein echter Krautjunker! Du glaubst nicht, wie verlegen er gestern wurde, als er mir geholfen hat. Kein Schuljunge errötet mehr so intensiv wie er.«

»Das ist kein Fehler!«

»Aber auch kein Vorzug!«

»Ist dir jener Fremde drüben sympathisch?«

Gabriele lehnte das Köpfchen gelangweilt zurück. »Vorläufig ist er mir unendlich gleichgültig! Zwar sieht er aus, als könne und müsse er ganz Hervorragendes leisten, und du weißt, daß ich die Menschen nur nach Verdienst schätze, daß ich mich nur für Helden begeistern kann!«

»Ist etwa Herr von Heidler ein Held?«

»Wenn einer – dann er!«

»Welche Illusionen!« Frau von Sprendlingen lachte etwas nervös. »Ich hörte bisher nur, daß er flott und leichtsinnig sei.«

»Und daß er der beste, kühnste und unerschrockenste Reiter, der tüchtigste Offizier im ganzen Regiment ist, das hörtest du noch nicht, Mama?«

»Das wohl auch, aber um mir zu imponieren, ist es noch nicht genug.«

»Mir genügt es vollkommen, wenn ein junger Mann seinen guten Willen beweist, sein Bestes für sein Vaterland zu geben. Ich bin eine begeisterte Patriotin, ich taxiere den Mann nur nach dem, was er für Reich und Volk leistet; das bestimmt seinen Wert.«

»Aber was leistet Heidler?« zuckte Frau von Sprendlingen ein wenig ironisch die Schultern.

»Zunächst genug, indem er Soldat ist. Daß er eine vorzügliche Karriere macht, es zu den höchsten Ehren bringt, ist selbstredend.«

In diesem Augenblick wandte Herr von Heidler, der elegante Dragoner, das Haupt und blickte mit einem kühnen und siegesgewissen Lächeln zu der Loge empor. Gabriele errötete ein klein wenig und nickte ihm wie einem guten Bekannten zu, war es doch stadtbekannt, daß Herr von Heidler ihr eifriger Verehrer war. Der junge Dragoner war eine auffallende Erscheinung, nicht hübsch und – wie viele behaupteten – auch nicht sehr sympathisch, aber auf jeden Fall recht interessant. Schick und vornehm, sportlich trainiert bis zur Magerkeit, mit einem sehr schmalen, scharfgeschnittenen Gesicht, dazu zwei tiefliegende, scharfe, lebhaft blitzende Augen und ein Mund, dessen geneigte Winkel ihm etwas Arrogantes gaben – das war Herr von Heidler.

Die Damen schwärmten für den außerordentlich amüsanten Spötter, der rücksichtslos seinen scharfen Witz auf Kosten anderer spielen ließ und durch Wort und Blick zu faszinieren verstand. Die Herren urteilten weniger günstig über ihn und nannten ihn einen frivolen und kaltherzigen Egoisten.

Die Unterhaltung der beiden Damen in der Loge war sehr leise geführt worden; sie waren ungeniert, da sie sich allein befanden, auch übertönte die Musik das Flüstern hinter dem Fächer.

Mutter und Tochter kannten den fliegenden Holländer zur Genüge und wären heute abend überhaupt nicht hier erschienen, wenn nicht die Hofdame der Prinzeß Amalie am Nachmittag vorgefahren wäre mit der Nachricht, daß Hoheit Fräulein Gabriele heute abend gern in der Teepause im Opernhaus sprechen möchte, um direkte Nachrichten von dem X'er Hof zu erhalten, wo Fräulein von Sprendlingen bei der Hofmarschallin zu Gast gewesen war.

Der erste Akt war vorüber, langsam sank der Vorhang nieder, und die Klänge der Musik verhallten. Guntram Krafft stand noch völlig unter dem Eindruck des Gehörten, daß er regungslos verharrte. Erst der tosende Beifall des Hauses ließ ihn betroffen aufschauen, und als er das Haupt wandte und sein Blick mechanisch die gegenüberliegende Loge streifte, zuckte er plötzlich zusammen, und auf sein Antlitz trat wieder der Zug beinah scheuen Entzückens, mit dem er schon einmal in die Augen seiner Unbekannten gestarrt hatte.

War es Spuk und Zauber? Da glänzten ihm plötzlich wieder die klaren Nixenaugen entgegen, da schimmerte das lockige Haar unverhüllt über der Stirn, und weiße, flaumige Spitzen rieselten wie Wasserschaum um den schlanken Hals.

Der Graf hatte das Empfinden, als müsse er mit jubelnder Bewegung zu ihr hinübergrüßen, aber er wagte es nicht; nur sein ehrliches Auge spiegelte all sein Entzücken über dies unverhoffte Wiedersehen wider.

Die ältere Dame hebt die Lorgnette und sieht ungeniert zu ihm herüber, und um die Lippen seiner Meerfei spielt ein schnelles Lächeln. Sie sieht ihn an, groß und gelassen, und dann schaut sie an ihm vorüber und nickt Komtesse Thea an seiner Seite zu; die Offiziere in der Loge und deren Damen tauschen ebenfalls Grüße herüber und hinüber, und einer der Herren sagt laut und lebhaft: »Ah, scharmant! Da ist ja Fräulein von Sprendlingen wieder zur Stelle!«

»War Ihre Freundin Gabriele verreist, Komtesse?«

»Ja, Exzellenz. Sie hat ihre Tante Grüdner, die Hofmarschallin am Hof zu X., anläßlich deren Silberhochzeit besucht.«

»Sie kann noch nicht lange zurückgekehrt sein.«

»Seit gestern mittag, gnädigste Frau. Hatte sogar noch ein Schlittenunglück hier in der Parkstraße zu überstehen. Der ›Schwan‹ kippte um, und Schön-Gabrielchen lag weich und warm...«

»Im Schnee?«

»O nein, an der Brust eines kühnen Retters, ich glaube, der alte Dienstmann Saul stürzte sich ihr nach auf Leben und Sterben!«

»Pfui, wie unpoetisch! Glücklicherweise scheint alles sehr gut abgelaufen?«

»Tadellos!«

»Aha – der Kammerherr erscheint drüben an ihrer Seite … sie erhebt sich …«

»Man hat sie wohl zu den hohen Herrschaften in das Teezimmer befohlen.«

Graf von HohenEsp hat Wort für Wort von der Unterhaltung gehört, obwohl er keinen Blick von dem reizenden Mädchenhaupt drüben gewandt hat.

Fräulein von Sprendlingen – Gabriele heißt sie. Nun hat er ihre Spur gefunden, nun weiß er, daß er sie wiedersehn, ihr sicher in den Salons begegnen wird.

Sein Herz schlägt aufgeregt, das Blut brennt ihm in den Wangen.

Der Bär von HohenEsp setzt sich mechanisch wieder nieder, und als er aus seinen tiefen Gedanken emporschaut, weil die Unterhaltung um ihn her wieder laut und lebhaft wird, da sieht er direkt in das blasse, schmale Gesichtchen der Komtesse Thea, deren tiefumschattete dunkle Augen auf ihn gerichtet sind.

»Ich habe Gabriele sehr lieb! Sie ist meine vertrauteste Freundin!« sagte die junge Dame, wie es ihm schien, mit ganz besonderem Nachdruck, und bei Guntram Krafft weckten die Worte »ich habe Gabriele sehr lieb« einen warmen Widerhall im Herzen.

Interessierter als zuvor blickt er die Sprecherin an.

Die Musik intoniert von neuem, und unruhig schaut der Graf nach seinem reizenden Gegenüber aus, aber umsonst; der Platz an der Seite der Frau von Sprendlingen bleibt leer. Jetzt treten die hohen Herrschaften wieder ein, und hinter ihnen – richtig – da erscheint Gabriele und nimmt neben einer der Hofdamen Platz.

Erst nach der nächsten Pause kehrt sie an die Seite der Mutter zurück. Guntram Krafft begrüßt sie mit strahlenden Augen, doch seltsam … sie, die ihm noch vorhin ein so anmutiges Lächeln spendete, blickt jetzt plötzlich über ihn hinweg, als existiere er nicht mehr für sie. Die großen, hellen Nixenaugen blicken so kalt, und die feinen Lippen wölben sich so stolz und hochmütig. Was mag ihr plötzlich in den Sinn gekommen sein?

Der Bär von HohenEsp ist so in Schauen und Sinnen versunken, daß er für nichts anderes mehr Augen und Ohren hat; er bemerkt es nicht, wie Komtesse Thea keinen Blick von ihm wendet und ihn scharf beobachtet.

IX.

Während Guntram Krafft mit sehnsüchtigem Blick nach dem Logenplatz, den Gabriele am Arm des Kammerherrn verlassen hatte, hinüberschaute, war Fräulein von Sprendlingen in das Teezimmer, das hinter der großen Hofloge lag, eingetreten.

Prinzeß Amalie blickte ihr bereits erwartungsvoll entgegen.

Die hohe Dame, die schon seit Jahren eines Knieleidens wegen nur mit großer Anstrengung zu gehen vermochte und meist in ihrem kleinen, leicht beweglichen Rollstuhl gefahren wurde, nickte dem jungen Mädchen in ihrer herzgewinnenden Weise zu und fesselte sie sogleich an ihre Seite.

Gabriele erzählte ihr in ihrer frischen, anmutigen Art von den Anverwandten der hohen Frau, die sie während des Besuches bei der Hofmarschallin am Hof zu X. noch vor wenigen Tagen gesehen und gesprochen hatte. Da gab es viel zu berichten.

Die kurze Pause hatte kaum ausgereicht, all die vielen Erinnerungen neu aufleben zu lassen. Gabriele bleibt auf Wunsch der Prinzessin in der großen Loge.

Als sich die Herrschaften während der nächsten Pause abermals zurückziehen; wendet sich der Herzog an Fräulein von Sprendlingen und verwickelt sie in eine Unterhaltung.

Als er sich gerade voll liebenswürdigen Interesses nach dem Unfall erkundigt, den sie mit dem Schlitten gehabt hat, klingt das leise, übermütige Lachen des Prinzen Carl Emil an ihr Ohr, der mit einer der Hofdamen plaudert.

»Ich glaube, Gräfin, wir alle sind gespannt, den ›weisen Toren‹ kennenzulernen«, sagt er gerade mit vernehmlicher Stimme.

Der Herzog wendet den Kopf. »Von welchem ›weisen Toren‹ sprichst du?«

»Von dem modernen Parsifal«, lacht der Prinz, »der heute abend dem fliegenden Holländer eine gewaltige Konkurrenz macht und das Publikum mehr interessiert als der bleiche Kapitän auf der Bühne drunten.«

»So, so! Der Graf von HohenEsp! Der dürfte freilich die Attraktion der diesjährigen Saison sein.« Zu Fräulein von Sprendlingen gewandt, fuhr er fort: »Der Graf HohenEsp ist sogar hier in nächster Nähe zu schauen! Bemerkten Sie noch nicht in der Loge, Ihnen gegenüber, einen blonden Mann, der nicht im mindesten nach einem Hinterwäldler aussieht?«

Gabriele blickte den Sprecher mit weit offenen Augen an.

»Jener Fremde…jener ist es, königliche Hoheit?«

»Gewiß! Sie erwarteten auch eine ganz andere Erscheinung in dem Einsiedler aus der Bärenhöhle?«

»Findest du wirklich, Vater, daß er so völlig von Europas Kultur beleckt ist?« lachte Prinz Carl Emil mit zwinkerndem Blick. »Der tadellos zugeschnittene Rock und die Krawatte machen es nicht allein! Die Art und Weise, wie ein Mensch seine Kleider trägt, ist maßgebend für seine Persönlichkeit!«

»Ganz recht; wie aber trägt Graf Guntram Krafft seinen Rock?«

»Wie ein Mann, der sich höchst fremd und höchst unbehaglich in der neuen Fasson vorkommt.«

»So? Das ist mir noch nicht aufgefallen.«

»Beobachte ihn! Jede seiner Bewegungen ist geniert, ungeschickt, in Wahrheit ›bärenhaft‹.«

»Mich überrascht am meisten der Ausdruck seines Gesichtes«, schaltete sich die Herzogin ein. »Seine Augen haben einen kindlichen Blick. Was er denkt und fühlt, spiegelt sich auf seinem Antlitz wider; das beobachtete ich während der Vorstellung.«

»Dies alles scheint mir kein Fehler zu sein.«

In den Korridoren ertönte das Klingelzeichen, die hohen Herrschaften traten nach sehr huldvoller Verabschiedung in die Loge zurück, und Gabriele eilte, die Begleitung des Kammerherrn dankend ablehnend, zu Frau von Sprendlingen zurück.

Ihr Atem ging schnell und unruhig, ihr Herz schlug aufgeregt. Sie setzte sich schweigend auf ihren Platz nieder, und ein finsterer, beinah verächtlicher Blick streifte den Grafen von

HohenEsp, der sich mit aufleuchtenden Augen vorneigte und durchaus kein Hehl von seinem Entzücken machte, sie wiederzusehen. Also das Muttersöhnchen aus der Bärenhöhle war der mutige Retter. Der Graf von HohenEsp, jener Held, der wegen einer kaum beachtenswerten Verletzung am Fuß nicht Soldat wurde, der sich feige und schlapp hinter der Mutter Schürze verkroch, anstatt voll kühnen Wagemuts hinaus in die Welt zu stürmen, um Gut und Blut für sein Vaterland einzusetzen.

Was will er hier? Sich gar ein Weib suchen, das sein Schlaraffenland mit ihm teilt? Ein verächtliches Zucken geht um Gabrieles Lippen. Auch eine solche wird sich wohl für ihn finden; es gibt Mädchen, die wenig, sehr wenig von einem Mann verlangen, lediglich einen Trauring.

Aber Gabriele von Sprendlingen verlangt mehr!

Als die letzten Musikklänge verrauscht sind und sich der tosende Beifall gelegt hat, erhebt sich das junge Mädchen und schreitet hastig dem Ausgang zu. Für den Grafen von HohenEsp, der noch immer zögernd in der Loge steht und zu ihr hinüberschaut, hat sie keinen Blick mehr.

In der Halle drunten stehen die jungen Offiziere und plaudern mit den Damen, die hier das Vorfahren der Wagen erwarten. Auch Leutnant von Heidler ist Gabriele sporenklirrend entgegengetreten, küßt Frau von Sprendlingen die Hand und erkundigt sich nach dem Befinden der Damen.

Er hat Gabriele bereits auf dem Bahnhof begrüßt; daß seine Anwesenheit dort ein Zufall gewesen sei, hat er weder behauptet noch hat es die junge Dame angenommen; auch jetzt blickt er ihr mit den kühnen, siegesgewissen Augen wie in selbstverständlicher Vertraulichkeit in das reizende Antlitz und versichert ihr, daß die Residenz schauderhaft öde ohne sie gewesen sei und daß es eine ganze Menge zu erzählen gäbe.

Sie plaudern und bemerken die hohe Männergestalt nicht, die dicht neben ihnen an einer Säule steht und keinen Blick von Gabriele wendet. Nur Frau von Sprendlingen sieht den Erben von HohenEsp und zeigt ihm ein ganz besonders freundliches Gesicht.

Der Wagen wird gemeldet, Herr von Heidler bietet der Baronin den Arm, und Gabriele folgt.

Er steht und sieht, wie sie der Dragoneroffizier in den Wagen hebt und dann selber einsteigt; die Pferde ziehen an, und neue Wagen und Rosse drängen vor das Portal.

Wie im Traum schreitet der junge Graf in die kalte Winternacht hinaus. In seinem Kopf wirbelt es von neuen, wundersamen Eindrücken. Sein Herz schlägt heiß und ungestüm, wie eine leidenschaftliche Glückseligkeit, eine jauchzende Lebensfreude kommt es über ihn.

Noch nie hat sich der weltfremde Mann so frohen Herzens zum Schlaf niedergelegt wie an diesem Abend; vor seinen Ohren rauschen die Wogen des Meeres, klingen die Zauberweisen des »fliegenden Holländers« – Sentas Antlitz trägt Gabrieles Züge, und sie breitet die Arme nach ihm aus.

*

Die Villa Monrepos, die der pensionierte General von Sprendlingen bewohnte, lag in einer stillen Vorstadtstraße.

Über den verschneiten Gartenweg eilte eine junge Dame, zog eilig die Glocke und ging mit kaum merklichem Gruß an dem Portier vorüber, um die teppichbelegte Treppe emporzuhasten.

Sie schien kein seltener Gast bei Fräulein von Sprendlingen zu sein, denn der Diener öffnete sogleich und sagte mit kurzer Verbeugung: »Darf ich bitten, in das Musikzimmer, Komtesse.«

»So«, sagte Gräfin Thea von Sevarille, den Gruß ebenso unhöflich erwidernd wie zuvor den des Portiers, staubte die letzten Schneesternchen von dem Muff und schritt durch eine Flucht eleganter Salons nach dem kleinen, turmähnlichen Anbau, in dem der Flügel aufgestellt war.

Gabriele klappte die Noten zu und erhob sich.

»Endlich, Thea! Es war mir schon ganz unheimlich, daß du noch nicht hier warst. Während meiner Abwesenheit hat sich doch gewiß mancherlei hier ereignet, was wichtig genug ist, um berichtet zu werden. Komm mit hinüber, ich finde es heute kalt hier.«

Sie traten in das lauschige Zimmer Gabrieles. Komtesse Sevarille warf die Pelzjacke ab und ließ sich wohlig vor dem Kamin in eins der hellseidenen Sesselchen sinken.

»Neuigkeiten!« lachte sie; »wenn du gehst, Liebste, steht die Zeit bei uns still; und wenn du wieder auf der Bildfläche erscheinst, häufen sich die Ereignisse. Nummer eins: Du bist mit dem Schlitten umgekippt?«

»Es war nicht der Rede wert!«

»Es genügte, um dich einem höchst gefährlichen Retter in die Arme zu führen.«

Thea dachte an den alten Dienstmann, von dem man im Theater gesprochen hatte, und belachte ihren harmlosen Witz sehr vergnüglich, um so mehr überraschte sie der plötzlich ganz veränderte Ausdruck in dem schönen Antlitz ihres Gegenübers.

»Ein gefährlicher Retter?« spottete Gabriele. »Wenn mir alle Menschen so ungefährlich wären wie der Bär von HohenEsp, so wäre es gut um mich bestellt!«

Schier atemlos starrte Thea sie an. »Der HohenEsper rettete dich?«

Gabriele zuckte beinah ungeduldig die Schultern.

»Mein Gott, du fragst mich ja nach meinem Retter, und da muß ich dir doch begreiflich machen, daß nichts an der ganzen Sache gefährlich war, weder er noch der umgekippte Schlitten noch die durchgehenden Pferde. Nichts von alledem hat eine Spur hinterlassen.«

Einen Augenblick später starrte Gräfin Sevarille, noch aufs höchste betroffen, in das lodernde Kaminfeuer, dann faßte sie sich schnell und nickte lebhaft. »Du mußt mir die ganze Begegnung mit dem sagenhaften Menschen einmal getreu beschreiben! Ihr lerntet euch also bereits kennen?«

»Ebenso wie man einen Eckensteher kennenlernt, der zuspringt, wenn einem der Schirm hinfällt.«

Thea lachte gedämpft. »Stellte er sich nicht vor?«

»Nein! Wenn du gehofft hast, der Schlittenunfall sei das erste Kapitel zu einem Roman gewesen, so irrst du gewaltig.«

»Spotte nur, Gabriele! Ich kenn ja deinen Widerwillen gegen Männer, die sich nicht aus Patriotismus spießen und hängen lassen. Mag Graf Guntram Krafft in deinen Augen keine einzige von all jenen hohen Tugenden besitzen, die du so gebieterisch forderst; eins mußt du ihm dennoch zugestehen, daß er sehr hübsch ist.«

Thea hatte mit beinah schwärmerischer Ekstase gesprochen. Gabriele aber lachte ein wenig erstaunt und schüttelte den Kopf.

»Du scheinst ihn gestern abend genauer angesehen zu haben als ich. Er gefällt dir, und das ist viel Glück für den Bärenhäuter...«

»Nenn ihn nicht so, Gabriele! Du tust ihm Unrecht, und ich mag es nicht hören!«

»Ei, ei! So gewaltig hast du schon Feuer gefangen?«

Komtesse Sevarille legte leidenschaftlich den Arm um die Sprecherin und drückte ihr Gesichtchen mit den nervös bebenden Lippen an die Schulter der Freundin.

»Ach, Gabriele, du hast gut spotten«, sagte sie leise, »du Glückliche hast dein Teil erwählt, du wirst geliebt und liebst wieder! Wenn du es auch noch ableugnest, wir wissen es doch, daß du mit Heidler einig bist. Du hast stets gesagt, daß du meine treue, aufrichtige Freundin bist, bestätige es! Hilf mir, daß ich auch so glücklich werde wie du!« Ein seltsamer Ausdruck lag auf dem reizenden Antlitz mit den hellen Nixenaugen.

Gabriele sprach ihr Empfinden nicht aus und antwortete so freundlich, wie es ihr möglich war: »Wenn ich jemals etwas dazu tun kann, dir das Herz des Grafen zuzuwenden, so soll es gewiß geschehen. Was aber Heidler anbelangt«, die Sprecherin erglühte bis auf den weißen Hals hinab, »so bist du gewaltig im Irrtum, wenn du glaubst, daß ein einziges Wort zwischen uns gefallen ist, was mehr besagt als freundschaftliches Interesse. Wir sind gute Kameraden, weiter nichts.«

»Je nun, was noch nicht ist, wird desto sicherer werden! Apropos...der HohenEsper fährt heute Besuche. War er schon hier, und habt ihr ihn angenommen?«

Wieder brach ein lauernder Blick unter den dunklen Augen hervor und forschte in dem Antlitz des Fräulein von Sprendlingen, Gabriele aber griff gelassen nach ein paar Karten, die zwischen den Büchern des Nebentisches lagen, und reichte sie ihr.

»Vor einer halben Stunde schickte mir die Mama die Karten herüber; soviel ich weiß, hat sie den hohen Besuch empfangen, ich selber ließ mich entschuldigen.«

Die Komtesse war plötzlich sehr guter Laune, strahlend heiter und vergnügt. »Guntram Krafft, Graf Bär von HohenEsp«, las sie mit viel Pathos. »Nun adio, ich muß heim!« Thea schob die Visitenkarte in ihren Muff und griff hastig nach der Jacke.

»Bleib doch noch! Es gibt gewiß noch mancherlei zu berichten.«

Aber Komtesse Sevarille hatte es plötzlich sehr eilig.

»War der Graf denn schon bei euch?« fragte Gabriele zum Abschied.

Sie nickte flüchtig. »Die Tournee fängt ja meistens in unserer Straße an. Empfiehl mich bitte deiner lieben Mutter... und nochmals – adio!«

Wie ein Schatten, schnell und lautlos, flog sie die Treppe hinab.

X.

Der erste Hofball!

Die ganze Residenz ist voll Interesse und Anteilnahme. Alter Tradition gemäß muß es an Hofballtagen besonders kalt sein, ein frisches, fröhliches Schneegestöber muß die Luft erfüllen, und die Parkbäume und Bosketts rings um das herzogliche Schloß herum haben die Verpflichtung, weißbereift, wie ein glitzernder Zauberwald, das Auge zu erfreuen, denn niemals sieht der malerische Rokokobau schöner und märchenhafter aus als mit strahlend erleuchteten Fenstern inmitten der verschneiten Winterlandschaft.

Vor der Einfahrt staut sich die Menge und ist hochbefriedigt, einen Blick in das glänzend erleuchtete Vestibül zu werfen. Lakaien in roten Galaröcken, weißseidenen Strümpfen und Schnallenschuhen, mit gepudertem Haar und geschmeidig-gleitenden Bewegungen huschen her und hin, neigen sich tief vor den eintreffenden Gästen und stehen an den Windungen der Treppen.

Guntram Krafft stand noch immer zögernd neben dem Sockel einer Karyatide und umfaßte mit staunendem Blick das üppige Bild, das sich seinen Augen bot. Welch ein Lichtgefunkel! Welch ein Meer von Kerzen!

Anton hatte ihm gesagt: »Nun möchte ich mir erlauben, dem Herrn Grafen einen guten Rat zu geben. Da wird heute so viel Neues und Fremdes auf Euer Gnaden einstürmen, daß es den Kopf verwirren muß. Das darf aber nicht geschehen. Am besten wäre es, wenn der Herr Graf diesen ersten Ball nur wie eine Schaustellung an sich vorübergehen ließen. Sie stellen sich auf irgendeinen hübschen Platz, sehen sich alles erst mal genau an, mustern die Damen und lassen sich ein bißchen über die einzelnen unterrichten. Das nächstemal mischen Sie sich dann schon mit viel ruhigerem Blut unter die Tanzenden, lernen die Damen kennen und amüsieren sich herrlich.«

Er hatte Antons Rat sicher sehr gut gefunden, befolgte ihn sogleich und stand vorerst schon hier in der Treppenhalle still, um mit einem Gefühl der Verzauberung um sich zu schauen. Da schwebten sie an ihm vorüber, lachend und scherzend und die guten Bekannten begrüßend, all die wunderholden Frauen und Mädchen mit schimmerndweißen Nacken und Armen. Wie das glänzt und gleißt und rieselt von Atlas, Seide und Samt, wie die flaumigen Spitzen wogen, wie die Tüll-, die Gaze-und Florkleider wehen! Silber-und Goldstreifen darin, Metalltupfen und Tautropfen, die blinken und zittern und doch nicht zerrinnen! Und welch ein Gefunkel von Edelsteinen! Über Nacken, Brust und Arme sind sie gestreut wie ein versteinerter Funkenregen, in allen Farben der Iris leuchtend, Diademe über der Stirn und goldene Spangen um die zarten Handgelenke.

Gar mancher Blick hat den Bär von HohenEsp gestreift, gar manch leises Wort ist über ihn gewechselt, und manch rote Lippe hat seinen Namen genannt; auch hat des jungen Grafen Blick sich selber im hohen Wandspiegel gestreift und voll scheuer Unsicherheit sein fremdes Bild gemustert.

Er trägt zum erstenmal einen Frack, zum erstenmal die weiße Binde und Weste, zum erstenmal die spiegelnden Lackschuhe.

Die Zahl der Gäste lichtet sich, es scheint nun die höchste Zeit zu sein, die Säle zu betreten, und langsam steigt Guntram Krafft die Treppe empor.

Wie haben seine Blicke Fräulein von Sprendlingen gesucht, wie zuckte sein Herz empor, als er sie noch im letzten Moment droben an der Treppenbiegung erblickte. Sie wandte just das Köpfchen und schaute zurück, ein paar Damen drunten zuzunicken.

Ihr Blick streift auch ihn, aber so fremd, so kühl, als habe sie ihn nie im Leben gesehn. Wieder überkommt ihn ein Gefühl banger Ungeduld.

Bei dem Eingang an der Bildergalerie steht ein diensttuender Kammerherr, um die Ankommenden zu begrüßen. Er tritt auch dem jungen Grafen sehr liebenswürdig entgegen, nennt seinen Namen und spricht seine Freude aus, wieder einen Vertreter der Familie von HohenEsp hier begrüßen zu dürfen.

Er spricht mit leiser Stimme, sehr höflich und verbindlich, dennoch liegt etwas Zeremonielles in seinem Wesen, und sein Händedruck ist mehr förmlich als herzlich.

Er geleitet den Neuling auf höfischem Parkett bis zu dem nächsten Saal, in dem sich die tanzende Jugend bis zu dem Eintritt der hohen Herrschaften versammelt. Zwei Adjutanten in großer Uniform halten sich in der Nähe der Tür auf, treten eilig herzu, und der Kammerherr stellt ihnen den Grafen vor mit der Bitte, ihn bei den jungen Damen bekanntzumachen.

Ein paar liebenswürdige Worte der vielbeschäftigten Herren, die Guntram Krafft mit der ehrlichen Versicherung, daß er sich freue, diesem Fest beiwohnen zu können, quittiert, und dann murmelt ein sehr junger Leutnant hinter ihm einen unverständlichen Namen und offeriert die silberne Schale mit den Tanzkarten.

Der Graf stellt sich seinerseits vor und nimmt eins der eleganten Kartonblätter, auf dem unter dem farbigen Fürstenwappen eine Anzahl Tänze notiert ist, von welchen er kaum die Namen kennt. Er verzichtet darum darauf, zu engagieren, obwohl einer der Adjutanten sich mit ihm durch die Menge drängt und den Versuch macht, ihn den Damen vorzustellen.

Lauter fremde Gesichter! Wie rosige Nebel wallt es vor den Augen des Grafen, er verneigt sich stumm und vermag kaum die einzelnen jungen Mädchen mit: dem Blick zu umfassen, geschweige all die Namen zu merken, die, kaum verstanden, vor seinen Ohren schwirren.

Wozu auch? Er sucht nur ein einziges Antlitz, er lauscht nur auf einen einzigen Namen, und just darauf vergeblich.

Noch sind sie nicht weit gekommen, als ein lautes, hartes Klopfen auf dem Parkett ertönt, die lachenden, schwatzenden Stimmen wie mit Zauberschlag verstummen und die Damen hastig nach der einen Seite des Saales, die Herren nach der andern zurückweichen.

Adjutanten und Kammerherren schreiten geschäftig »die Fronten« auf und ab, herüber und hinüber werden noch ein paar Scherzworte und Grüße getauscht, dann klopft es abermals, die vergoldeten Flügeltüren schlagen auf, und unter Vortritt der obersten Hofchargen betreten die hohen Gastgeber, von den Privatgemächern kommend, den Saal.

Tiefe, feierliche Verbeugungen rechts und links.

Die Herrschaften grüßen, lächeln und schreiten langsam durch die spalierbildende Jugend. Der junge Leutnant wendet sich danach wieder dem HohenEsper zu. »Haben der Herr Graf schon alle Tänze festgesetzt?«

»Nein. Ich möchte heut nicht tanzen, sondern das Fest nur als Schauspiel auf mich wirken lassen.«

»Sehr wohl! Ist auch kaum ein Vergnügen, auf einem wie ein Präsentierteller großen Raum zu tanzen. Furchtbare Fülle heut! Man findet sich kaum durch. Aber immerhin engagiert man, um ein wenig mit den Damen zu plaudern.«

»Wer gilt für die Schönste der Damen?«

Der junge Offizier lacht. »Das ist schwer zu sagen. Da ist die Hofdame der verwitweten Prinzeß Amalie, Gräfin Dollen, eine vielgerühmte Schönheit, aber kühl bis ans Herz; dann Fräulein von Lochau, pikant, amüsant, kapriziös; Baronesse Sprendlingen, bezaubernd hübsch, aber rasend verwöhnt und anspruchsvoll. Aber Pardon, wir wollen uns in den Tanzsaal begeben, damit die höchsten Herrschaften sogleich das Zeichen zum Beginn des Tanzes geben können. Sie gestatten, Herr Graf?« Der Sprecher verneigt sich ein paarmal hastig nacheinander und schießt davon, um einer zierlichen kleinen Blondine den Arm zu bieten und sich dem »Zug nach dem Westen« anzuschließen.

Da hastet es abermals lachend und scherzend an ihm vorüber, und Guntram Krafft steht – um ein Haupt länger als alles übrige Volk – ruhig beiseite und überfliegt mit suchendem Blick die bunte Menge.

»Fräulein von Sprendlingen, bezaubernd hübsch, aber rasend verwöhnt und anspruchsvoll!« klingt es noch wie ein Echo vor seinen Ohren, und dann denkt er wie in jubelnder Freude daran, daß er nicht zu tanzen braucht, sondern auch eine Dame zum Plaudern engagieren kann.

Und wie er mechanisch über die Menge hinblickt, da zuckt er plötzlich empor und ahnt es nicht, daß ihm alles Blut in die Wangen steigt.

Dort taucht endlich, endlich Gabrieles Köpfchen auf. Sie scheint es nicht eilig zu haben, den Tanzsaal zu erreichen.

An ihrem schlanken Hals schimmern Perlen in mattem Glanz, eine Kette mit einem Brillantschloß... und sie neigt den Nacken graziös zurück und lächelt zu einem Dragoneroffizier empor, der ihr gar schöne Worte zu sagen scheint.

Langsam, ganz langsam schreiten sie heran, sie sind die letzten im Saal, und Guntram Krafft begreift es selber nicht, woher er den Mut nimmt, aber er steht im nächsten Augenblick vor den beiden, verneigt sich linkisch und stammelt seinen Namen. »Darf ich um einen Tanz bitten, mein gnädiges Fräulein?« Sie schaut ihn mit den großen hellen Augen einen Moment sprachlos an, das Lächeln schwindet. »Bedaure, meine Tänze sind vergeben«, sagt sie kurz und legt ihre Hand auf den Arm des Offiziers, um hastig weiterzuschreiten. Herr von Heidler hat seinen Namen ebenfalls mit kurzer Verneigung genannt und den Bär von HohenEsp mit etwas ironischem Blick gemustert, dann flüstert er seiner Tänzerin ein paar Worte zu, und beide entschwinden in die Galerie.

XI

Einen Augenblick stand Guntram Krafft regungslos und starrte der entzückenden Erscheinung des jungen Mädchens nach. Alles Blut, das ihm zuvor nach dem Herzen gestürmt war, schoß ihm in die Wangen, und ein Gefühl tiefster Mutlosigkeit überkam ihn. Er war viel zu harmlos und weltfremd, um in dem Benehmen der beiden eine Zurücksetzung oder Unhöflichkeit zu sehen, es erfüllte ihn nur mit tiefer Betrübnis, daß er zu spät gekommen war, und sein erster Gedanke war der, daß Gabriele wohl erwartet hatte, er werde früher den Weg zu ihr finden, um sie zu engagieren.

Wie soll er sich ihr wieder nähern, um sie zu versöhnen? Er ist so fremd hier, unter all den vielen Menschen doch so allein. Und sehr freundlich ist niemand zu ihm, keiner scheint Zeit und Lust zu haben, mit ihm zu plaudern. Dieses Empfinden macht ihn noch befangener als zuvor.

Da hört er leise, schnelle Schritte neben sich, und eine milde, freundliche Stimme spricht ihn an: »Dachte ich es mir doch, Graf, daß Sie nach der ersten Niete, die Sie gezogen, kaum noch Lust verspüren, in das volle Menschenleben hineinzugreifen! Schade, daß ich Sie vorhin erst im Vorübergehen entdeckte und erst pflichtschuldigst meine Tour abtanzen mußte, ehe ich Sie holen konnte. Ich hätte Ihnen gern Gabrieles Abweisung erspart.«

Guntram Krafft hatte überrascht den Kopf gewandt. Er blickte in die sehr sanften, liebenswürdigen Augen der Komtesse Sevarille.

»Oh, Komtesse… Sie gedenken meiner… Sie nehmen sich meiner so freundlich an?« stotterte er mit aufleuchtendem Blick und kämpfte gewaltsam seine Verlegenheit nieder.

»Selbstverständlich, Graf! Ich kann mich so lebhaft in Ihre Situation hineinversetzen. Sie sind fremd hier, alles mutet Sie ungewohnt an, und niemand von diesen hastigen, vielbeschäftigten Menschen hat Zeit, Sie ein wenig in die Sitten und Gebräuche der großen Welt einzuführen.«

»Nur Sie allein, Komtesse, wollen diese große Freundlichkeit haben?«

»Wenn Sie sich meiner Fürsorge anvertrauen wollen, Graf?« lächelt sie herzgewinnend.

»Ich danke Ihnen von Herzen«, sagt er warm und herzlich. »Wie schade, daß ich diesen freundlichen Schutzengel nicht früher fand! Sie hätten mich gewiß beizeiten zu Fräulein von Sprendlingen geführt, damit ich noch einen Tanz und nicht einen Korb von ihr erhalten hätte.«

Thea lächelt und hebt die Schultern.

»Auf jeden Fall hätte ich Ihre Bitte um den Tanz zu gelegenerer Zeit angebracht als Sie!«

»Gelegenere Zeit?«

»Sahen Sie nicht, wie sehr vertieft Gabriele und Herr von Heidler in ihre Unterhaltung waren?«

Der Bär von HohenEsp wurde abermals rot, als wäre er auf einer Sünde ertappt worden.

»Nein… das sah ich nicht.«

»Herr von Heidler macht ihr den Hof. Wer weiß, was er ihr gerade sagen wollte, als Sie so störend dazwischentraten.«

»Sie liebt ihn?«

»Ich glaube es wohl, die ganze Stadt wenigstens erzählt es sich als Tatsache. Nun aber kommen Sie, lieber Graf! Es gibt noch viele reizende Damen im Saal, die alle sehr gerne mit Ihnen tanzen möchten. Sehen Sie hier, meine Tanzkarte! Ihr Name fehlt auch noch darauf, und den Kotillon habe ich speziell für Sie aufgehoben.«

»Ich kenne diesen Tanz nicht, Komtesse.«

»Gut! So setzen wir uns während dieser Zeit und sehen zu. Ich erkläre Ihnen die einzelnen Touren, und das nächstemal wirbeln Sie flott mit mir herum.«

»Das wäre sehr gütig, Komtesse«, spricht er wie einer, dem die Kehle zugeschnürt ist.

Gräfin Sevarille scheint keine Unterhaltungskünste von ihm zu verlangen; ihre dunklen Augen lachen fröhlich zu ihm auf, und sie spricht statt seiner, während sie nach dem Tanzsaal schreiten.

»Wissen Sie, Graf, was ich glaube? Sie finden unsere große Stadt, unsere lebhaften Feste, all die modernen Sitten und Gebräuche zunächst ganz greulich und sehnen sich heim in den köstlichen Frieden Ihres stillen Strandschlosses. O wie sehr begreife ich das! Auch für mich gibt es kein besseres Glück als ein Leben auf dem Land. Warum sehen Sie mich so erstaunt an? Scheint Ihnen das so unbegreiflich?«

Sein Blick haftet noch immer überrascht auf ihrem blassen Gesicht. »Ja, das finde ich sehr unbegreiflich, aber es freut mich um so mehr, es zu hören. Lebten Sie längere Zeit auf dem Land, Gräfin, daß Sie es liebgewannen?«

»Längere Zeit? O nein, Gott sei es geklagt! Nur ganz kurz und flüchtig lernte ich seinen Zauber kennen, und darum glüht die Sehnsucht desto heißer in meinem Herzen. Sie müssen mir viel von Ihrer Heimat, von Ihrem Leben und Treiben dort, erzählen, Graf! Zuerst aber möchte ich Sie recht vielen Damen vorstellen, damit Sie …«

Er blieb zögernd stehen und blickte in die offene Saaltür, vor der Kopf an Kopf die Herren in glänzenden Uniformen standen und mit mehr oder minder harmlosen Scherzen die Tanzenden kritisierten.

»Ein Plaudern in der Galerie dürfte wohl lohnender sein als ein solches im Saal«, sagte er leise, und die Lichter flirrten vor seinem Blick, und die schmetternden Musikklänge taten ihm weh. »Lassen Sie uns hierbleiben, Komtesse, wenn Sie wirklich diesen Tanz für mich opfern wollen.«

»Opfern?« Sie neigte das Köpfchen mit den leuchtend roten Granatblüten zurück und lächelte. »Nicht im mindesten, der Tanzsaal lockt mich ebensowenig wie Sie! Darin bin ich so grundverschieden von meiner Freundin Gabriele, daß sie sich einzig inmitten des amüsanten Getriebes wohlfühlt, während sich mein Sinn seit jeher nach der beschaulichen Ruhe sehnte.« Sie setzte sich auf den weißen, golddurchwirkten Brokat des Diwans nieder, die lichtrote Seide ihres Kleides leuchtete unter den duftigen Tüllwogen, und hinter ihr baute sich eine Kulisse von Kamelie und Fliederbäumen auf, die die blühenden Zweige über ihr Köpfchen neigten.

Es war ein hübsches, anmutiges Bild, aber Guntram Krafft sah es nicht. Es lag noch immer wie graue Schleier vor seinen Augen, und aus allen Worten seiner Partnerin hörte er nur das eine heraus, daß Gabriele sich einzig bei Spiel und Tanz wohlfühle. Mechanisch setzte er sich an der Seite der Gräfin nieder.

»So würde Fräulein von Sprendlingen nie auf dem Land glücklich sein?«

»Nein, soviel ich beurteilen kann, nie! Und das ist ja auch gut, denn aller Wahrscheinlichkeit nach wird sie in eine Großstadt heiraten, da bleibt ihr ja alles zur Verfügung, woran ihr Herz hängt. Aber wir werden unterbrochen. Ah, Herr von Stetten! Holen Sie mich etwa schon zu unserer Fançaise?«

Der Vortänzer stand vor ihnen und verneigte sich hastig mit sehr scharmantem Lächeln.

»Leider darf ich mich noch nicht so glücklich preisen, Komtesse. Jetzt gilt mein störendes Eingreifen lediglich dem Herrn Grafen!« Abermals eine sehr höfliche Verneigung vor Guntram Krafft, der sich erhoben hatte und den Gruß erwiderte. »Der Kammerherr von Rheinsberg sucht Sie an allen Ecken und Enden, Graf. Seine Hoheit der Herzog haben den Wunsch geäußert, Sie zu sprechen. Auch dürfte es alsdann gelegene Zeit sein, daß Sie den fürstlichen Damen präsentiert werden.«

»Ich stehe zur Verfügung. Wollen Sie die Güte haben, mich dem Herrn Kammerherrn zuzuführen? Ich bitte um Verzeihung, Komtesse. Ich stehe bald wieder zu Diensten.«

Dann schritten die beiden Herren eilig davon, und Komtesse Sevarille erhob sich und wandte sich dem Saal zu.

»Thea!«

Beinah erschrocken schaute sich die Gerufene um. Hinter dem Boskett hervor traten Frau und Fräulein von Sprendlingen; sie hatten auf einem zweiten Wandpolster, das ganz versteckt hinter der grünen Kulisse stand, gesessen und waren weder von der Komtesse noch von dem Grafen HohenEsp bemerkt worden.

»Gabriele … gnädigste Frau … um alles in der Welt was tun Sie hier?«

Baronin Sprendlingen schritt mit einem merklich kühlen Gruß und ganz seltsam scharfem Blick an der jungen Dame vorüber, Gabriele aber blieb stehen und lachte.

»Solch indiskrete Lauscher hattest du nicht vermutet?«

Sie wandte sich ein paar Kavalieren zu, die augenscheinlich auf ihr Kommen gewartet hatten und die junge Dame um eine Extratour bestürmten.

Da Gabriele nur mit einem der Herren tanzen konnte – und sie tat es, wie eine Königin, die einem Vasallen eine herablassende Huld erweist –, so war auch Gräfin Sevarille in diesem Augenblick begehrte Ware und flog ebenfalls im Arm eines Tänzers auf feurigen Galoppklängen dahin.

Graf Guntram Krafft war dem Herzog vorgestellt worden und wurde von dem hohen Herrn durch eine ganz besonders gnädige und lange Unterhaltung ausgezeichnet, und der Einsiedler von HohenEsp, der zuvor so zaghaft und unsicher auf dem Parkett gestanden hatte, trat plötzlich fest und sicher auf, wie ein Mann, der über schwankendes Moorland geschritten ist und nun wieder festen Boden unter den Füßen fühlt.

Er wuchs unter dem Blick seines Fürsten empor zu dem alten, frischen Selbstbewußtsein, das ihm die heimatliche Scholle gab, er redete frank und frei in seiner schlichten, treuherzigen Weise, die klug, verständig und liebenswürdig klang, wenig von sich selber und seinem Tun und Handeln, aber dafür desto mehr von seiner Mutter. Die begeisterte Verehrung für die Gräfin leuchtete ihm aus den Augen, und durch die Seele des Fürsten zog wie stille Wehmut der Gedanke: Um wieviel reines und schönes Glück hat sich sein Vater selbst betrogen!

Das Wohlgefallen des hohen Herrn an dem jungen Grafen war ein ganz ersichtliches, er führte ihn persönlich der Herzogin und Prinzessin Amalie zu, und auch diese bezeigten ihm ein sehr freundliches Interesse.

Gabriele hatte während des Tanzes zufällig in der Nähe des Herzogs gestanden, als er den Bären von HohenEsp durch seine Ansprache auszeichnete. Ihr Blick streifte die Sprechenden und schärfte sich plötzlich, als er das Antlitz Guntram Kraffts traf. Die Veränderung in seinem Aussehen fiel ihr auf, sie war sehr vorteilhaft.

»Sehen Sie doch, mein gnädiges Fräulein«, lachte auch ihr Tänzer, »vor Serenissimus wandelt sich der tolpatschige Bär zum Löwen! Er sieht wirklich ausgezeichnet aus, der HohenEsper. Denken Sie sich jenen Mann in die Rüstung eines Gralsritters, und er würde schön sein wie ein Gott!«

»Er ›würde‹ – freilich! Aber er wird es nie werden!«

»Leider, jene Zeiten sind vorüber.«

»Sie leben noch in jedem Mann fort, der Säbel und Degen führt, der kühn bereit ist, in den Kampf für Fürst und Vaterland zu ziehen.«

»Der Bär von HohenEsp dient dem Vaterland mit dem Pflug!«

Sie sah ihn groß an. »Das mag wohl sein«, zuckte sie etwas ungeduldig die Schultern, »aber es genügt mir nicht!«

»Und warum nicht?«

»Weil ich bei einem Mann Taten sehen will! Es steckt in jedem Mädchenkopf ein gutes Stück Romantik, das den Wert eines Mannes nur nach der Qualität von Mut und persönlicher Kühnheit bemißt, die er zeigt. Die idealste Tat imponiert mir gar nicht, wenn der Betreffende, der sie ausübt, nicht dabei etwas wagt und sein Leben aufs Spiel setzt. Wirklicher Heldenmut begeistert mich stets zu heißem Entzücken, zu flammender Bewunderung.«

»Ich verstehe Sie und Ihre Ideale vollkommen, mein gnädiges Fräulein, und freue mich dessen, wenngleich Sie bei all Ihrer edlen Leidenschaftlichkeit doch etwas engherzig urteilen. Jeder leistet gewiß so viel, wie in seinen Kräften steht, aber jeder muß sich auch den Verhältnissen anpassen, in die ihn Gottes Vorsehung gestellt hat. Aber warten Sie nur, wenn sich die Gelegenheit bietet, wird auch Graf HohenEsp seinen Mann stehen!«

Ein sarkastisches Lächeln zuckte um Gabrieles Mund, mit ungläubigem Blick streifte sie die Reckengestalt des Genannten, der soeben befangen vor den jungen Prinzessinnen stand, dann wandte sie mit aufleuchtenden Augen das Köpfchen und sah Herrn von Heidler entgegen, welcher sich hastig zu ihr Bahn brach und um eine Extratour bat.

Die breite Narbe auf seiner Stirn hob sich dunkelrot von dem erhitzten Gesicht ab, die Narbe, die stets von dem schweren Sturz erzählen wird, den der schneidige Kavallerist bei einem tollkühnen Ritt erlitten hat. Gabrieles Herz schlägt schnell, sie legt die bebende Hand auf seinen Arm und blickt sekundenlang in das scharfgeschnittene, trainierte Gesicht mit den unruhig flackernden Augen.

XII

Frau von Sprendlingen hatte beobachtet, wie huldvoll der Herzog mit Guntram Krafft gesprochen hatte, wie auch die fürstlichen Damen ihn auszeichneten und wie sich der Erbe von HohenEsp bei dem neu beginnenden Tanz mit tiefer Verneigung zurückzog.

Baronin Sprendlingen schritt – anscheinend nur in den Anblick der hohen Herrschaften vertieft – langsam am Wanddiwan entlang.

Ein feines, nervöses Zucken spielte um ihre Augen, ein Zeichen, daß sie verärgert oder nervös war, und wenn ihr Blick zufällig Komtesse Thea streifte, so bekam er beinah etwas Feindseliges.

Frau von Sprendlingen besaß viel Scharfblick und Menschenkenntnis, und das Gespräch zwischen Thea und dem Grafen, das sie unfreiwillig belauscht, hatte ihr die Überzeugung gegeben, daß die Komtesse bemüht war, auf sehr feine und geschickte Art gegen Gabriele zu intrigieren.

Ganz wie von ungefähr näherte sich die Baronin dem Sohn Gundulas und bemerkte es voll äußerster Genugtuung, wie sein Blick, ein wenig verdüstert, aber sehr beharrlich, ihrer Tochter folgte.

Sie nestelte die langstielige, sehr elegante Lorgnette an der goldenen Kette von dem Fächer los und hob sie an die Augen, und als der Graf mechanisch auf die elegante, noch immer sehr schöne und jugendliche Frau herniedersah, schien sie ihn just in diesem Moment erst zu bemerken und zu erkennen.

Sie wandte sich ihm sichtlich überrascht und erfreut zu und bot ihm die kleine Hand, über der die kostbaren Armspangen funkelten.

»Sieh da, Graf HohenEsp! Welch eine Freude, Sie hier bei Spiel und Tanz begrüßen zu können! Hoffentlich sind Sie schon bei der Jugend bekannt geworden und amüsieren sich vortrefflich?«

Einen Augenblick schien der Genannte nicht recht zu wissen, wen er vor sich hatte.

»Hoffentlich hat Ihnen meine Tochter Gabriele einen Tanz aufgehoben«, fuhr die schöne Frau mit anmutigem Lächeln fort. »Es ist heute einer jener seltenen Tage, an denen die Herren in der großen Überzahl sind und die Tanzkarten infolgedessen bald ausverkauft sind.«

Die Sprecherin beobachtete das Antlitz des jungen Mannes und war sehr befriedigt, als sie das jähe Aufleuchten seiner Augen sah, das plötzliche, lebhafte Interesse bemerkte, sobald sie den Namen Gabrieles nannte.

»Oh, Frau von Sprendlingen«, rief Guntram Krafft mit jäher Röte in den Wangen. »Leider kam ich zu spät zu Ihrer Tochter; sie hatte keinen Tanz mehr frei«, fuhr er leise fort.

»Oh! In der Tat? Darüber müssen Sie mich unterrichten! Haben Sie Zeit, mir ein wenig Gesellschaft zu leisten?«

»Sehr gnädig! Ich bin überaus dankbar«, stammelte Guntram Krafft, und abermals leuchtete ihm die Freude aus den Augen. Die schlanke, elegante Frau mit dem zarten, blassen Gesichtchen und dem so sehr gewinnenden Ausdruck in den schönen Zügen hätte nicht Gabrieles Mutter zu sein brauchen, um es ihm anzutun; er hatte schon bei seinem ersten Besuch lebhafte Sympathie für sie empfunden. Er setzte sich neben Frau von Sprendlingen auf den Diwan nieder.

»Also Sie kamen zu spät zu Gabriele?« fragte die Baronin abermals mit ihrer weichen, angenehmen Stimme. »So fanden Sie Gabriele erst jetzt während des Tanzes!«

»Doch nicht, gnädigste Frau! Ich konnte mich Ihrer Fräulein Tochter noch in der Galerie bekannt machen … aber … ich kam zu einer sehr ungelegenen Zeit.«

Die letzten Worte klangen so leise, daß Frau von Sprendlingen sie kaum verstand. Sie hob jäh den Kopf.

»Ungelegenen Zeit? Was verstehen Sie darunter, lieber Graf?«

Da schauten sie seine großen, ehrlichen Augen unendlich traurig an.

»Ihr Fräulein Tochter stand im Begriff, sich zu verloben«, sagte er treuherzig.

Die Generalin machte beinah eine entsetzte Bewegung. »Gabriele sich verloben? Herr des Himmels, mit wem denn?«

»Mit jenem schlanken, dunkelhaarigen Dragoner, der eine breite Narbe auf der Stirn trägt; der Name ist mir entfallen, gnädigste Frau.«

»Mit Heidler?« Frau von Sprendlingen klappte erregt den Fächer zu. »O welch eine lächerliche, absurde Idee! Wer hat Ihnen solch einen Unsinn vorgeredet, Graf?«

Schier atemlos starrt der Bär von HohenEsp die schöne Frau an seiner Seite an. Wieder stieg es heiß und rot in seinem Antlitz auf.

»Es ist nicht wahr? Es ist ein Irrtum?« klang es wie leiser Jubelschrei von seinen Lippen.

»Solches Märchen hat Ihnen gewiß Gräfin Thea Sevarille erzählt«, lachte die Generalin, und es flimmerte in ihrem Blick wie geheimer Triumph, das Spiel der kleinen Intrigantin richtig durchschaut zu haben. »Die jungen Mädchen wittern ja sofort eine Verlobung, wenn ein Herr ihnen etwas den Hof macht, und bedenken in ihrem mitteilsamen Eifer gar nicht, daß zum Verloben doch immer zwei gehören. Herr von Heidler schwärmt meine Tochter an und zeigt das sehr aufrichtig«, lächelte Frau von Sprendlingen ein wenig ironisch. »Aber an Verloben denkt sie durchaus nicht. Und wenn sie zu Herrn Heidler vielleicht etwas liebenswürdiger ist als zu anderen Herren, so kommt das einfach daher, weil sie ihn schon jahrelang kennt.«

Guntram Kraffts Blick hing in atemlosem Lauschen an den Lippen der Sprecherin. Es war, als ob er aus jedem ihrer Worte neue Zuversicht und frischen Lebensmut schöpfte; seine Augen strahlten wie verklärt, und er bemühte sich auch gar nicht, seine Freude zu verbergen.

»Nun aber erzählen Sie weiter! Gabriele hatte keinen Tanz mehr frei?«

»Keinen, gnädigste Frau.«

»Haben Sie bereits zu Tisch engagiert?«

»Nein, gnädigste Frau, daran dachte ich noch nicht. Muß man das?«

»Man muß nichts, was man nicht will. Aber ich möchte Ihnen einen guten Rat geben. Wie ich höre, ist die Jugend auch heute nicht gut placiert, und Gabriele sagte mir, daß Herr von Heidler in der Bildergalerie an Tafel drei einige Plätze belegt habe. Nun kommen Sie einmal mit, ich führe Sie bis zu der Galerietür, dann suchen Sie den Tisch Nummer drei auf und belegen daselbst einen Platz mit Ihrer Visitenkarte.«

»Oh, vortrefflich!«

Der junge Bär von HohenEsp war wie ausgewechselt, er lachte und sprach lebhafter als je zuvor.

»Gut! Reichen Sie mir Ihren Arm, Graf, wir wollen diese Quadrille benutzen, um uns den Weg zu bahnen.«

Er sah ihr noch einmal mit leuchtendem Blick in die Augen.

»Ich danke Ihnen«, sagte er wie aus tiefstem Herzen heraus.

Frau von Sprendlingen lächelte. »Glauben Sie in Zukunft nichts, was die Leute faseln. Sie sehen, wie falsch man Sie unterrichtet hatte.«

Sie schritten den großen goldenen Saaltüren zu, und Frau von Sprendlingens Blick flog hinüber zu Gräfin Thea, die, sichtlich zerstreut, ihre Quadrille tanzte; sie sah weder den Graf von HohenEsp noch seine Begleiterin, und ein feines Lächeln des Triumphes zuckte um ihre Lippen.

*

Guntram Krafft stand vor dem Tisch Nummer drei und übersah die Visitenkarten, die auf den Gläsern lagen. Ein jeder Platz war besetzt. Unschlüssig und tief enttäuscht schaute er über die Tafel.

»Wünschen der Herr Graf gerade an diesem Tisch zu sitzen?« fragte es hinter ihm.

Ein Lakai und der Haushofmeister, der mit jeder neuen Erscheinung am Hof vertraut schien, trat dienstfrig näher und verbeugte sich ebenso höflich wie respektvoll.

»Es wäre mir allerdings sehr lieb gewesen«, versicherte der HohenEsper, sehr angenehm durch das Interesse des alten Hofbeamten berührt.

»Aber bitte, Herr Graf! Nichts leichter wie das! Es müssen sowieso noch einige Plätze eingeschoben werden, da der Herr Hofmarschall noch im letzten Augenblick Ansagen von benachbarten Garnisonen erhielt. Also fügen wir noch ein Kuvert ein. Befehlen Herr Graf vielleicht hier?«

Er neigte den wohlfrisierten Kopf und las. »Von Heidler…ah…unser Vortänzer…dann hier seine Dame…und neben derselben…befehlen der Herr Graf?…Oder vielleicht hier an der Ecke…«

»Nein, nein! Danke verbindlichst! Der Platz hier, den Sie zuerst bezeichneten, ist mir sehr angenehm.« Der Sprecher zog seine Visitenkarte aus der Brusttasche und reichte sie dar.

Wieder stieg die heiße Glut in seine Wangen, und voll verlegener Hast wandte er sich und schritt zum Saal zurück.

In der mit Blumen dekorierten Vorhalle des Saales treten ihm ein paar ältere Herren mit Band und Stern entgegen und reden ihn in liebenswürdiger Weise an.

Sie sind Tänzer und Jugendbekannte seiner Mutter gewesen und erkundigen sich voll aufrichtigen Interesses nach Gräfin Gundulas Ergehen.

Guntram Krafft freut sich, von ihr sprechen zu können; er empfindet es voll stolzer Genugtuung, daß man seine Mutter so hoch schätzt und verehrt, und als der eine der Herren die Hand auf seinen Arm legt und sagt: »Kommen Sie, Graf, ich muß Sie zu meiner Frau bringen. Sie ist ebenfalls eine gute Bekannte Ihrer Frau Mutter von früherer Zeit und wird sich sehr freuen, von ihr zu hören und ihren Sohn kennenzulernen«, da folgt der junge Mann so heiter und unbefangen, als ob ihn die letzte halbe Stunde heimisch auf dem Parkett gemacht habe.

Als der nächste Tanz mit den weichen, lockenden Klängen der »Rosen aus dem Süden« einsetzt, stockt Guntram Krafft plötzlich in der Unterhaltung mit der Frau Minister und schaut in Gräfin Sevarilles erhitztes Gesichtchen, das ihm aus nächster Nähe zulächelt.

»Sie haben engagiert, lieber Graf?« fragte die alte Dame in schnellem Verstehen. »Das ist recht. Ich werde mich freuen, Sie tanzen zu sehen. Und den Achtundzwanzigsten dieses Monats reservieren Sie uns also. Wir werden uns freuen, Sie zum Dinner bei uns begrüßen zu können.«

Der Bär von HohenEsp dankt sehr erfreut, verneigt sich und steht im nächsten Augenblick an der Seite der Komtesse.

Thea spricht lebhaft auf ihn ein, wendet sich zu den nächststehenden jungen Mädchen und stellt ihnen den Grafen vor.

Man lächelt ihm sehr liebenswürdig zu, beginnt ein allgemeines Gespräch und macht dem »modernen Parsifal« klar, daß er unter allen Umständen tanzen müsse.

»Sie sehen, Graf, man tanzt hier keinen Walzer, sondern nur Galopp. Und das ist doch wirklich kein Kunststück! Wer so wie Sie ein Haupt länger ist als das übrige Volk, steuert doch ohne jede Gefahr durch all diese Wirbel und hohe Flut.«

Das ist ein Wort!

Guntram Kraffts Auge blitzt auf, er lacht und verneigt sich vor Thea.

»Mut hat auch der Mameluk, Komtesse! Riskieren Sie es mit mir Seebären?«

Einen Augenblick neigt sie das Köpfchen zurück und sieht zu ihm auf. Welch ein Blick! Wenn der Einsiedler von HohenEsp nicht zu naiv wäre, würde er viel, sehr viel darin lesen!

Und er tanzt, wohl nicht ganz so gewandt und elegant wie die andern Herren im Saal, aber doch sicher und gut, ohne im mindesten unliebsam aufzufallen.

Mit heißgerötetem Antlitz führt er Thea an ihren Platz zurück; die andern Damen und Herren, die gewartet haben, voll neugierigen Interesses das »erste Debüt des Parsifal« zu beobachten, begrüßen ihn mit lebhaftem Beifall.

Guntram Krafft hat es gar nicht bemerkt, wie aller Blicke ihm während des Tanzes gefolgt sind, er hat es nicht gehört, daß sich der Herzog erfreut und anerkennend darüber äußert; er schaut nur suchend über die bunte, wirbelnde Menge, ob er nicht Gabrieles Köpfchen erspähen kann. Und er sieht sie plötzlich in nächster Nähe, sieht direkt in die wundersamen hellen, großen Nixenaugen hinein, die wie staunend auf ihn gerichtet sind. Und Guntram Krafft lacht noch glückseliger als zuvor, sagt Komtesse Thea ein herzliches Dankeswort und richtet sich hoch und kühn auf – in Wahrheit wie ein junger Bär, der sich plötzlich seiner Kraft bewußt wird; er wendet sich und steht im nächsten Augenblick vor Fräulein von Sprendlingen. »Darf ich bitten, mein gnädiges Fräulein?«

Da starren ihn die meerfarbenen Augen abermals wie aufs höchste überrascht ob einer solchen Zumutung an, und dann wendet sie das Köpfchen und wechselt einen sekundenlangen, unendlich vielsagenden Blick mit dem schlanken, jungen Gardegrenadieroffizier, der neben ihr steht.

Der lächelt sehr verständnisinnig. »Ich begreife, Baronesse!« Er dreht sich kurz auf dem Hacken um und eilt als vielbeschäftigter Vortänzer davon, Gabriele aber legt langsam, beinah zärtlich den Arm auf den des Grafen und sagt: »Wir werden noch einen Augenblick warten müssen, es ist sehr wenig Raum zum Tanzen.«

»Wie Sie befehlen, Fräulein von Sprendlingen«, antwortet Guntram Krafft und umschließt mit bebender Hand ihre weiche, schmiegsame Gestalt.

Einen Augenblick harrt er so… noch einen… und da… gerade als er lostanzen will, bricht die Musik mit kurzem Schluß ab.

Der Gardegrenadier ist in die Mitte der Tanzenden getreten und hat die Hand mit kurzer Geste nach dem Orchester hinter dem Goldgitter der Galerie gehoben.

Guntram Krafft, der Neuling, bemerkt es nicht, er blickt nur erschrocken zu Gabriele nieder und sagt bedauernd: »O wie schade!« Und Fräulein von Sprendlingen lächelt ganz wunderlich, löst die Hand von seinem Arm und tritt von ihm zurück.

»Bedaure sehr«, sagt sie kühl und wendet das Köpfchen.

XIII

Man hatte sich zu Tisch gesetzt.

Gräfin Thea bemerkte es zu ihrem großen Verdruß, daß Graf HohenEsp sie nicht engagierte, so nahe sie es ihm auch gelegt hatte, daß sie das Souper »vorsichtigerweise« noch freigehalten habe.

Wohin war er verschwunden? Voll nervöser Unruhe schaute die junge Dame zuerst nach Gabriele aus und sah zu ihrer großen Genugtuung, daß dieselbe am Arm Heidlers den Saal verließ.

Ein blutjunger Artillerist schaute sich suchend um und trat hastig näher. »Darf ich gehorsamst bitten?«

Etwas übellaunig und zögernd legte Thea die Hand auf den Arm dieses so nichtssagenden und unbedeutenden Tischherrn.

Währenddessen hatte Guntram Krafft mit klopfendem Herzen hinter seinem Stuhl gestanden und Fräulein von Sprendlingen entgegengeschaut.

Am Arm des Herrn von Heidler nahte sie, das sonst so kühle und spröde Antlitz rosig überhaucht und seltsam belebt, die herrlichen, wundersamen Nixenaugen zu ihrem Partner erhoben, so strahlend und bewundernd, daß dem Bär von HohenEsp der Atem stockt. Und als sie ihre Plätze erreicht haben, mustert der Dragoner den unvermuteten Nachbar mit einem seiner finster blitzenden, beinah beleidigend arroganten Blicke und sagt laut: »Nanu! Was ist denn das? An Ihrer Seite hatte doch Hardenstein belegt, mein gnädiges Fräulein?«

Schon steht der Haushofmeister neben dem Sprecher und verneigt sich sehr devot.

»Um Entschuldigung, Herr Leutnant! Wir mußten auf Befehl noch Plätze einschieben.«

»Hätten Sie auch mehr an der Ecke besorgen können!« zuckt Heidler in seiner rücksichtslosen Art die Schultern und fügt brüsk hinzu: »Na, es hilft nichts, Fräulein Gabriele, nehmen wir Platz! Ist ja schließlich auch gleichgültig.«

Während der ersten Zeit hat Fräulein von Sprendlingen kein Wort und keinen Blick für ihren Nachbarn, sie plaudert leise und lebhaft mit Herrn von Heidler, wie Guntram Krafft aus vereinzelten lauten Worten des jungen Offiziers entnehmen kann, über Reiten und Sport.

Erst als das Gespräch allgemein wird und sich um die letzten Rennen dreht, die der Dragoner mit viel Erfolg mitgeritten hat, wendet sich Gabriele recht gezwungen zu Graf HohenEsp und fragt ihn, ob er auch ein passionierter Reiter sei.

Ihre so leuchtenden Augen werden dabei so kühl und gleichgültig, daß den Gefragten ein Gefühl der Befangenheit überkommt.

»Reiten?« wiederholt er zögernd, »gewiß reite ich täglich auf die Felder oder in den Wald hinaus, je nachdem es meine Tätigkeit als Landwirt bedingt. Wir verfügen jedoch nur über Pferde, die mehr dauerhaft als elegant sind, denn wir brauchen in erster Linie Arbeitspferde, aber keine Vollblüter.«

»Dann ist das Reiten allerdings weder ein Sport noch ein Vergnügen«, zuckt Fräulein von Sprendlingen die Schultern, und ihre Augen sehen aus wie die klare See, wenn jähe Wolkenschatten sie dunkel färben.

»Wenn Sie nicht reiten, was tun Sie sonst den ganzen Tag auf HohenEsp?«

Er lacht, als ob ihn diese Frage amüsiere. »Wissen Sie nicht, daß es auf dem Land unendlich viel zu tun gibt, wenn der Gutsherr nicht auf der faulen Haut liegt, sondern selber Hand anlegt, wo und was es auch sei?«

Sie verzieht den Mund noch ironischer. »Irgendeinen Sport üben Sie gar nicht aus?«

Er sieht abermals betroffen, beinah verlegen aus.

»Ich weiß nicht recht, was Sie unter Sport verstehen, mein gnädiges Fräulein. Wenn meine Arbeit getan ist, gewährt es mir viel Freude und Genugtuung, auf der See zu rudern oder zu segeln.«

»Also – also doch eine Art Wassersport! Das ist ja jetzt auch modern.«

»Lieben Sie das Meer?«

Sie schüttelt unendlich gleichgültig den Kopf.

»Nein! Ich habe nicht das mindeste Interesse dafür.«

Mit weit offenen Augen starrt er sie an.

»Kennen Sie die See? Haben Sie schon einmal längere Zeit am Strand gelebt?«

»Nein! Gott sei Dank, wir mußten ja nach acht Tagen schon wieder von Heringsdorf abreisen, weil meiner Mutter die Luft nicht bekam. Ich denke mit großer Gleichgültigkeit an diese acht Tage voll blendender Sonnenglut, gelben Sandes und beinah regungsloser Wasserfläche zurück.«

»Sind Sie im Boot gefahren?«

»Gewiß! Abends ruderten uns meine beiden Vettern in die ›blaue Unendlichkeit‹ hinaus, und wir schaukelten eine Zeitlang auf dem Wasser und sangen ›Das Meer erglänzte weit hinaus‹ und sahen die Sonne am Horizont verschwinden, einen Tag wie den anderen.«

»Und einen Sturm, einen großen, gewaltigen Sturm sahen und erlebten Sie nie?« fragte er.

»Nein! Ich kann mir auch gar nicht vorstellen, daß das Wasser, das immer so glatt dalag wie ein Tischtuch, mal zornig aufbrausen kann!«

Heidler hob sein Sektglas und sah tief und leidenschaftlich mit einem seiner zürnenden Blicke in Gabrieles Augen.

»Soll ich den Sattel an den Nagel hängen? Soll ich ein Seemann werden, und kommen Sie mit auf die weiten Meere hinaus, den fliegenden Holländer zu suchen?«

Heiße Glut flammt über ihr Antlitz, und in ihren Augen steht die Antwort geschrieben; aber sie beherrscht sich, schüttelt mit leisem Lachen das Köpfchen und antwortet: »Was wollen Sie auf dem Wasser? Da gibt es keine Lorbeeren zu holen.«

»Erlauben Sie, meine Gnädigste! Sie vergessen unsere Marine!«

»Die Marine! Ja die«, zuckte Gabriele die Schultern. »Die besteht auch aus Soldaten und mutigen Männern. Die Marine imponiert mir fraglos, aber die Sportsmen, welche bei hellem Sonnenschein ein wenig die Ruder führen und in idyllischen Sommernächten eine Segelpartie machen, die können doch unmöglich mit unseren verdienstvollsten Männern rangieren!«

Der Blick der Sprecherin traf wie eine kühne Herausforderung den Bären von HohenEsp, der schweigend an ihrer Seite saß und vor sich niedersah; er sah nicht den Ausdruck ihres Auges, er hörte nur ihre Worte, und sein Antlitz wurde um einen Schein blasser.

Die Umsitzenden hatten sehr betroffene Blicke gewechselt. Heidler murmelte sehr amüsiert: »Alle Wetter, mein gnädiges Fräulein, das war deutlich!«

Das Souper näherte sich seinem Ende, und als man sich erhob, wieder nach dem Tanzsaal zurückzuschreiten, wandte sich Fräulein von Sprendlingen zum erstenmal wieder an ihren Nachbarn zur Rechten und erwiderte seine stumme Verneigung nur mit einem kurzen flüchtigen Nicken.

Sie wollte ihn nicht ansehen, aber ganz zufällig streifte ihr Blick dennoch sein schönes Antlitz und traf sein Auge. Welch ein Ausdruck war darin! Nicht mehr das strahlende Entzücken, wie es ihr sonst entgegengelacht hatte, sondern eine schmerzliche vorwurfsvolle Trauer.

*

Ernst und schweigend steht Guntram Krafft im Tanzsaal und schaut mechanisch auf den wirbelnden Reigen, der wie ein wüster Fiebertraum vor seinem Auge kreist. Die Musik schmeichelt mit süßen Walzerklängen – er hört sie nicht. Vor seinen Ohren klingen nur Gabrieles Worte, daß sie das Meer nicht liebt!

Sein Meer! Und sie liebt es nicht. Sie schilt es langweilig, träge, reizlos. Und *sie* selber hat Augen, die die Farbe dieses Meeres spiegeln, grünlich, graublau, schillernd wie Perlmutter, dunkel und licht zur gleicher Zeit – verkörperter Wassertropfen.

Den herben Spott ihrer Worte, die ihn selber als »armseligen Ruderer« so weit ab von allem Heldentum wiesen, welche in ihm nichts anderes als einen verdienstlosen Menschen sahen, der sein Vergnügen an ruhmlosen Spielereien findet – die Worte hatte er kaum gehört und beachtet.

Er war zu harmlos, zu unerfahren, um auf solche Anspielungen zu achten. Sein Herz brannte nur in Schmerz und Weh um sein geschmähtes Meer. Sie kennt ja das Meer gar nicht! Jene acht Tage in Heringsdorf haben ihr nur ein einziges, winziges, unbedeutendes Bild in dem Kaleidoskop der unerschöpflich reichen, ewig wechselnden See gezeigt, ein Bild, das, durch den

Staub des Modebades getrübt, mit kurzsichtigen Augen geschaut wurde. Guntram Krafft atmet tief auf.

Ach, daß er sie lehren könnte, zu sehen, zu begreifen!

Ein tiefer Seufzer ringt sich über seine Lippen, die Musik schweigt, und neben ihm erklingt die Stimme Gräfin Theas, die ihn aus seinen Träumen aufschrecken läßt.

XIV.

»Endlich sieht man Sie wieder, Sie Fahnenflüchtiger!« drohte ihm die Gräfin lächelnd. »Wie sehr schade, daß Sie in unserem kleinen Kreis fehlten; Sie würden sich fraglos sehr gut unterhalten haben.«

»Ich bezweifle es nicht, Gräfin.«

Das klang seltsam ernst, fast resigniert.

Thea trat einen Schritt näher und sah mit ihren großen, dunklen Augen beinah wehmütig zu ihm auf.

»Ich habe bereits davon gehört, wie unliebenswürdig Gabriele einmal wieder gewesen ist. Es ist wirklich ewig schade darum, daß in diesem bildhübschen Körper eine so wenig sympathische Seele wohnt. Man sagte mir, daß sie gerade gegen Sie recht beleidigend gewesen sei, und das hat mich ernstlich böse gemacht.«

Der Bär von HohenEsp schüttelte abwesend den Kopf. »Fräulein von Sprendlingen sprach sehr abfällig über das Meer, über das Rudern und Segeln – und das kann unmöglich *mich* beleidigen, sosehr ich ihre Abneigung auch bedaure.«

Ein seltsamer Blick der Gräfin streifte ihn. »Wie freundlich und harmlos Sie sind, Graf! Wie fremd Ihnen unsere Welt und ihre Verderbnis doch ist! Es freut mich doppelt, wenn Gabrieles Worte Sie nicht kränkten, denn verliebten Menschen darf man. nicht so genau nachrechnen wie anderen Sterblichen.«

»Verliebten Menschen?«

Thea lachte. »Aber Graf! Haben Sie es denn noch immer nicht bemerkt, daß Fräulein von Sprendlingen keinen andern Gedanken mehr hat als nur den an ihren schneidigen Dragoner?«

»Das wohl... aber...«

»Nun?«

»Verlobt sind sie noch nicht.«

»Noch nicht öffentlich.«

»Auf diese kleinen Unterschiede kenne ich mich noch nicht aus«, murmelte er mit tiefem Atemzug.

»Hier ist ein solches Gedränge, Graf. Wir wollen uns dort auf den Diwan setzen.«

»Wie Sie befehlen!« nickte Guntram Krafft.

Der Graf setzte sich neben der jungen Dame nieder und blickte ihr plötzlich mit seinen klaren, grundehrlichen Augen voll Vertrauen in das blasse Gesichtchen.

»Gräfin... Sie sind eine Freundin von Fräulein von Sprendlingen?«

»Sogar eine ihrer vertrautesten!«

»Und Sie meinen es auch mit mir gut?«

»Von ganzem Herzen gut!«

»Würden Sie mir einen großen Liebesdienst erweisen, es mir gestatten, Ihnen rückhaltlos zu vertrauen?«

Sie streckte ihm die kleine Hand hin, ihr Blick leuchtete bezaubernd zu ihm auf.

»Sprechen Sie, Graf«, flüsterte sie. »Kein Mensch hier meint es ehrlicher mit Ihnen als ich!«

Er zögerte und blickte momentan starr vor sich nieder.

»Ich möchte es so gern wissen, ob Fräulein von Sprendlingen den Dragoner wahrlich so sehr liebt.«

»Soll ich es auskundschaften bei ihr?«

»Sie sind doch ihre Freundin!«

»Nichts leichter, als das zu erfahren! Seien wir ganz ehrlich, Graf!« Thea entfaltete den Fächer und flüsterte zu ihm auf: »Sie möchten wissen, ob Sie Aussichten haben, Gabrieles Herz zu gewinnen?«

»Er wurde dunkelrot. »Ich glaube, Sie treffen das Richtige, Gräfin! Es würde mir von großem Wert sein, zu wissen, wie ich es anfangen muß, um mir die Gunst Ihrer Freundin zu gewinnen. Das war es, was ich Sie fragen wollte.«

»Ich ahnte es. Sie sind von Gabrieles Schönheit bezaubert, und es würde keine liebere Mission für mich geben, als Ihnen das Herz der Gefeierten zuzuwenden.«

»Wenn Sie mir nur eine kleine Anleitung geben wollten, Gräfin, womit ich Fräulein von Sprendlingen unterhalten soll, was ich muß, daß sie mir ihr Interesse zuwendet. Wenn sie es wüßte, daß sie mir so sehr, sehr gut gefällt...« Er unterbrach sich und strich abermals mit der Hand über die Stirn. »Das Reiten scheint ihr viel Freude zu bereiten, und wenn sie Wert darauf legt, will ich gern...«

»...Dragoner werden.« Thea hob beinah entsetzt die Hand und sah plötzlich ganz blaß aus. »Wäre das Ihr Ernst, Graf?«

Er lächelt. »Nein, daran ist gar kein Gedanke, Gräfin. Wozu das? Ich habe daheim ernstere Pflichten zu erfüllen, als hier in behaglicher Friedenszeit eine Uniform spazierenzutragen.«

»Ganz meine Ansicht! Und eine Frau, die das nicht einsieht, verdient es nicht, Ihre Gemahlin zu werden!«

Er wollte antworten; in demselben Augenblick drängte sich jedoch ein junger Infanterieoffizier durch die spalierbildenden Damen und Herren und verneigte sich hastig.

»Darf ich bitten, Komtesse, die Polka, die Sie so gütig waren, mir zu schenken.«

Thea erhob sich zögernd.

»Ah, die Polka! Eigentlich dürfte ich nicht mehr tanzen, ich bin todmüde.«

»Das wäre grausam, Komtesse! Diese eine kleine Polka schadet Ihnen sicher nicht.«

Die junge Dame lächelte ein wahres Märtyrerlächeln. Sie blickte zu Guntram Krafft auf und sagte: »So will ich es machen wie die Schwalben, die zwar scheiden, aber wiederkehren.«

Gräfin Sevarille kehrte auch wieder, aber sie fand den Erbherrn von HohenEsp in sehr eifrigem Gespräch mit einem Ministerialrat, dem Guntram Krafft seine Absicht, in Sachen der Rettungsgesellschaft für Schiffbrüchige hier zu wirken, ausgesprochen hatte.

Der alte Herr hörte voll liebenswürdigen Interesses zu und nannte die Bemühungen des Grafen sehr anerkennenswert und hochherzig, versicherte aber, daß er selber in dieser Angelegenheit absolut nichts tun könne, und verwies ihn an eine andere Adresse.

Das Gespräch drehte sich zu Theas großem Mißvergnügen noch längere Zeit um lauter sachgemäße Auseinandersetzungen und wollte sich absolut nicht wieder in jene hochinteressanten Bahnen lenken wie zuvor. Zu ihrem Ärger kamen auch wieder neue Tänzer, die sie nicht gut abweisen konnte, und entführten sie, und der Ball näherte sich seinem Ende, ohne daß sie die so mühsam errungenen Vorteile bei dem Bären noch weiter ausnutzen konnte. Fraglos hatte sie seine Sympathien gewonnen; solange aber die törichte Schwärmerei für Gabriele noch anhielt, waren ernsthafte Aussichten für sie ausgeschlossen.

Thea hatte es längst durchschaut, daß Herr von Heidler viel zu hohe Ansprüche an die Mitgift seiner Zukünftigen stellte, um sich mit Gabrieles Vermögen, so ansehnlich dasselbe auch sein mochte, zufrieden zu geben, daß dies dem Grafen HohenEsp aber möglichst unbekannt blieb, ja, daß er so radikal wie möglich von seiner Schwärmerei geheilt werde, das mußte vorerst die größte Sorge der Gräfin sein.

»Sie kommen doch morgen abend in den Petersburger Hof, wo wir zu Ehren der auswärtigen jungen Damen und Herren noch einmal tanzen?« flüsterte sie zum Abschied zu Guntram Krafft empor. Der folgte just mit einem seltsam verschleierten Blick dem Fräulein von Sprendlingen, die, ohne nur den Kopf nach ihm zu wenden, lachend und plaudernd vorüberschritt.

»Ich weiß es nicht, Gräfin. Was soll ich da?«

Sie entfaltete den glitzernden Fächer und winkte ihn näher herzu.

»Ich gehe morgen nachmittag zu Gabriele und forsche sie aus«, flüsterte sie. »Und abends, während des Balles, teile ich Ihnen mit, was geschehen muß, um Gabriele für Sie zu interessieren.«

»Oh, Gräfin, wie sollte ich Ihnen das danken?« stammelte er und sah abermals aus wie ein Kind, dem man lockende Märchen erzählt. »Unter diesen Umständen komme ich natürlich.«

Sie nickte ihm lächelnd und vertraulich zu.

»Was wollen wir morgen zusammen tanzen oder ›absitzen‹, Graf?« fuhr sie flüsternd fort; »lassen Sie uns besser sogleich etwas Bestimmtes verabreden, sonst wandere ich wieder von einem Arm in den anderen und kann Ihnen nichts erzählen.«

»O gewiß...alles, was Gräfin befehlen.«

»Gut, sagen wir also den ersten Walzer und das Souper. Bei Tisch ist man oft am ungestörtesten. Vergessen Sie es aber nicht! Das Souper und den ersten Walzer!«

Thea nickte ihm mit reizendem Lächeln zu und drückte seine Hand zum Abschied; und als Guntram Krafft im Wagen saß und nach dem Hotel fuhr, sah er im Geiste das herzgewinnende Gesichtchen der Gräfin beinah deutlicher vor sich als das kalte und abweisende Antlitz Gabrieles, deren Worte ihn erbarmungslos verfolgten bis in den kurzen, unruhigen Schlaf hinein.

Am nächsten Vormittag gedachte der Graf von HohenEsp für jene Angelegenheit zu wirken, die ihn ursprünglich hierher in die Residenz geführt hatte. Er wollte den Finanzminister aufsuchen, um ihn, wie der Ministerialrat gestern abend geraten hatte, für die Anlage einer neuen Rettungsstation zu interessieren.

Er mußte lange warten, bis Seine Exzellenz einen Augenblick Zeit erübrigen konnte, und kaum daß er ein paar einleitende Worte gesprochen hatte, lächelte der alte Herr sehr verbindlich und reichte ihm die Hand.

»Ich ahne bereits, worum es sich handelt, mein lieber Graf«, sagte er, »und ich möchte Ihre und meine Zeit nicht unnötig in Anspruch nehmen. All diese Angelegenheiten, die Sie da berühren, sind nicht meine Sache; sie dürften in erster Linie das zuständige See-und Hafenamt interessieren. Gestatten Sie einen Augenblick, ich werde mich informieren und Sie sogleich vor die rechte Schmiede schicken.«

Guntram Krafft wartete; und man schickte ihn weiter von Pontius zu Pilatus, und überall begegnete er viel Liebenswürdigkeit und viel höflichen Worten, nirgends aber einer Zusage oder energischen Hilfe. Man schien die ganze Sache nirgends so recht ernst zu nehmen und mehr an eine müßige Spielerei oder an ungerechtfertigte Ansprüche zu glauben.

Einer der Herren, die beim Mittagstisch neben dem Grafen saßen und dem er sein Leid betreffs all seiner vergeblichen Bemühungen klagte, schüttelte den Kopf.

»Ich verstehe vollkommen, was Sie bezwecken und wünschen, und würde mit Freuden der erste sein, der Ihre so uneigennützigen Wünsche möglichst fördert. Aber, aber...« Der Sprecher zuckte sehr bedauerlich die Schultern und schwieg.

»Welch ein ›Aber‹? Läßt sich dasselbe nicht durch den guten Willen überwinden?«

»Nein, Herr Graf! Gerade dieses ›Aber‹, das man wohl Ihren Bemühungen als Schranke gegenüberstellen muß, ist das einzige, das sich selbst mit dem besten Willen nicht überwinden läßt. Ich meine das Geld.«

»Das Geld?« wiederholte der Graf mit etwas unsicherer Stimme. »Ich nehme an, daß die Gesellschaft zur Rettung Schiffbrüchiger über genügende Mittel verfügt.«

Der alte Herr seufzte tief auf. »Nein, Herr Graf, da befinden Sie sich leider in großem Irrtum. Die Ansprüche, die von Jahr zu Jahr an diese unvergleichliche, so bienenfleißig arbeitende und schaffende Gesellschaft gestellt werden, schwellen mit der stets und ständig wachsenden Not bis ins Ungeheuere an, während sich doch keine Quelle erschließt, dementsprechende Mittel neu zuzuführen. Wir müssen daher vor allen Dingen bemüht sein, uns nach Kräften selber zu helfen. Haben Sie nicht bisher die gute Sache in umsichtigster und opferfreudigster Weise gefördert? Lassen Sie es sich auch ferner in gleicher Weise angelegen sein, das Ihre zu tun. Man wird Ihnen danken!«

Noch ein paar höfliche Redensarten, Worte der Anerkennung und des Dankes für die warme Teilnahme, die der Graf dem Rettungswesen entgegenbringe, dann schloß sich die Tür hinter ihm. In tiefe Gedanken versunken schritt Guntram Krafft nach seinem Zimmer. Ein Gefühl großer Niedergeschlagenheit und Mutlosigkeit wollte ihn überkommen. Seine liebsten, schönsten Hoffnungen waren fehlgeschlagen, und sein Herz, das voll so heißer, wahrer Begeisterung für die gute Sache schlug, blutete aus der Wunde, die die Gleichgültigkeit und der Mangel an echter Nächstenliebe ihm geschlagen hatten.

XV.

Gräfin Thea Sevarille hatte eine schlaflose Nacht gehabt.

Mit weitoffenen, brennenden Augen hatte sie in den Kissen gelegen und überlegt, auf welche Weise sie mit einem einzigen geschickten Schachzug die Königin Gabriele mattsetzen und selber als Siegerin aus dem Spiel hervorgehen könne. Daß Guntram Krafft ein Mann war, der überlegte, hatte sie bereits bemerkt. Seine aufflammende Liebe für Gabriele war bereits so stark, daß er auf Einflüsterungen nichts mehr gab. Das hatte sie erfahren, als die ihm so geschickt beigebrachte Verlobung Gabrieles mit Heidler nur die eine Folge hatte, daß der Graf sich bei dem Souper an ihre Seite setzte und sich doppelt zu bemühen schien, den Nebenbuhler rechtzeitig aus dem Sattel zu heben.

Er mußte durch ein drastischeres Mittel überzeugt werden, um sein Rennen aufzugeben.

Da durchfährt sie plötzlich ein Gedanke und jagt ihr heiße Glut in die Schläfen.

Gabrieles Zettel! Jener Zettel, den das törichte, selbstbewußte Mädchen vor Jahren geschrieben hatte, der Zettel, auf dem sie erklärt, nun und nimmer den Grafen von HohenEsp heiraten zu wollen.

In fliegender Hast entzündet Thea das Licht, wirft ihr Morgenkleid über und eilt an den Schreibtisch im Nebenzimmer.

Besitzt sie ihn überhaupt noch? Mit bebenden Händen durchwühlt Thea den Inhalt der Schublade.

Hier! Zwischen mehreren Erinnerungen und Briefen liegt das Gesuchte. Theas Augen leuchten auf, sie faßt den Zettel fest, so krampfhaft fest, als fürchte sie, er könne ihr noch jetzt entrissen werden, wirft den vergilbten Kram hastig in die Schublade zurück und eilt auf den weichen Sohlen ihrer roten Morgenschuhe fröstelnd in das Schlafzimmer zurück.

Dort liegt sie wieder in den Kissen, und starrt mit brennendem Blick auf die noch sehr deutliche Bleistiftschrift hernieder. Vortrefflich! Gabriele hat ihren Namen genannt, sie hat die Zeilen gewissermaßen an Thea gerichtet. Der Inhalt ist überraschend gut. Klarer, deutlicher und beleidigender kann er beim besten Willen nicht gedacht werden.

Noch kurze Zeit wirbeln die Gedanken hinter Theas Stirn, dann ist sie einig mit sich, ihr Plan ist ausgereift. Er ist einfach, sehr einfach, aber gerade dadurch verspricht er den Erfolg.

Gräfin Sevarille dehnt die Arme und schließt mit wohligem Lächeln die Augen.

*

Das Hotel St. Petersburg ist ein altes, gutes Haus. Es hat schöne, einfache Räume, solide Preise, eine vorzügliche Küche und die beste Gesellschaft zu Gast. Daher besteht nach wie vor die Sitte, daß nach jedem Hofball eine Nachfeier im Hotel St. Petersburg stattfindet, eine Art Kavalierball, der sehr beliebt und viel besucht ist.

Auch Guntram Krafft hatte seinen Namen am Vormittag noch in die ausliegende Liste für die auswärtigen Herrschaften eingetragen, und er war auch schon als einer der ersten zur Stelle, als die Wagen heranrollten.

Thea schwebte in einer rosa Tüllwoge in den Saal und winkte dem Grafen schon von weitem mit bedeutungsvollem Lächeln zu. Sie war von Tänzern umringt, mußte die älteren Damen begrüßen und mit den jüngeren ein wenig plaudern, so daß schon die ersten Walzerklänge durch den Saal fluteten, ehe der Graf ihr Guten Abend sagen und sie daran erinnern konnte, daß sie die Güte gehabt hatte, ihm schon gestern zwei Tänze zuzusichern.

Sie reichte ihm mit einem reizenden Lächeln die Hand und sagte leise: »Wie sollte ich diese Tänze vergessen! Gerade auf sie freue ich mich ja am meisten!«

Guntram Krafft wurde dunkelrot und drückte die schlanken Finger aufgeregt zwischen den seinen.

Thea freut sich auf die Tänze? Nun, dann hat sie ihm sicher etwas recht Angenehmes mitzuteilen!

Er wollte gern sofort mit ihr plaudern, da aber am heutigen Abend sehr viel flotter getanzt zu werden schien, war es der vielen Extratouren wegen nicht möglich. Ein Hofball ist mehr eine glänzende Schaustellung, eine Parade; eine Nachfeier im Hotel St. Petersburg jedoch ist das schöne Recht der Jugend, wo sie alles nachholen will, was ihr die steifere Etikette der Hoffeste verkümmert hatte.

Gabriele war noch immer nicht erschienen; Guntram Krafft wandte kaum einen Blick von der Tür. Er stand, in Wahrheit um ein Haupt länger als das übrige Volk, nahe am Eingang und schaute voll ungeduldiger Sehnsucht jener Einzigen entgegen, die trotz ihres schroffen und abweisenden Wesens all seine Gedanken wie durch einen Zauberbann gefesselt hielt.

Herr von Heidler ist bereits anwesend und scheint sich nicht viel Sorge um das Zögern seiner Herzenskönigin zu machen. Er tanzt bereits sehr flott mit der gestern zuerst bei Hof präsentierten Enkelin des Ministers, ein überschlankes Püppchen mit trotz ihrer Jugend schon recht blasiertem, ausdruckslosem Gesicht. Man erzählte sich aber heute morgen im Hotel, wo verschiedene Herren in Gesellschaft Guntram Kraffts frühstückten, daß Fräulein Henny ein goldenes Kälbchen sei, um das wohl bald ein recht lebhafter Tanz beginnen werde.

Ja, er beginnt bereits! Herr von Heidler verschmäht es nicht, in Abwesenheit seiner angebeteten Gabriele mit recht zündenden Blicken in das spitze, sommersprossige Gesicht zu sehen.

Schon der zweite Tanz nähert sich dem Ende, und noch immer ist Fräulein von Sprendlingen nicht erschienen. Auch Thea fällt es auf.

»Wo steckt denn Gabriele?« fragt sie einen der Vortänzer. »Hat sie etwa abgesagt?«

»Leider, leider!« dienert der Vielbeschäftigte, »noch in letzter Stunde. Infolge plötzlicher Krankheit!«

Beinah atemlos vor Interesse hat Thea zugehört. Gabriele krank? Günstiger konnte es sich für ihre Pläne ja kaum treffen!

Thea hatte eigentlich noch ein wenig warten wollen, ehe sie den großen Trumpf ausspielte; nachdem sie aber die köstliche Nachricht erhalten hatte, daß Gabriele krank sei, hielt sie nicht länger zurück, sie brannte darauf, das Eisen zu schmieden, solange es heiß war. Geschmeidig wand sie sich durch die Plaudernden und stand im nächsten Augenblick vor dem Bären von HohenEsp, der ihr bereits voll fiebernder Ungeduld entgegensah.

»Jetzt kommt unser Tanz, Gräfin, nicht wahr?« fragte er hastig.

Sie lachte und legte das Händchen mit allen Zeichen großer Erschöpfung auf seinen Arm. »Nein, Gott sei Dank, noch kommt er nicht, Graf! Ich bin halbtot! Ich muß mich erst eine Weile ausruhen, und darum will ich vor dem nächsten Galopp flüchten.«

»Ganz recht, Sie tanzen viel zu viel, Gräfin, es wird Ihnen schaden!« sagte er und wandte sich nach einem Nebenzimmer, an dessen Spiegelwänden nur eine Reihe von Stühlen stand. »Kommen Sie bitte hier herein! Es ist kühl und menschenleer.«

Guntram Krafft stand vor Gräfin Thea, die sehr graziös und so matt wie ein rosa Wölkchen in der Sommerhitze auf einen der Stühle niedersank.

»Wo bleibt Fräulein von Sprendlingen?« fragte er ohne jede Einleitung, so, wie sich ihm die Worte ungestüm auf die Lippen drängten.

»Gabriele? Wissen Sie es noch nicht? Sie ist krank.«

»Krank? Mein Gott, was fehlt ihr?«

Thea hob mit umwölkter Stirn die Schultern. »Vielleicht erkältet, vielleicht auch nicht. Herzlose Mädchen kokettieren ja oft nur eine Indisposition, um sich rar und interessant zu machen.«

»Herzlose Mädchen...kokettieren...?« stammelte Guntram Krafft beinah erschrocken. »Urteilen Sie so über Ihre Freundin?«

Thea blickte ihn seltsam an, so warm, so innig und traurig, daß ihm abermals das Blut in die Wangen schoß.

»Setzen Sie sich zu mir, Graf«, hauchte sie weich. »Graf...!«

Er starrte sie an. »Warum sprechen Sie nicht weiter, Gräfin?«

Sie seufzte. »Ich möchte Ihnen so gern alles Unangenehme ersparen.«

»Ich höre lieber Unangenehmes als gar nichts«, sagte er leise. »Und Sie sind so gut und rücksichtsvoll zu mir, Gräfin, daß aus Ihrem Mund sicherlich auch das Schlimmste noch erträglich klingt.«

Wieder traf ihn ihr Blick in so herzlicher, ehrlicher Trauer, daß es ihm ganz wundersam zumute ward.

»Graf, meine Mission ist trostlos genug, denn wenn es nach mir ginge, sollten Sie wahrlich glücklich sein! Hätte es mir Gabriele nicht *schriftlich* gegeben, ich würde nie...«

Er hatte sie erst mit warmem Dankesblick angesehen, jetzt hob er jäh das Haupt und unterbrach sie.

» *Schriftlich* gegeben?« wiederholte er erstaunt.

Sie zog ein Notizbüchlein aus dem Kleid und entnahm ihm einen Zettel, zog denselben jedoch hastig zurück, als Guntram Krafft mit allen Zeichen großer Erregung danach greifen wollte.

»Halt, Graf! Wenn ich Ihnen *diesen* Zettel zeige, begehe ich eine große Indiskretion an Gabriele, und ich tue es nur, weil Sie mich gestern zu einer gewissen Offenheit verpflichteten. Leicht wird es mir wahrlich nicht, ich leide unsäglich unter der Rolle einer Vertrauten, die Sie mir zuteilten!«

»Gräfin... foltern Sie mich nicht... lassen Sie mich lesen...«

»Nur unter einer Bedingung...«

»Ich gelobe alles, was Sie verlangen!«

»Geben Sie mir Ihr Ehrenwort, schwören Sie es mir bei allem, was Ihnen heilig ist, daß nie ein Mensch, Gabriele selber am wenigsten, jemals es erfährt, wie indiskret ich handelte, Ihnen diesen Zettel zu zeigen. Sie geloben mir strengste Diskretion?«

»Ich gelobe sie und werde mein Wort halten.« Er bot ihr mit seinem offenen, grundehrlichen Blick die Hand, und Thea schlug ein.

»Gut; ich glaube Ihnen. Ich habe rückhaltloses Vertrauen zu Ihnen, Graf. Und nun lassen Sie mich erst erzählen, wie ich zu diesem Zettel kam.«

»Ich bitte darum.«

»Es interessierte Sie, zu wissen, welche Meinung Fräulein von Sprendlingen über Sie hegte und was Sie eventuell tun könnten, um sich ihre Sympathien zu erwerben.« Thea sprach schnell und leise, ihre schlanken Finger hielten den Zettel zwischen den rosa Tüllwogen auf ihrem Schoß. »Ich wollte ihr demzufolge gestern morgen einen Besuch machen, um sie ein wenig auszuforschen, wurde aber nicht angenommen. Ich ging nach Hause und versuchte mein Heil schriftlich. Wahrlich, Graf, ich habe es sehr diskret angefangen und begreife nicht, wie Gabriele sogleich ans Heiraten denken konnte; aber derart verwöhnte Mädchen wie sie wittern ja überall einen Heiratsantrag. Hier lesen Sie selber, in welch unerhört beleidigender Weise sie mir antwortete.«

Die Sprecherin reichte ihm brüsk den Zettel, und Guntram Krafft nahm ihn und neigte das Haupt tief darauf nieder.

Theas Blick heftete sich scharf auf sein Antlitz, sie sah, wie es erbleichte, wie sein Auge starr und glanzlos auf den Zeilen ruhte. Regungslos saß Graf HohenEsp, sein Atem ging schwer, und der Zettel schwankte in seiner Hand.

Er antwortete noch immer nicht, und Thea legte leise und zart ihre Hand auf seinen Arm.

»Oh, sehen Sie, Graf, wie diese grausamen Worte Sie verletzten! Oh, wie beklage ich es, wie sehr bereue ich es nun, sie Ihnen gezeigt zu haben.«

Er schüttelte den Kopf, faltete den Zettel zusammen und schob ihn in die Brusttasche.

Thea griff hastig danach.

»Oh, geben Sie ihn zurück, Graf!«

»Unbesorgt, Gräfin, das Papier ist gut aufgehoben; ich habe Ihnen ja Diskretion gelobt. Aber ich bitte Sie, mir den Zettel zu eigen zu geben.«

Er sprach mit seltsam harter, klangloser Stimme.

»Graf, zürnen Sie auch *mir*?«

Er blickte sie fragend an. »Zürnen? Ich zürne weder der Schreiberin noch Ihnen. Daß Fräulein von Sprendlingen sich nur für einen Helden begeistern kann und mich niemals heiraten wird, weil ich ihr nicht imponiere, ist Geschmackssache, dagegen läßt sich nicht streiten.« Er sprach sehr ruhig.

»Graf!«

Er schrak empor. »Ich danke Ihnen, Gräfin, daß Sie mich jetzt schon erfahren ließen, was mich später wohl noch schwerer angekommen wäre. Ich weiß, daß Sie mir gewiß lieber einen freundlicheren Gruß überbracht hätten. Bitte, vergessen Sie diese traurige kleine Episode.«

»Ich soll sie vergessen?« Thea neigte sich vor und sah ihm voll rührender Innigkeit in die Augen. »Nein, Graf, *Sie* sollen vergessen, und zwar so schnell und so gründlich wie möglich! Lassen Sie uns gehen! Der Sekt soll Sie auf heitere Gedanken bringen, und wenn die Flöten und Geigen wieder erklingen, wollen wir jedem Mißgeschick ein Schnippchen schlagen und uns doppelt und dreifach des Lebens freuen! Sie haben mir das Ehrenamt einer Vertrauten übertragen, Graf, und deren erste Verpflichtung ist es, ein trauriges Herz zu trösten und zu erheitern!«

Sie nickte lustig dem Vortänzer zu, der in die Tür trat und winkte, hängte sich wie ein rosiges Flöckchen an den Arm ihres bärenhaften Tischherrn und schritt mit ihm, Triumph und Zuversicht im Herzen, zum Souper.

XVI.

So schweigsam, wie Graf HohenEsp bei Tisch war, so sprudelnd heiter und amüsant war seine Nachbarin. Die kleine Ecke der langen Tafel war bald eine recht fidele, und Thea beobachtete es voll Genugtuung, daß Guntram Krafft energisch seine Mißstimmung bezwang und, wenn auch nicht fröhlich, so doch etwas gesprächiger wurde.

Als Komtesse Sevarille das Thema sehr geschickt auf die See lenkte und die umsitzenden Damen aufs eifrigste in ihr schwärmerisches Entzücken einstimmten, leuchtete es sogar in Guntram Kraffts ernsten Augen wie heiße Sehnsucht auf, und als man gar anfing, ihn um seemännische Dinge zu befragen und seinen Bemühungen, die Damen und Herren für das Rettungswesen Schiffbrüchiger zu interessieren, ein lebhaftes Verständnis entgegenbrachte, da bemächtigte sich seiner sogar eine gewisse freudige Erregung, die für einen Augenblick die Schatten von seiner Stirn scheuchte.

Dieses Gespräch währte freilich nicht lange, dazu war die Jugend zu übermütig gestimmt.

Die letzten Worte der Unterhaltung verklangen bereits im Lärm, den das Zurückschieben der Stühle und die lebhaftere Konversation beim Aufheben der Tafel verursachten; der Graf von HohenEsp schwieg und verneigte sich vor seiner Dame, sie in den Saal zurückzuführen.

Er sah seltsam verändert aus, er hatte so gar keine Ähnlichkeit mehr mit dem ehedem so linkischen, bei jedem Wort errötenden Jüngling, den die Spottlust der Großstädter den modernen Parsifal genannt hatte.

Er neigte flüchtig den Kopf.

»Ich tanze keinen Walzer, Komtesse, gestatten Sie, daß ich Ihnen einen zuverlässigen Tänzer besorge.«

»O nicht doch! Ich möchte tausendmal lieber mit Ihnen plaudern, Graf.«

Er schien ihre Worte zu überhören, wandte sich zu einem seiner Tischnachbarn, der keine Dame geführt hatte, und bat ihn, bei Komtesse Sevarille zum Tischwalzer für ihn einzutreten, da er nicht tanze.

»Selbstverständlich, mit größtem Vergnügen!« versicherte der Angeredete, nachdem er den Grafen ein wenig erstaunt gemustert hatte, verneigte sich vor der jungen Dame und flog mit Thea davon.

Guntram Krafft aber wandte sich kurz um und schritt dem Ausgang zu.

Er nahm hastig Pelz und Hut und trat in die kalte, stürmische Winternacht hinaus. Seine Verpflichtungen gegen Thea hatte er erfüllt, und nun hielt ihn nichts mehr. Wie ein Verdürstender atmete er die klare, kalte Luft; sein gequältes Herz hämmerte, und seine Augen brannten so heiß, als glühten ungeweinte Tränen darin. Welch eine Beherrschung hatte die letzte Stunde von ihm verlangt!

Wie ein Feuer brannte der kleine Zettel auf seiner Brust, wie verzehrendes Feuer glühte ihm das Leid im Herzen. Jetzt erst, nachdem er Gabriele für immer verloren hatte, begriff er es, wie voll, wie ganz und innig er sein Herz an sie gehängt hatte. So auf den ersten Blick! So gläubig und vertrauend wie ein Kind, das die Schönheit in seinem Märchenbuch liebgewonnen und voll sehnenden Entzückens die Arme nach ihr ausbreitet, wenn sie ihm im Leben unverhofft begegnet. Welch ein schwerer, tosender Kampf in seinem Innern nach all dem friedlichen Glück vergangener Jahre! Dazu kam die herbe Enttäuschung, die er in der Angelegenheit seiner ersehnten Rettungsstation erfahren mußte. Dieser Mißerfolg allein hatte schon etwas sehr Niederdrückendes für ihn und trug auch noch dazu bei, seine Stimmung zu verdüstern.

Da überkommt ihn ein wildes, unbändiges Heimweh, ein übermächtiges Sehnen nach der stillen Heimat, nach allem, was er liebt und was ihm in treuer, schlichter Liebe ergeben ist.

Guntram Krafft breitet die Arme aus und stöhnt aus tief verwundetem Herzen: »Heim! Ich will heim!« Und er stürmt mit hämmernden Pulsen in das Hotel und kündet dem äußerst betroffenen Anton an, daß er die Koffer packen soll; am nächsten Tag kehre er nach HohenEsp zurück.

Anton hörte es dem halberstickten Klang der Stimme an, daß es kein Widersprechen gibt. Was mag geschehen sein?

»Haben der Herr Graf daran gedacht, daß wir zuvor Abschiedsbesuche machen müssen?«

»Ja; ich bestellte bereits bei dem Portier den Wagen. Wir werfen nur Karten ab; einzig bei der Gräfin Sevarille wünsche ich gemeldet zu sein. Ich werde jetzt noch die neu eingelaufenen Einladungen beantworten.«

Am nächsten Morgen wurden in großer Eile die Besuche abgefahren.

Da es eine ungewöhnlich frühe Stunde war, nahm Gräfin Sevarille noch keine Besuche an.

»Frau Gräfin sind bei der Toilette, und Komtesse schlafen noch.«

Guntram Krafft nickte. »Weiter!« befahl er kurz. »Zum Bahnhof! Fort! Fort von hier!« Er stirbt vor Sehnsucht nach der Heimat.

Der Zug setzt sich langsam in Bewegung und fährt in den kalten, nebligen Wintermorgen hinein, und als die Häuser und Türme der Stadt hinter dem modernen Parsifal versinken, da atmet er tief auf, wie erlöst von einer unseligen Last.

Da wird es allmählich still und ruhig in seinem Herzen, und als er endlich im Schlitten sitzt und durch die heimatlichen Wälder dahinjagt, als er mit aufleuchtendem Blick und weitgeöffneten Armen das bleigrau rollende Meer begrüßt, da schaut er plötzlich um sich wie ein Mensch, der aus tiefem Schlaf erwacht, wie ein Mensch, den ein böser, quälender Traum gefangenhielt.

*

Gräfin Thea war nie so aufgeregt, so übellaunig und nervös von einem Ball heimgekehrt wie von dem Tanzfest im Hotel St. Petersburg.

Ihre Augen brannten wie im Fieber, mit unsicheren Händen riß sie den Kranz aus ihrem Haar. Warum hatte der Graf das Fest so unvermittelt hastig und ohne ein Wort des Abschieds verlassen? Wohin ging er? Wird er tatsächlich verschwiegen sein?

Fieberhaft rasen neue Gedanken, neue Pläne durch ihr Hirn. Wenn jede Schuld ihre Strafe in sich schließt, so erleidet sie Gräfin Thea in dieser dunklen, endlosen Nacht. Erst spät am Morgen, als das Mädchen schon im Ofen Feuer anzündet, schläft sie ein.

Und als sie erwacht, erhält sie die Nachricht, daß Graf HohenEsp bereits dagewesen sei. Sie starrt die Sprecherin an wie eine Vision.

»Er war hier?« Das klingt wie ein heiserer jubelnder Aufschrei.

Sie preßt die Hände gegen die Schläfen und lacht freudig auf, wie aus Todesängsten erlöst. Dann macht sie in rasender Eile Toilette, frühstückt und geht in sehr gehobener Stimmung auf das Eis.

Als sie wiederkommt, sieht sie trotz der Kälte blaß und verstört aus. Um ihre Augen liegen tiefe Schatten, und der Mund zeigt die Linien, die man im ganzen Haus fürchtet; sie zeigen an, daß sich die Komtesse in höchst gereizter Stimmung befindet.

Sie bringt zwei Neuigkeiten mit nach Hause. Die erste ist die, daß Fräulein von Sprendlingen persönlich sehr wohl und gesund ist, daß aber ihr Vater, gerade als er im Begriff stand, für das Tanzfest im Hotel St. Petersburg Toilette zu machen, von einem Schlaganfall getroffen wurde.

Und die zweite Neuigkeit: Graf HohenEsp ist Knall und Fall abgereist. Kein Mensch weiß, warum. Man vermutet, daß er Nachrichten von zu Hause erhielt.

Ob er wiederkommen wird?

Viele behaupten ja, manche nein. Gräfin Thea weiß es genau: Nein, er kommt nicht wieder!

XVII

General von Sprendlingen war begraben, und in der Residenz wurde nur ein einziges Thema besprochen: die finanzielle Lage seiner Gattin und Tochter.

Wie ein Lauffeuer war es durch die Stadt gegangen, daß der alte Herr infolge einer ungeheuren Aufregung den Schlaganfall erlitten hatte.

Viele behaupteten, es sei längst kein Geheimnis mehr gewesen, daß der pensionierte Offizier spekuliert hatte, um den Ausfall des hohen Gehaltes durch reichere Zinsen auszugleichen.

In der Villa Monrepos vollzog sich voll grausamer Hast und Nüchternheit die traurige Wandlung, die derartigen Ereignissen zu folgen pflegt. Die notwendige Auktion hatte stattgefunden, und die Damen bereiteten sich zur Abreise vor, denn da sie über keine weiteren Mittel als die karge Witwenpension verfügten, schien es fraglich, ob sie ein eigenes Heim in der Residenz gründen konnten. Vorläufig folgten sie der Einladung einer kinderlosen Verwandten, die Frau von Sprendlingen und Gabriele für die Dauer des Trauerjahres zu sich gebeten hatte.

Zum letztenmal saßen Mutter und Tochter in den liebgewordenen Räumen, in denen sie so viele glückliche Jahre verlebt hatten, beisammen.

Tränen tiefster Hoffnungslosigkeit glänzten in den Augen der verwitweten Frau, und als Gabriele an ihre Seite trat, zärtlich den Arm um die Weinende zu legen, da schluchzte sie laut auf und flüsterte: »Ach, meine arme, arme Gabriele! Was soll nun aus dir werden?«

Das junge Mädchen sah in all dem Leid so verklärt und ruhig aus, als sei ihr nie ein Zweifel an dem Glück der Zukunft gekommen. »Er liebt mich, Mama.«

»Wer?«

»Hans Heidler! Oh, Mütterchen, du ahnst es ja nicht, wieviel liebe Worte er mir noch auf dem letzten Hofball sagte, wie er mir die Hand drückte, wie unaussprechlich viel mir sein Auge gestand!«

»Sein Auge, aber nicht seine Zunge«, murmelte Frau von Sprendlingen bitter. »Gabriele, glaubst du wahrlich, daß Heidler je an eine Heirat gedacht hat und daß er sogar jetzt noch daran denkt?«

»Ja, ich glaube es, ich weiß es bestimmt. Ein Mann, der so ritterlich, so heldenhaft, so edel ist wie Hans, der betrügt kein Mädchenherz.«

Das scharfe Klingeln der Hausglocke drang zu ihnen herauf; Gabriele zuckte mit leuchtenden Augen empor, und auch die Baronin blickte wie in jäher Hoffnung nach der Tür. Nach wenigen Minuten stand der Portier auf der Schwelle, er hielt einen köstlichen Strauß von Orchideen und Tuberosen sowie eine Visitenkarte in der Hand.

»Eine schöne Empfehlung von dem Herrn Leutnant von Heidler. Er ließe den Damen herzlichst Lebewohl sagen und eine glückliche Reise wünschen. Der Herr Leutnant wäre gern selber noch gekommen, er ist aber zu seinem großen Bedauern verhindert.«

Da die beiden Damen bleich und schweigend vor ihm standen und sich keine Hand hob, den Strauß in Empfang zu nehmen, legte ihn der Sprecher seitlich auf den Tisch.

»Es ist nämlich die Schlittenpartie heute, die der Herr Oberleutnant arrangierte«, fuhr er fort, mehr aus Verlegenheit als aus Geschwätzigkeit, »der Enkelin des Herrn Ministers zu Ehren. Der Herr Oberleutnant ist jetzt beinah alle Tage da im Haus. Die Fräulein Enkelin soll ja wohl steinreich sein, darum gibt's so ein Fest ums andere. Ja, und was ich noch sagen wollte, Frau Baronin, die Koffer werden morgen früh schon um sechs Uhr abgeholt.«

»Ich danke Ihnen, Hartlich. Die Koffer stehen auf dem Flur bereit. Guten Abend.«

Der Portier verbeugte sich und ging.

Als sich die Tür geschlossen hatte, breitete Frau von Sprendlingen schweigend die Arme nach ihrer Tochter aus, und Gabrieles Köpfchen sank wie eine sturmgebrochene Blüte an die Brust der Mutter.

Und dann hob sie plötzlich das Haupt und blickte mit herzzerreißendem Lächeln empor.

»Ich kann es nicht glauben, daß er nicht mehr kommen *wollte*, Mama. Es ist ja ganz unmöglich, daß diese meine herrlichste Idealgestalt so kläglich in Dunst und Nebel zerrinnt!«

Frau von Sprendlingen küßte die Stirn ihrer Tochter und wiederholte nur leise: »O du armes, armes Kind!« Dann wandte sie sich zur Tür, in der das Stubenmädchen erschien und mit betrübtem Gesicht die gnädige Frau um ihr Abgangszeugnis bat. Gabriele blieb allein.

Sie stand am Fenster und starrte mit erloschenem Blick auf die stille winterliche Straße hinab. Schlittengeklingel ertönte von fern und näherte sich in flottem Tempo.

Gabriele schrak empor, neigte sich vor und starrte mit weitoffenen Augen hinab. Die Schlittenpartie!

Da flogen sie heran, die Rosse mit den bunten, lustig flatternden Schneedecken, da klingelten und rasselten die Schellen durch die schmetternden Musikklänge, und die ersten Schlitten mit den Trompeten jagten vorüber. Dann als erster an der Spitze der Jugend Hans von Heidler neben Fräulein Henny von Larsen. Sie verschwindet beinahe in dem mächtigen Pelz, ihr spitzes Gesicht ist dem Dragoner zugekehrt, und dieser neigt sich ihr so vertraut und keck zu, wie es seine siegesbewußte Art ist, und lächelt der Kleinen »tief in die Seele«.

Oh, Gabriele kennt dieses Lächeln. Ihr Herzschlag stockt, sie neigt sich noch weiter vor und starrt hinab. Er hat weder Blick noch Gedanken mehr für die öde, verlassene Villa, in die über Nacht die Armut eingezogen ist. Der Schlitten fliegt vorüber, ohne daß Herr von Heidler Zeit gefunden hat, einen einzigen Blick nach dem Fenster emporzuwerfen, hinter dem das bleiche, liebliche Mädchen steht, dem noch vor wenigen Wochen seine leidenschaftlichen Huldigungen galten.

*

Ein Jahr war vergangen. Frau von Sprendlingen lebte mit ihrer Tochter fernab der Residenz im einsamen Landhaus der Tante, die viel zu schrullenhaft, unliebenswürdig und schroff war, um den beiden verlassenen Frauen auf die Dauer ein behagliches Heim bieten zu können. Mutter und Tochter hatten schweren Herzens beschlossen, sich zu trennen. Frau von Sprendlingen konnte zur Not von ihrer Witwenpension leben, wenn Gabriele ein anderes Unterkommen fand.

Dieses aber fand sich trotz eifrigster Bemühungen nicht. Die Stelle einer Hofdame, die die Herzogin für sie an befreundetem Hof erhofft hatte, war gegen alles Erwarten anderweitig besetzt, andere Aussichten zerschlugen sich ebenfalls.

Da las Frau von Sprendlingen eines Tages in einer Frauenzeitung eine sehr annehmbar erscheinende Offerte. Eine ältere Dame auf dem Land suchte ein junges, liebenswürdiges und heiteres Mädchen aus vornehmer Familie zur Gesellschafterin. Die Einsendung einer Fotografie war zur Bedingung gemacht.

Die Baronin las Gabriele die Anzeige vor, und beide blickten sich in stummem, wehmütigem Einverständnis in die Augen. Zur selben Stunde noch schickte Frau von Sprendlingen Gabrieles Bild an die angegebene Chiffre ab.

Ernst und still blickte Gabriele in den leuchtenden Frühlingsmorgen hinaus. Wird eine Antwort kommen? Wird sie die Stelle erhalten? Ach, ihr Schicksal, ihre Zukunft sind ihr so gleichgültig geworden. Seit sie, kaum drei Wochen nach ihrem Scheiden aus der Residenz, Herrn von Heidlers Verlobung mit Henny, der reichen Erbin, las und sehr bald danach durch den Brief einer Freundin aus der Heimat erfuhr, daß die Hochzeit des schneidigen Dragoners trotz der großen Jugend der Braut schon in den ersten Tagen des Mai stattfinden solle, war die Welt leer und tot für sie geworden.

Als Guntram Krafft so unvermutet schnell nach HohenEsp zurückgekehrt war, ruhten die Augen der Gräfin voll bangen Forschens auf dem ernsten Antlitz des Sohnes, als könne sie die Gedanken hinter seiner Stirn lesen und auch die Gründe erforschen, die ihn so plötzlich heimgetrieben hatten.

»Warum kommst du schon jetzt zurück, Guntram Krafft? Ist dir etwas Unangenehmes begegnet?«

Er blickte ihr, ganz gegen seine Gewohnheit, nicht in die Augen.

»Wenn du alle gescheiterten Hoffnungen betreffs einer eigenen Rettungsstation unangenehm nennst, dann freilich ist mir viel Unangenehmes begegnet.«

»Und nur darum bist du Hals über Kopf abgereist?«

Er antwortete nicht direkt auf diese Frage, sondern er strich sich langsam die blonden Haare aus der Stirn.

»Ich bekam Heimweh, Mutter«, sagte er leise mit einem beinahe schwermütigen Klang in der Stimme. »Ich kam mir so überflüssig, so vereinsamt dort vor. Ihre Interessen sind nicht die meinen, ihre Sitten und Ansichten sind neu, die meinen alt. Ich verstehe das Tanzen und Plaudern gar nicht oder doch sehr schlecht im Vergleich zu den anderen Herren. Die Leute waren nicht unfreundlich zu mir, aber auch nicht so, daß ich mich tatsächlich unter ihnen wohlgefühlt hätte. Dazu wehte der Sturm so vorwurfsvoll daher und mahnte mich, daß es gerade jetzt viel ernste Arbeit daheim gäbe. Da hielt es mich nicht länger. Ich sehnte mich heim zu dir, Mutter; hier ist mein Platz! Du hast mich lieb... gleichviel, wie ich bin.«

Die letzten Worte klangen noch leiser und wehmütiger als zuvor, und Gundula trat neben seinen Sessel und drückte voll weicher Innigkeit das Haupt des Sohnes an die Brust.

Die anfänglich so schwermütige Stimmung des jungen Grafen schwand von Tag zu Tag. Der Sturm heulte und schien nur auf die Rückkehr Guntram Kraffts gewartet zu haben, um seine gewaltige Kraft mit der des Bären zu messen.

Da gab es keine müßige Zeit mehr, da war es vorbei mit dem wehmütigen Sinnen und Grübeln. Täglich fast gab es schwere Arbeit.

Schiff in Not! Und der Bär von HohenEsp reckte voll kühnen Muts die Pranken, scharte seine Getreuen um sich und warf sich in tollem Wagemut gegen die brandende Flut, der Tiefe ihre Opfer zu entreißen.

Die Kälte wurde von Tag zu Tag grimmiger, im Hamelwaat knirschte das Eis. Das war die böseste Zeit. Zwei Tage lang lag der Nebel dick und fest wie ein Brett vor der See; als ihn ein neu einsetzender Sturm auseinanderriß, stürzte ein Schiffer zur Burg und meldete, daß aus dem Watt das Wrack eines gesunkenen Schoners rage. In den Masten sei noch Mannschaft zu erkennen. Das war ein fürchterlicher Tag und eine grauenvolle Fahrt!

Das erste Boot zerschellte in der Brandung, und Guntram Krafft und seine freiwilligen Lotsen konnten selber kaum geborgen werden; doch kaum, daß sich die Erschöpften erholt hatten, bemannte der Graf ein zweites Boot, das er in aller Eile zweckmäßig eingerichtet hatte.

Er ließ den fehlenden Luftkasten durch leere Fässer, die möglichst gut verspundet und unter die Duchten gelascht wurden, ersetzen, ließ Ballast einlegen und einen Lenzsack nachbugsieren, um das Boot möglichst vor See zu halten und ein Beidrehen zu verhindern.

Dann ging es mit frischem Mut abermals hinaus, und nach zweistündiger schwerer Arbeit brauste das jubelnde Hurra der Heimkehrenden durch das Heulen der Flut. Sie hatten sechs Mann eingeholt. Kaum daß man die Schiffbrüchigen noch zu den Lebenden zählen konnte. Zwei Tage und Nächte lang waren sie ohne Nahrung gewesen, ihre Lage in der Takelage bei Sturm und bitterer Kälte bedeutete eine geradezu unbeschreibliche Qual.

Gräfin Gundula ließ die Geretteten nach HohenEsp schaffen und nahm ihre erfrorenen Glieder in Pflege, bis ein Arzt zur Stelle war.

Diese heldenmütige Rettung wurde bekannt. Guntram Krafft und seine Lotsen erhielten die Rettungsmedaille und ein ansehnliches Geldgeschenk, und mit leuchtenden Augen stürmte der Graf in das Zimmer seiner Mutter. »Nun können sie heiraten! Ich habe meinen Anteil an Jöschen abgetreten, dann reicht's zur Ausstattung, und die kleine Kate am Seehaus habe ich ihm ja schon lange versprochen, die kann er sich in Gottes Namen zur Wohnung einrichten!«

»Jöschen will heiraten?« fragte die Gräfin überrascht; »davon ahne ich nichts; wen hat er sich zum Schatz genommen?«

»Nun, die Mike! Die beiden sind doch schon von Kindesbeinen an Brautleute«, lachte der Bär von HohenEsp.

Nachdenklich senkt die Gräfin das Haupt, ihr Sohn aber setzt sich nahe an ihre Seite und nimmt zärtlich ihre Hand zwischen die seinen.

Er sieht sie an, so kindlich bittend wie stets, wenn er etwas auf dem Herzen hat.

»Mutter! Warst du zufrieden mit unserer Arbeit?«

»Sehr zufrieden, Gott lohne sie euch!«

»Sie hat aber einen schweren Verlust für uns bedeutet! Unser einziges Rettungsboot, das wir mit so vieler Mühe als ein Peake-Boot zurechtgemacht hatten, ist von der See zerschlagen!«

»Oh! Es wird sich Ersatz finden!«

»Mutter! Du botest mir jüngst an, ich solle auf Reisen gehen, fremde Länder und Völker sehen...«

»Ganz recht! Hast du dich entschlossen?«

»Nein, Mutter. Ich möchte dich aber recht inständig bitten, mir das Geld, das solch eine Reise kostet, zu geben.«

»Wozu das?«

Guntram Krafft hob mit leidenschaftlicher Bewegung das Haupt.

»Es ist seit Jahren mein sehnlichster Wunsch, hier eine regelrechte Rettungsstation zu errichten. Mit der nötigen Ausrüstung und Unterstützung brauche ich meine braven Jungen nicht annähernd so der Gefahr auszusetzen wie jetzt. Von fremder Seite haben wir keine Unterstützung zu erwarten. Da heißt es also: Hilf dir selber! Ich habe keine andere Passion, keine anderen Interessen mehr auf der Welt als das Rettungswesen, ich kenne keinen höheren Wunsch, als hier aus eigenen Mitteln einen Schuppen mit Ausrüstung, Boot und Apparaten aufzustellen.«

Gundula sah dem Sprecher tief in die Augen.

»Wenn es dir ernstlich darum zu tun ist, so steht der Ausführung deines Plans gewiß nichts im Weg.«

»Mutter!« Der Graf war dunkelrot geworden. »Und das Geld dazu?«

»Du bist majorenn und kannst über dein Vermögen verfügen.«

Er umkrampfte die schlanke Hand der Gräfin. »Mein Vermögen? Alles, was wir besitzen, hast du verdient, es ist dein Eigentum, Mutter. Und zehntausend Mark ist wohl das mindeste, was ich benötige.«

Gundula lächelte, zum erstenmal sah ihr ernstes Antlitz beinahe heiter aus in dem Gefühl, dem Sohn, den sie über alles liebte, einen Wunsch erfüllen zu können.

»Du weißt, daß ich für *dich* arbeitete, und du hast mir seit Jahren redlich dabei geholfen. Die zehntausend Mark hast du dir selber reichlich verdient. Wie du sie anwenden willst, ist deine Sache; sie liegen bereit.«

Das Antlitz des Grafen spiegelte die unaussprechliche Freude wider, die er empfand. Er legte die Arme um die Sprecherin und dankte ihr so strahlend glücklich, als sei das Geld ihm zu Genuß und Vergnügen, nicht aber für fremde Not gespendet.

Seit langer Zeit hatte man Guntram Krafft nicht so heiter und lebhaft mehr gesehen als jetzt, da er voll ungeduldigen Eifers sogleich den Bau des Rettungsschuppens in Angriff nehmen und seine notwendige Ausrüstung herstellen ließ. Alles leitete und ordnete er selbst, und bei der regen Beschäftigung blieb ihm keine Zeit, trüben Gedanken nachzuhängen.

Die Gräfin atmete auf, wie von Zentnerlasten befreit. Sie glaubte nun überzeugt zu sein, daß keine unglückliche Liebe das Herz des Sohnes erkranken ließ und seine zeitweise unerklärliche Schwermut in der Tat nur dem Kummer entsprang, den ihm seine vergebliche Mission in der Residenz verursacht hatte.

Gundula grübelte und sann, wie sie ihren Liebling zu einem glücklichen Mann und Gatten machen könne.

So verging Monat um Monat. Da kam ihr ein guter Gedanke. Sie suchte in einer vielgelesenen Frauenzeitung eine junge Gesellschafterin aus bester Familie und wählte aus den eingesandten Fotografien die heraus, die ihrem scharfen Auge am passendsten für ihren Plan erschien.

In dicken Stößen kamen die Briefe an. Die Gräfin saß in ihrem stillen Turmzimmer, in das die Frühlingssonne ihre goldhellen Strahlen warf, und öffnete voll lebhaften Interesses ein Schreiben nach dem andern.

Wie viel verschiedene Schriften, Schicksale, Bilder! Gundula sah ein jedes derselben lange scharf und prüfend an, doch da war keines, welches ihr so recht von Herzen sympathisch war.

Die nächsten Tage brachten neue Massen von Zuschriften, und die Bärin von HohenEsp las und überlegte und prüfte, bis sie plötzlich betroffen auf ein reizendes Mädchenantlitz schaute, das mit wundersam ernsten, großen, klaren Augen aus dem Brief zu ihr emporschaute. Dem Anzug nach schien sie in tiefer Trauer zu sein, schlicht, einfach und anspruchslos.

Die Gräfin überflog den Brief, der nur sehr kurz im Verhältnis zu den meisten anderen war. Sie sah nach der Unterschrift, die lautete: Maria Antoinette, Freifrau von Sprendlingen, geborene von Dryfurth.

Ein guter Name. Und sie schrieb, daß sie für ihre Tochter Gabriele, 23 Jahre alt, musikalisch, perfekt im Englischen und Französischen, geschickt in Handarbeiten, aber noch unerfahren im Haushalt, eine Stelle als Gesellschafterin suche. Ihre Verhältnisse, die seit dem Tod ihres Mannes sehr traurige seien, zwängen sie leider, sich von ihrem Kind zu trennen.

Gundula nickte nachdenklich. Eine Witwe, die ein Unterkommen für die Tochter sucht.

Wieder und wieder nahm sie Gabrieles Bild zur Hand. Wie eine geheime, unerklärliche Gewalt zog es sie zu dem entzückenden Antlitz mit den rätselhaften Augen. Ein Bild täuscht ja sehr. Vielleicht war die Kleine in Wirklichkeit nicht annähernd so sympathisch, aber gleichviel, darauf mußte man es eben ankommen lassen. Kurz entschlossen griff die Gräfin zu Feder und Papier und schrieb an Frau von Sprendlingen, daß sie gewillt sei, ihre Tochter voll herzlicher Freundlichkeit in ihrem Haus aufzunehmen.

XVIII.

Ein paar Tage waren vergangen. Es dämmerte. Guntram Krafft war soeben von dem beinahe vollendeten Rettungsschuppen heimgekehrt, hatte die Kleider gewechselt und trat hastig in das große Wohngemach der Gräfin, um ihr voll lebhafter Begeisterung von dem vorzüglichen Boot eigener Konstruktion, das man soeben geprobt hatte, zu berichten.

Gundula trat ihm entgegen, lebhafter, elastischer schreitend als sonst. Sie hielt einen Brief in der Hand und fing bereits von weitem an zu sprechen: »Endlich kommst du heim, Guntram Krafft; ich wartete mit Sehnsucht auf dich, um mit dir eine Angelegenheit zu bereden, für die du bisher noch niemals recht Zeit hattest. Nun ist sie vollendete Tatsache und die höchste Zeit, daß du davon erfährst.«

Der Graf blickte die Sprecherin erstaunt an, schob ihr voll ritterlicher Höflichkeit einen Sessel hin und lehnte sich erwartungsvoll ihr gegenüber an den Tisch.

Die Gräfin setzte sich nieder und schien gewaltsam gegen eine gewisse Befangenheit anzukämpfen. »Ich bin seit langen Jahren so allein, entbehre jeden Verkehr mit Damen und werde nun auch so alt und abständig, daß ich kaum noch allein dem großen Hauswesen vorstehen kann.«

Guntram Krafft lachte beinahe übermütig auf, schwieg aber und blickte die Sprecherin aufmerksam an.

»Ich habe mir daher eine Gesellschafterin engagiert und hoffe, daß du aus Rücksicht für mich mit diesem Zuwachs einverstanden bist.«

»Ah! Das nenne ich vernünftig!« rief der Bär von HohenEsp sehr erfreut und durchaus harmlos aus. »Diese Idee ist einen Dukaten wert und hätte dir bereits zehn Jahre früher kommen sollen. Hast du schon jemand gefunden?«

Die Gräfin öffnete mit geheimnisvollem Lächeln den Brief, entnahm ihm eine Fotografie und reichte sie dem Sohn.

»Wie gefällt dir meine künftige kleine Genossin, die, so Gott will, frisches Leben und recht viel Sonnenschein mit in das Haus bringt?«

Guntram Krafft nahm lächelnd das Bild und trat damit in die Fensternische, um besser sehen zu können.

»Wenn sie nur *deinen* Beifall findet, Mama, dann bin ich gern mit einer jeden zufrieden.«

Er neigte sich vor und blickte auf das Bild. Einen Augenblick starrte er es an, seine Hand zuckte, und sein Antlitz überzog eine tiefe Blässe.

Regungslos stand er und schaute in das süße, ernste, sinnende Gesicht. Ein Zittern flog durch seinen Körper, wie feurige Nebel wogte und wallte es plötzlich um ihn her, und sein Herz lag regungslos, um plötzlich in desto wilderen Schlägen atemraubend loszustürmen.

Er stand abgewandt von der Gräfin, und diese sah die auffallende Veränderung nicht, die mit ihm vor sich ging.

»Nun«, sagte sie endlich, »äußere dich doch! Ist das Gesicht nicht entzückend? Wenn die Augen das alles halten, was sie hier versprechen, so muß die Kleine ein sehr liebenswertes Mädchen sein.«

»Wie heißt sie?« stieß Guntram Krafft kurz und beinahe rauh hervor.

»Ach so! Ich vergaß, dir Fräulein Gabriele von Sprendlingen im Bild vorzustellen…«

»Gabriele von Sprendlingen!« Das klang wie ein leises, kaum verständliches Aufstöhnen. Die Gräfin beachtete es nicht.

»Der Vater war General; er starb vor ungefähr einem Jahr ganz plötzlich, und da er durch den Bankrott einer bedeutenden Firma sein ganzes Vermögen verlor, hinterließ er Frau und Tochter in den drückendsten Verhältnissen. So entschloß sich Frau von Sprendlingen nun, die Tochter fortzugeben.«

»Bot sie dir dieselbe an?« Guntram Krafft stieß die Worte kurz hervor.

»Auf meine Anzeige in der Zeitung hin.«

»Inseriertest du unter deinem vollen Namen?«

»Hier ist der Zeitungsausschnitt, ich erbat die Antworten unter Chiffre G.H. 1000.«

»Wo lebt Frau von Sprendlingen?«

Die Gräfin blickte auf den Brief nieder und nannte eine kleine Stadt des Herzogtums; der Bär von HohenEsp aber blickte starr zum Fenster hinaus und schwieg.

»Du meinst doch auch, daß ich den Versuch mit Gabriele wage?« fuhr die Gräfin ein wenig ungeduldig fort.

Er strich langsam mit der Hand über die Stirn, sein fahles Antlitz sah so gequält aus wie bei einem Menschen, der die Folter erduldet. »Darüber hast du allein zu bestimmen.«

»Ich bin völlig einig mit mir und habe der Baronin bereits geschrieben.«

Wieder zuckte der Graf zusammen. »Nun, so ist es ja entschieden«, sagte er tonlos. »Wann... wann trifft die junge Dame hier ein?«

»Anfang nächsten Monats. Es gibt zuvor wohl noch verschiedene Angelegenheiten zu erledigen.«

»Sagtest du nicht, daß sie verlobt sei?«

Die Gräfin hob erstaunt ihr Haupt. »Durchaus nicht. Die Damen stehen ganz allein und ohne Schutz in der Welt. Wie kommst du darauf?«

Guntram Krafft neigte finster das Haupt. »Ich irrte mich wohl. Mir geht heute so viel im Kopf herum. Heute nachmittag haben wir eine kleine Probefahrt mit dem neuen Boot gemacht, darüber wollte ich berichten.«

Die Gräfin schob das Bildchen in den Brief zurück, erhob sich hastig und legte den Arm in den des Sohnes.

»Ja, erzähl mir! Du hast soeben meinen Angelegenheiten Interesse geschenkt, nun wollen wir von dem plaudern, was dir am Herzen liegt.« Sie trat in das hellere Fensterlicht und sah betroffen in das Antlitz des jungen Bären. »Hast du Ärger und Verdruß gehabt, Guntram Krafft?« fragte sie besorgt. »Du siehst ganz verstört aus ... Oder fühlst du dich etwa krank?«

Er zwang sich gewaltsam zu einem heitern Ton. »Seinen gesunden Hofjungenärger hat man ja öfter, Mutter. Im großen und ganzen bin ich sehr zufrieden mit den Schuppen und voll Glück und Dank gegen Gott und dich. Daß in Walsleben das neue Arbeitshaus schon im Rohbau aufgeführt ist, weißt du.«

»Selbstverständlich.«

»Wer beaufsichtigt die Sache eigentlich?«

»Der Inspektor. Du warst doch damit einverstanden.«

Der Graf wandte sich ab und schob den schweren Damastvorhang noch mehr von den Butzenscheiben des Erkerfensters zurück.

»Ich möchte das Haus einmal in Augenschein nehmen; man kann doch so manches noch ändern und verbessern.«

»Selbstverständlich! Ich würde sehr glücklich sein, wenn du einmal hinführst. Möchtest du gleich morgen...«

»Morgen? Nein.« Der Graf unterbrach die Sprecherin mit einer gewissen Hast. »Momentan kann ich hier nicht gut abkommen.«

»Nun, wann denkst du zu fahren?«

Guntram Krafft wandte sich noch mehr zur Seite.

»So bald wie möglich. Vielleicht Anfang nächsten Monats«, sagte er leichthin, wandte sich plötzlich und bot der Mutter den Arm. »Und nun begleite mich noch einmal in den Garten, Mamachen! Es ist ein wundervoller Abend, und ich möchte sehen, wieweit der Gärtner mit den neuen Anpflanzungen gekommen ist.«

Gabriele von Sprendlingen war im Reisekleid und legte noch die letzten Gegenstände in den kleinen Reisekoffer, um pünktlich bereit zu sein, wenn der alte Kutscher vorfuhr, sie zur Bahnstation abzuholen. Sie sah so still und ernst und ruhig aus, als ob all der Wechsel und Wandel, der sich nun mit ihr begeben sollte, nicht die mindeste Erregung wert sei. Sie sollte die Gesellschafterin einer alten einsamen Frau werden, einer Frau, die man in der Welt als verbittert, hart und menschenfeindlich schilderte.

Als ihre Mutter mit aufgeregt heißen Wangen zuerst die Nachricht brachte; daß es die Gräfin HohenEsp sei, die die Gesellschafterin suche, und daß sie Gabriele vor allen anderen Bewerberinnen den Vorzug gegeben und sie engagiert habe, blickte das junge Mädchen so gleichgültig auf den Brief Gundulas nieder, als gehe sie derselbe kaum etwas an.

Und als Frau von Sprendlingen in ihrer Erregung eine Andeutung machte, daß nun das Glück vielleicht doch noch einmal bei ihnen anklopfe, wenn Guntram Krafft seiner ehemals so schnell entflammten Neigung treu geblieben sei, da wuchs die schlanke Mädchengestalt hoch und stolz empor, und die klaren Augen blitzten so abweisend wie ehemals, als sie die Bewerbung des Grafen voll ehrlicher Gleichgültigkeit zurückwies.

»Wenn du dich solch trügerischem Hoffnungen hingibst, Mama, ist es besser, ich nehme die Stelle überhaupt nicht an. Glaubst du, die Armut und Verlassenheit hätten mich derart entnervt und erbärmlich gemacht, daß ich einen ungeliebten Mann heirate? Ich bitte dich von Herzen, Mama, nähre keine falschen Hoffnungen, die Enttäuschung würde zu bitter sein.«

Seufzend neigte die Baronin das Haupt und schwieg auch jetzt, als sie von der Tochter Abschied nahm und die schlanke, graziöse Mädchengestalt in die Arme schloß. Sie sagte nur leise: »Gott beschütze dich, mein Kind!«

Es war ein regnerischer Frühlingstag. Der Himmel verschwamm in grauen Dunstmassen, müdes Dämmerlicht lag über den knospenden Wäldern, durch die Gabriele der Burg HohenEsp entgegenfuhr.

Von der See sah man nichts, der Nebel hatte sie verschlungen; und als HohenEsp mit seinen dunklen, uralten, efeuumsponnenen Gemäuern aus den Wipfeln auftauchte, machte es einen noch melancholischeren und öderen Eindruck als sonst.

Sehr günstig war der erste Eindruck nicht, den Gabriele vom Stammsitz der HohenEsp erhielt; aber das junge Mädchen war so weit entfernt von aller kindischen Furcht und Voreingenommenheit, daß es, interessiert und gefesselt, von der Eigenartigkeit dieses Schlosses um sich blickte, als der Wagen langsam in den engen Burghof einfuhr. Da standen wie zwei gewaltige, unheimliche Wächter, gleich rechts und links vor dem Tor, die steinernen Bären, die mit der einen Pranke das Wappenschild, mit der anderen eine Fackel emporhielten, in der abends eine rotleuchtende Laterne brannte.

Die alten Gesellen sind von grünlicher Moosschicht überzogen, ebenso verwittert und alt wie die anderen Bären, die auf den Sockeln der Freitreppe stehen. Im ersten Augenblick erscheint ihr auch die hohe Frauengestalt, die ihr in der Pforte entgegentritt, mehr bärenhaft als menschlich.

Das dunkle Trauergewand, der breite schwarze Pelzkragen um die Schultern, den Gundula des kalten Wetters wegen umgelegt hat, lassen die Gräfin von HohenEsp noch imponierender erscheinen als sonst.

Sie tritt der Ankommenden entgegen und bietet ihr mit herzlichem Willkommen die schlanke, weiße Hand zum Gruß; unter dem silbernen Scheitel und der klaren, hohen Stirn leuchtet Gabriele ein Paar so schöner, edel blickender Augen entgegen, daß sie das Empfinden hat, als ströme es unter diesem Blick ganz seltsam warm zu ihrem Herzen.

Sie küßt die Hand der Gräfin, sie dankt für das gütige Wohlwollen, das sie hierherkommen hieß; Gundula schaut einen Augenblick tief und ernst in das Antlitz des jungen Mädchens, nickt freundlich und drückt die kleine Hand kräftig in der ihren.

»Gebe Gott, daß wir einander liebgewinnen und daß Sie gern bei uns weilen«, sagt sie schlicht, wendet sich an den alten Diener und gibt Befehl, das Gepäck in das Zimmer des gnädigen Fräuleins zu schaffen.

Sie schreitet nach der eng gewundenen dunkelgebräunten Holztreppe und legt die Hand auf einen der Bärenköpfe, die die Schnitzerei zeigt. »Fürchten Sie sich nicht vor diesen zottigen Burschen, die Ihnen hier auf Schritt und Tritt begegnen! Sie sind unsere lieben Freunde, sie gehören zu uns und in dieses Haus wie gute Schutzgeister, die man nicht vertreiben darf. Fürchten Sie sich vor Bären?«

Gabriele lächelte.

»Nicht im mindesten, Frau Gräfin. Ich bin überzeugt, daß sie auch mich bald als Freundin dieses Hauses erkennen und mich beschützen werden.«

»Hier ist Ihr Zimmer, ein Turmstübchen, so klein und niedrig, wie es unsere Altvordern gemütlich fanden. Der Blick ist schön; Sie sehen aus dem Fenster Wald und See, und wenn Ihr Herz nicht allzusehr an der bunten Welt und ihrem Leben und Treiben hängt, wird Ihnen diese stille Poesie sicher gefallen.«

»Ich wußte, daß sie mich erwartet, Frau Gräfin, und bin gern gekommen.«

Wieder blickt Gundula in das ernste, sinnende Antlitz der Sprecherin. »Packen Sie allein aus oder wünschen Sie Hilfe? Hanne steht zu Ihrer Verfügung.«

»Ich danke, Frau Gräfin; ich bin gewohnt, mich allein zu bedienen.«

Gundula nickt sehr befriedigt. »Das ist mir recht. Mir gefällt es gut, wenn ein Mädchen selbständig ist. In erster Zeit werden Sie allerdings noch manches erfragen müssen, bis Sie auf HohenEsp Bescheid wissen; am liebsten ist es mir, Gabriele, Sie wenden sich an mich, ich habe stets Zeit für Sie.«

»Ich danke von Herzen, Frau Gräfin.«

»Und jetzt lasse ich Sie allein. Sie werden eine kurze Zeit der Ruhe bedürfen. In zwei Stunden erwarte ich Sie zum Essen. Wir sind vorläufig allein im Haus, mein Sohn mußte für kurze Zeit nach Walsleben fahren. Also auf Wiedersehen, liebe Gabriele! Gott der Herr segne Ihren Eingang in dies Haus.«

Die Gräfin zieht das junge Mädchen an sich und berührt mit ernstem Kuß seine Stirne; dann geht sie.

Wie im Traum schaut Gabriele der hohen Frauengestalt nach. Sie sieht aus wie ein schönes, ehrwürdiges Bild, das aus dem Rahmen gestiegen ist, um durch diese dämmrig stillen Räume zu schreiten. Wie paßt sie in dieses Haus! Fürwahr, eine Bärin von HohenEsp. So hatte sich Gabriele sie nicht vorgestellt. Sie glaubte, eine finstere, strenge, kalte Matrone vorzufinden, eine Herrin, die mit weltfeindlichem Sinn hier gebietet, nicht aber diese friedliche, milde, schlichte und einfache Frau, die bei all ihrer vornehmen Würde so viel herzgewinnende Güte hat. Schon auf den ersten Blick gefiel ihr »Frau Herzeleide«, und Gabriele empfindet es wie eine glückselige Vorahnung, daß sie diese Frau liebgewinnen wird wie eine Mutter.

Der Sohn ist verreist! Unwillkürlich atmet sie auf. So warm es ihr bei dem Anblick der Gräfin ums Herz geworden ist, so unbehaglich wird es ihr zumute, wenn sie an den Sohn denkt.

Gabriele tritt ans Fenster und blickt hinaus.

Der Regen rieselt an den kleinen, bleigefaßten Scheiben herab und trommelt einförmig auf den Sims.

Man sieht nicht viel; nur den Eindruck hat man, daß man tief hinabblickt auf flaches Land und endlos gedehnte Waldungen. Fern im Hintergrund liegt wohl die See, die eintönige und einförmige See, die sich so träge dehnt, sei es in blendender Hitze oder grau in grau, wie ein Nebelbild an regnerischem Frühlingstag.

Gleichgültig wendet sich Gabriele von ihrem Anblick ab und kniet vor dem Koffer nieder, um das Auspacken zu beginnen.

XIX

Das schlechte Wetter hielt an und zwang die Damen, im Zimmer zu verweilen.

Gabriele war eifrig bemüht, sich mit den Räumlichkeiten der Burg bekanntzumachen und der Gräfin möglichst an die Hand zu gehen. Zu ihrer Überraschung bemerkte sie, daß es so gut wie gar keine Arbeit für sie gab, denn Gundula verrichtete nach wie vor alle Obliegenheiten der Hausfrau und beaufsichtigte, schaltete und waltete wie sonst in Haus und Hof.

Gabriele begleitete sie zwar auf Schritt und Tritt und bemühte sich, hier und da kleine Handreichungen zu leisten, doch schien ihr diese Beschäftigung schließlich so unbedeutend, daß sie die Gräfin um Arbeit bat.

Diese lächelte.

»Ihre Arbeit ist die, bei mir zu sein, liebe Gabriele«, sagte sie ruhig. »Sehen Sie sich alles an, wie ich gewohnt bin, den Tag einzuteilen, und falls es einmal nottut, vertreten Sie mich. Am Nachmittag ist es oft so still, dann werde ich mich am meisten Ihrer Gesellschaft erfreuen. Heute zeige ich Ihnen die Zimmer der Burg, die wir für gewöhnlich nicht bewohnen.«

Das riesengroße Schlüsselbund an der Gürteltasche, schritt Gundula mit ihrem jungen Gast durch die wunderlichen Gemächer, in denen eine längst vergangene Zeit gleich einem Dornröschen in tiefem Zauberschlaf lag.

Am meisten interessierten Gabriele die Ölgemälde im Ahnensaal, einem viereckigen Gemach mit niedriger, getäfelter Decke und mit Parkettplatten, die schreitende Bären als Muster aufwiesen.

Hier hingen die Familienbilder, und Gabriele las ernsten Blickes die Namen auf den kleinen Schildern, während Gundula wie in tiefen, schwermütigen Gedanken langsam weiterschritt.

Gabriele las mit einigem Befremden unter verschiedenen Gemälden dieselbe Anmerkung.

Hier eine stolze, markige Männergestalt in schlichtem Wams und hohen Wasserstiefeln. »Christoph Caspar von HohenEsp, geb. anno domini 1522, ertrunken den 14. März 1570.«

Und hier eine schlanke, blühende Jünglingsgestalt, blondlockig, mit lachend hellem Blick – eine entschiedene Ähnlichkeit mit Guntram Krafft. »Wulffhardt von HohenEsp, geb. 1481, ertrunken um 1503.«

Und dort! »Diethelm von HohenEsp, Schirmvogt zu Land und See, geb. 1361, ertrunken im Kampf gegen seeräuberisch Gesindel um 1433.«

Und hier noch eins, zwei andere Bilder mit lateinischen Inschriften, dem schwarzen Kreuz und der Wiederholung des Spruches: »Und das Meer wird seine Toten wiedergeben.«

Gabriele wandte sich der Gräfin zu.

»Wie kommt es, daß so viele Grafen ertrunken sind?« fragte sie leise, »mir scheint es seltsam, daß sich ein derart seltener Unglücksfall so merkwürdig oft in einer Familie wiederholt.«

Gundula blieb vor dem Bild Wulffhardts stehen und nickte ihm wehmütig zu. »Das wundert Sie bei Männern, die Schirmvögte einer Küste waren, die sowohl wegen ihrer gefährlichen Strömungen als auch wegen der Piraten, die in den undurchdringlichsten Wäldern hier hausten, allgemein gefürchtet und verrufen war? Die Bären von HohenEsp haben aufgeräumt mit dem Gesindel, haben manch verwegenen Kampf zu Wasser und zu Land mit ihnen bestanden und sind manch armem, schiffbrüchigem Seefahrer in Sturm und Not zu Hilfe gekommen. Sehen Sie dort … und dort … und da drüben … und an jener Seite dort … sie alle sind den Heldentod auf dem Meer gestorben, Väter und Söhne, von den ältesten Tagen bis in die heutige Zeit hinein!«

Gundula schwieg, es war still und dämmrig, und Wulffhardts lachende Augen hafteten beinah in unheimlicher Lebendigkeit auf Gabrieles Antlitz.

Dem jungen Mädchen war es plötzlich so feierlich zumute, als stünde es in der Kirche. Ein tiefer Atemzug hob ihre Brust, ihre Wangen färbten sich röter, und ihr Herz, das seit jeher so begeistert für Mannesmut und Heldentum geschlagen hatte, hämmerte. Und während Gundula an das Fenster trat, um es für kurze Zeit zu öffnen, stand sie und blickte wie im Traum zu Wulffhardts jungem Heldenantlitz empor.

Ja, er glich Guntram Krafft … und doch … nein! Da war dennoch keine Ähnlichkeit!

Von Tag zu Tag gewann Gabriele die Gräfin lieber, und auch Gundulas Herz schlug immer wärmer und zärtlicher für das anmutige Mädchen, an das sich ihre liebsten und geheimsten Zukunftspläne knüpften.

Der fast ununterbrochene Verkehr im einsamen Haus führte die Menschen schneller zusammen; er gestaltete auch das Verhältnis zwischen Gundula und ihrem jungen Gast von Stunde zu Stunde inniger.

Das sehr ruhige, ernste und doch liebenswürdige Wesen des Fräulein von Sprendlingen war der alternden Frau sehr sympathisch; die große Aufrichtigkeit, ihr ehrliches Bestreben, sich nützlich zu machen und fleißig zu sein, und ihre anmutige Schönheit gewannen vollends ihr Herz.

Immer ungeduldiger sah sie dem Tag entgegen, an dem Guntram Krafft heimkehren sollte, und nun verschob er diesen Zeitpunkt zum drittenmal und deutete an, daß er vorerst überhaupt noch nicht an die Heimreise denke.

Die regnerischen Tage hatten lachendem, sonnenhellem Frühlingswetter das Feld geräumt, und Gabriele schritt zum erstenmal an der Seite der Gräfin in den Park hinab.

Der Inspektor trat den Damen mit respektvollem Gruß entgegen, starrte einen Augenblick wie gebannt in das reizende Mädchengesicht, dessen Anblick ihm so überraschend wurde und in dieser alten Welt doppelt wohltat, und meldete der Gräfin mit etwas unsicherer Stimme, daß das neue Reitpferd, das der Herr Graf gekauft habe, nach Walsleben nachgeschickt werden solle.

»Das ist ein Unsinn, lieber Möller! Ich hoffe, daß mein Sohn dieser Tage zurückkommt, und will auf alle Fälle erst einmal schreiben, ehe dem Tier der unbequeme Transport zugemutet wird.«

Die Damen schritten weiter, und Gabriele blickte voll harmlosen Staunens zu der Burgherrin auf.

»Seit wann reitet Ihr Herr Sohn so gern, daß er sich sogar das Pferd nachkommen lassen will? Er sagte mir doch in der Residenz, daß der einzige Sport, den er eventuell gern ausübe, das Rudern sei.«

Gundula war stehengeblieben und starrte die Sprecherin an, als höre und verstehe sie nicht recht.

»Mein Sohn *sagte* Ihnen...«, wiederholte sie langsam, »ja um alles in der Welt, *kennen* Sie ihn denn, Gabriele?«

Gabrieles große Augen blickten ebenso erstaunt wie die der Gräfin.

»Ja, gewiß! Ich lernte den Grafen in der Residenz auf einem Hofball kennen und nahm an, daß ich es seiner gütigen Fürsprache verdanke, hier im Haus aufgenommen zu sein. Hat Ihr Herr Sohn meinen Namen nicht erfahren?«

Gundula schüttelte langsam den Kopf. »Kein Wort hat er mir davon gesagt! Er sah sogar Ihr Bild, Gabriele.«

Das junge Mädchen schritt ruhig an der Seite der Gräfin weiter. »Oh, so hat er mich wohl gar nicht wiedererkannt! Er hat so unendlich viele fremde Gesichter zu sehen bekommen und so viele Namen gehört, daß es nur ganz natürlich ist, wenn er die einzelnen nicht im Gedächtnis behielt.«

Gundulas Augen bekamen plötzlich einen auffallenden Glanz.

»Aber er tanzte mit Ihnen?«

»Doch nicht, Frau Gräfin. Der Graf kam sehr spät zu mir, da waren meine Tänze vergeben.«

»Ach, das hat er gewiß sehr bedauert. Plauderten Sie nicht zur Entschädigung mitsammen?«

»Bei Tisch, gnädigste Gräfin. Ihr Herr Sohn saß neben mir. Sehr viel sprachen wir aber nicht, und was wir sprachen, weiß ich nur noch dem Sinn nach. Wir waren verschiedener Ansicht; der Graf liebte das Meer, ich nicht. Sehr liebenswürdig erschien ich ihm sicherlich nicht, wenn er überhaupt meinen Worten Wert beilegte, was ich bezweifle.«

Die Burgherrin von HohenEsp fragte noch so mancherlei, und Gabriele erzählte vom Leben und Treiben in der Residenz. Sie kannte so viele Menschen, für die sich die Gräfin noch lebhaft interessierte, und so legten die Damen den Spaziergang in sehr angeregter Unterhaltung zurück.

In der darauffolgenden Nacht lag Gundula mit weit offenen Augen schlaflos in den Kissen. Eine außerordentliche Aufregung hatte sich der einsamen Frau bemächtigt, seit sie durch Gabriele erfahren hatte, daß Guntram Krafft sie bereits kannte. Da war es, als ob plötzlich ein Schleier vor ihren Augen zerrissen sei. Sie entsann sich der seltsamen Veränderung, die mit dem jungen Mann vor sich ging, als er Gabrieles Bild sah. Sie rief sich sein Benehmen ins Gedächtnis zurück und hatte den Schlüssel dafür gefunden. Guntram Krafft hatte sein Herz an das auffallend reizende Mädchen verloren, das bewies ihr sein Verhalten auf dem Ball und seine Erregung beim Anblick des Bildes. Gabriele gab es selber ehrlich zu, daß sie nicht sonderlich liebenswürdig zu ihm gewesen sei; das hatte der weltfremde, unerfahrene Mann für eine direkte Abweisung gehalten; er ergriff in planloser Verwirrung die Flucht.

Und so, wie er damals die Residenz um des jungen Mädchens willen verließ, so kehrte er auch jetzt in der ersten Aufregung HohenEsp den Rücken, um ein Wiedersehen zu vermeiden.

Die Gräfin lächelte. Welch ein Kinderherz! Als ob sich diese Flucht auf die Dauer durchführen ließe! Vielleicht machte ihn seine Liebe auch scheu und befangen; er flieht aus Verlegenheit. Seine Schwermut, sein so ganz verändertes Wesen seit der Heimkehr bestätigten diese Ansicht.

Auf alle Fälle ist es seine Absicht, HohenEsp um Gabrieles willen fernzubleiben, und mit Vernunftsgründen richtet man bei verliebten Leuten nichts aus. Also muß die Gräfin eine kleine List gebrauchen, den Flüchtling heimzuholen. Der Zweck heiligt die Mittel.

Mit einem Lächeln auf den Lippen schlief die Gräfin ein, und als sie früh am Morgen erwachte, schrieb sie gleich ein paar Zeilen an Guntram Krafft.

Sie teilte ihm mit, daß sie sich nicht wohl fühle, daß sie die Nacht meist schlaflos verbracht habe, sie sei eine alte Frau, der jeden Augenblick etwas zustoßen könne. Die Abwesenheit ihres einzigen Kindes sei ihr ungewohnt und beunruhige sie, die Sehnsucht nach ihm wirke nachteilig auf ihren Zustand ein. Außerdem sei der alte Klaaden einige Male dagewesen, um voll Ungeduld nach dem Herrn zu fragen, wahrscheinlich sei seine Anwesenheit aus irgendeinem Grund dringend notwendig. Zum Schluß bat sie den Sohn, unverzüglich abzureisen und zu kommen, falls er sie nicht noch kränker machen wolle.

Ein beinahe schelmisches Lächeln spielte um Gundulas sonst so herbe und ernst geschlossene Lippen, als sie das Schreiben adressierte und durch einen reitenden Boten gleich besorgen ließ.

Nun wußte sie bestimmt, daß Guntram Krafft noch am selben Tag eintreffen werde.

Aber ihre kleine Komödie mußte sie nun durchführen; darum klagte sie auch Gabriele, daß sie eine schlechte Nacht gehabt habe und sich leidend fühle.

Das junge Mädchen war aufrichtig erschreckt und besorgt; es bemühte sich, auf jede Weise die Kranke zu hegen und zu pflegen. Da sah Gundula, welch ein weiches, zärtliches Gemüt sich hinter all der ernsten Gemessenheit ihres Wesens versteckte, und sie freute sich darüber von Herzen.

*

Als Gabriele in die große gewölbte Küche trat, sah sie eine dunkelgekleidete, trübselig dreinschauende Frau, die in einem Topf Essen empfing und mit bescheidenem Dank und Gruß davonschritt.

»Wer war die Frau? Eine Kranke?« fragte Gabriele die Mamsell.

»Nein, gnädiges Fräulein, das war die Witwe des Fischers Riek, der bei der letzten Rettung der Schiffbrüchigen vom Wrack der ›Sophie Johanne‹ ertrunken ist.«

Ertrunken! Gabriele sah plötzlich die Bilder aus dem Ahnensaal vor sich, unter denen neben dem schwarzen Kreuz dieses Wort geschrieben stand.

»Es ertrinken wohl viele Männer hier?« fragte sie nachdenklich.

Die Alte nickte laut seufzend. »Daß Gott erbarm! Ach, gnädiges Fräulein, es ist ein gar saures Stückchen Brot, das die Fischer und Seeleute essen. Es trägt wohl jeder alle Stund' sein Totenhemd auf dem Leib.«

»Ich habe gar nicht gedacht, daß es so sehr gefährlich ist, auf dem Wasser zu fahren.«

»Im Binnenland kann man sich das wohl meist nicht recht vorstellen. Wenn man die See aber einmal recht bös und grob gesehen und den Sturm aus Nordost pfeifen hörte, dann begreift man's.«

»Kommt das oft vor?«

»Mehr als oft! Gott sei gelobt, daß es gerade jetzt, wo der Graf abwesend war, nicht arg geweht hat! Und wenn was passiert wäre, meinte gestern noch der alte Klaaden, so hätten sie mit den neuen Apparaten doch noch nicht ohne den Grafen zuwege kommen können.«

»Ah – der Graf unterweist sie darin?«

»Wer anders als er! Ja, wenn der junge Herr nicht wäre, gnädiges Fräulein!«

Gabriele sah zwar noch nichts so Unersetzliches und keinen so gewaltigen Verdienst darin, die Fischer ein wenig anzuleiten, aber sie nickte zustimmend und schritt weiter nach dem kleinen Küchengarten, der im hellen Sonnenschein seine jungen Kräutlein und frisch erschlossenen Kirschblüten badete. Fern sah sie einen Strich der blauen See glänzen, so still und blau, wie sie damals in Heringsdorf vier Wochen lang gelegen, und sie schüttelte gedankenvoll den Kopf und begriff es nicht, daß dies glatte Wasser so gefährlich und unheimlich sein sollte.

*

Da es in dem großen, hallenartigen Speisezimmer noch kalt war, brannte ein loderndes Kaminfeuer, und Gräfin Gundula hatte ihren Sessel nahe hinrücken lassen und verlangte nach ihrem Spinnrad.

»Ich kann es nicht ertragen, die Hände so müßig zu falten«, antwortete sie auf Gabrieles besorgte Bitte, heute ruhig zu bleiben, und als das Rad fröhlich schnurrte und der Faden lief, ließ das junge Mädchen die feine Stickarbeit sinken und sah mit leuchtenden Augen zu.

»Wie schön, wie poetisch das ist! Oh, das möchte ich auch lernen, Frau Gräfin.«

»Gewiß, liebe Gabriele, meine Mägde spinnen alle und können Ihnen gleich ein Rad leihen.«

»So darf ich mir ein Rad holen?«

»Selbstverständlich; ich unterweise Sie gern.«

Gabriele eilte davon und kam nach kurzer Zeit mit einem Spinnrad zurück.

»Dieses ›Radeln‹ ist mir lieber als das moderne«, scherzte die Gräfin, »wir sind hier gut hundert Jahre zurück.«

»Das ist schön, darum wohnt hier noch die Poesie in all ihrer unverfälschten Schönheit.«

»Sie lieben sie?«

»Über alles. Mama neckte mich oft, daß es für mich besser gewesen wäre, zu eines König Artus' Zeiten zu leben. Ich begeistere mich so sehr für alles Ritterliche, Edle, Kühne und Herrliche – und gerade daran ist unsere prosaische Zeit so arm.«

»Nicht arm, Gabriele, es tritt nur nicht so auffällig hervor wie ehemals.«

»Gibt es noch Helden im neunzehnten Jahrhundert?«

»Gewiß! Sie ziehen nur nicht mehr in glänzender Rüstung durchs Land.«

»Ich tue unseren modernen Tapferen vielleicht sehr unrecht mit solcher Ansicht, aber einem Mädchen verzeiht man es wohl, wenn es sich seine Ideale etwas eigenwillig bildet. Ich möchte einen Helden *sehen*, seine tollkühne Tapferkeit selber schauen, und das ist vielleicht nur noch bei einem waghalsigen Reiter der Fall, der alle Gefahren eines Rennens vor unseren Blicken herausfordert und überwindet.«

Gundula lächelte ganz seltsam. »Sprachen Sie über dieses Thema vielleicht auch mit meinem Sohn?«

»Ich glaube ja. Möglicherweise verargte er es mir.«

Die Gräfin schob das Spinnrad ein wenig zurück und hob lauschend das Haupt. Vom Hof herein tönte Hufschlag, lautes Rufen und eilige Schritte. Glückselig verklärt blickten Gundulas Augen, sie atmete wie von Unruhe und Spannung erlöst auf und sagte leise: »Er kommt! Es ist Guntram Krafft!«

Gabriele erhob sich und trat eilig ans Fenster, um hinauszublicken.

»Ja, es ist der Graf«, rief sie der Burgfrau zu, und ihre Stimme klang nicht einen Hauch erregter als sonst.

XX.

Gabriele wollte das erste Wiedersehen zwischen Mutter und Sohn nicht stören, und da bereits der schwere, sporenklirrende Schritt Guntram Kraffts auf den Steinstufen der Vortreppe ertönte und sie die Tür der Halle nicht mehr erreichen konnte, ohne von dem Eintretenden gesehen zu werden, blieb sie am Fenster stehen und blickte mit nicht gerade sympathischen Empfindungen dem jungen Mann entgegen.

Wie ungeniert und behaglich hatte man ohne ihn hier gelebt! Nun wird selbstredend ein gewisser Wandel eintreten und das gemütliche Zusammensein beeinträchtigen.

Die Gräfin hat sie bereits sehr liebgewonnen, und das alte Bärennest ist just das, was auf ihr so poetisch veranlagtes Gemüt einen hohen Reiz ausübt.

Mit einem heimlichen Seufzer schlingt sie die Hände ineinander und blickt der hohen Männergestalt entgegen, die voll ungestümer Hast über die Schwelle tritt und mit ausgebreiteten Armen der Gräfin entgegeneilt.

Er hat den weichen Filzhut abgerissen; die blonden Haare fallen, etwas wirr und von dem eiligen Ritt gefeuchtet, in die Stirn, und auf dem heißgeröteten Antlitz liegt ein Ausdruck großer Angst und Sorge, der beim Anblick der Gräfin schwindet und einer beinahe zärtlichen Leidenschaft Platz macht.

»Mutter! Du bist hier! Du liegst, Gott sei Lob und Dank, nicht zu Bett?«

Er ruft es mit halberstickter Stimme, neigt sich über den Sessel und legt die Arme um die Gräfin, zart und behutsam, wie man etwas sehr Zerbrechliches anfaßt. Sein Blick sucht den ihren, und Gundula küßt seine Lippen, streicht über sein Haar und sagt innig: »Du guter Mensch! Bist du den ganzen Weg dahergejagt? Solltest dich ja nicht ängstigen, sondern nur heimkommen!«

Er läßt sich neben ihr auf das Knie nieder, nimmt ihre Hand zwischen die seinen und blickt noch immer besorgt zu ihr auf.

»Was fehlt dir, Mutter? Hast du schon zum Arzt geschickt? War es etwa wieder die Atemnot, wie sie damals nach der Influenza kam?«

Gundula lächelte. »Ich werde alt, Guntram Krafft, und mag nicht mehr allein sein. So treu und lieb Gabriele mich auch hegt und pflegt, gegen die Sehnsucht hat auch sie noch kein Mittel entdeckt.« Die Sprecherin wendet plötzlich den Kopf. »Liebe Gabriele ... wo stecken Sie? Sind Sie noch im Zimmer?«

Das junge Mädchen hat nachdenklich auf das schöne Bild vor dem lodernden Kaminfeuer geschaut.

Jetzt tritt es langsam vom Fenster herzu, reicht dem Grafen sehr gelassen die Hand und sagt zwar freundlich, aber doch sehr förmlich kühl: »Ich freue mich, Sie wiederzusehen, Graf HohenEsp, und hoffe, Sie gönnen mir ein Plätzchen an der Seite Ihrer Frau Mutter.«

Sie versucht sogar zu scherzen und ist ein wenig überrascht, daß Guntram Krafft nicht mit entzücktem Lächeln quittiert. Der aber berührt kaum ihre Hand zu flüchtigem Gruß, verneigt sich sehr tief, ohne sie anzusehen, und sagt so fest und ruhig, wie sie seine Stimme noch nie vernommen hat: »Ich danke Ihnen, mein gnädiges Fräulein, daß Sie den Opfermut besitzen, in diese Einsamkeit zu kommen und meiner treuen Mutter Gesellschaft zu leisten. Möchte Ihnen HohenEsp nicht allzu eintönig erscheinen!«

Und dann küßt er die Hand der Gräfin und bittet: »Gestatte, Mama, daß ich mich umkleide, der Ritt war eilig und der Weg grundlos. In kürzester Zeit stehe ich wieder zu deiner Verfügung.«

»Selbstverständlich, Guntram! Wir warten mit dem Abendbrot auf dich.«

Er verneigt sich noch einmal kurz und sporenklirrend vor den Damen und schreitet durch die Halle zurück. Nachdenklich blickt ihm Gabriele nach. Welch eine Veränderung ist in der äußeren Erscheinung des Grafen vor sich gegangen! Wie stattlich und markig sah er in diesem etwas verwilderten Reitkostüm aus, so ganz anders als in dem hocheleganten, gräßlichen Frack und in den Lackschuhen, die so geborgt und ungehörig an ihm aussahen.

Währenddessen stürmte Guntram Krafft die gewundene Holztreppe empor nach seinen Zimmern. Er stieß ungestüm ein Fenster auf und atmete wie ein Erstickender die kühle Abendluft. Sein Herz hämmerte zum Zerspringen. Der qualvolle, gefürchtete Augenblick, das Wiedersehen mit Gabriele, war überwunden. Er hatte gezittert vor seiner eigenen Schwäche.

Er glaubte ihren Anblick nicht ertragen zu können und hatte doch ruhig und ernst vor ihr gestanden und zu ihr geredet, ohne mit der Wimper zu zucken. Wie war das möglich gewesen? Weil Gabriele ihm so ruhig, so harmlos, so freundlich-gelassen entgegenkam.

Da zuckte es ihm plötzlich durch den Sinn: Du Narr! Warum erregst du dich? Warum fürchtest du es, ihr in die Augen zu sehen? Gabriele ahnt ja nichts von der Indiskretion, die Thea an ihr begangen hat. Sie weiß es nicht, welche Qualen sein Herz um ihretwillen erduldet hat. Nein, davon ahnt und weiß sie nichts.

Guntram Krafft reckt sich plötzlich empor und drückt die Hände gegen die Brust, als sei ein eiserner Panzer, der sie eingepreßt hatte, jäh zersprungen.

Daß er sich darüber nicht schon früher klargeworden ist! Gabriele kam völlig ahnungslos und harmlos hierher, er braucht weder ihr Mitleid noch ihren Spott zu fürchten.

Um der Mutter willen, deren Herz sie auch schon bezaubert und gewonnen hat, um der armen, einsamen Mutter willen muß er sich in das Unvermeidliche fügen.

Der Bär von HohenEsp lehnt sich weit aus dem Fenster und blickt über die blühenden Obstbaumzweige hinweg, über die dunklen, schweigenden Wälder hinaus. Da hinten…fern hinter den Wipfeln glänzt ein Streifen der See im silbernen Mondlicht.

Wie hat sich Guntram Krafft in den stillen, einsamen Tagen von Walsleben nach ihrem Anblick gesehnt! Voll leidenschaftlicher Innigkeit breitet er die Arme nach dem funkelnden Silberstreifen aus.

» *Du* bist meine Geliebte, du blaue, herrliche, unergründliche See! Dir habe ich Treue gelobt, und dir halte ich sie!«

Guntram Krafft hob mit finster-trotzigem Blick das Haupt, entzündete eine Kerze und warf bei ihrem Flackerlicht die bespritzten Kleider von sich. Sein Blick streifte die eleganten Anzüge, die er aus der Welt draußen mit heimbrachte. Soll er sie jetzt wieder zu Ehren kommen lassen? Nein! Jene Zeit ist vergangen, und nichts soll ihn mehr daran erinnern. Kam das Fräulein von Sprendlingen in die Bärenhöhle, nun, so mag sie sich auch mit dem bärenhaften Anblick ihres Bewohners abfinden! Und er nimmt die schlichte Düffeljoppe und wirft sie über.

Guntram Krafft begreift es selber nicht, wie es ihm möglich, ist, so ruhig und gleichmütig mit Gabriele zu verkehren.

Sie sehen sich allerdings nicht viel, eigentlich nur während der Tischstunden, und dann vermeidet er es, sie anzusehen, und antwortet ernst und zurückhaltend auf all das, was sie ihn freundlich und unbefangen fragt.

Er sieht und bemerkt es nicht, wie ihr Blick oft voll staunender Befriedigung seine hohe Gestalt streift, die in der derben und praktischen Kleidung so ganz anders aussieht, so viel sicherer und selbstbewußter einherschreitet als damals auf dem Parkett.

Er beobachtet es auch nicht, wie erleichtert das junge Mädchen aufatmet, als sie seine Ruhe und Gelassenheit, die große Gleichgültigkeit im Verkehr mit ihr wahrnimmt. Diese Veränderung scheint ihr eine Wohltat und macht sie fröhlicher und zutraulicher gegen ihn.

Sie redet ihn an, sie sucht ihn ins Gespräch zu ziehen, sie spricht selber lebhafter und heiterer als zuvor, und wenn sein Blick sie hie und da flüchtig streift, so sieht er ihr sonniges Lächeln und die strahlenden Nixenaugen, die zwar nicht mit dem Ausdruck auf ihm ruhen wie ehemals auf dem bewunderten Dragoner, aber doch lange nicht mehr so kalt und abweisend blicken wie damals.

Und gerade dies wird ihm zur Qual und erschwert es ihm doppelt, seine unnatürliche Ruhe an ihrer Seite zu wahren.

Gabriele kehrt aus dem Garten zurück und schreitet über den Hof.

Da sieht sie den alten Anton im Sonnenschein stehen und eifrig an ganz seltsamen lederartigen Kleidern hantieren.

Der Alte lächelt sie beinahe zärtlich an, denn die anmutige Schönheit der jungen Dame hat auch sein Herz im Sturm genommen.

Fräulein von Sprendlingen nickt dem treuen Kammerdiener freundlich zu und tritt mit forschendem Blick näher.

»Ei, was haben Sie denn da für einen wunderlichen Anzug vor, Anton?« lacht sie. »Bei diesem schönen Wetter wollen Sie doch nicht Ihren Regenrock hervorholen?«

Anton freut sich der Gelegenheit, ein wenig plaudern zu können.

»Mein Regenrock? I bewahre, gnädiges Fräulein! Das ist ja das Ölzeug vom Herrn Grafen, das ich mal wieder nachsehen und in den Rettungsschuppen hinabbringen soll.«

»Ölzeug des Herrn Grafen?« Gabriele mustert überrascht den seltsamen Rock, die mächtigen Stiefel und den ganz eigenartigen Hut, »Wozu braucht der Graf diese schwere Kleidung? Zieht er die wirklich an?«

Anton reißt die Augen weit auf. »Das versteht sich! Der Herr Graf muß doch Ölzeug tragen, wenn er in Sturm und Wogenschwall hinausfährt! Bei den Spritzern, die es da setzt, würde er ohne diese Schutzkleidung bald bis auf die Haut durchnäßt sein.«

»Er fährt mit hinaus? Auch bei schlechtem Wetter?«

Antons Arm mit dem Putzlappen sinkt herab. Er starrt die Fragerin ebenso überrascht an wie sie ihn.

»Wissen das gnädige Fräulein nicht, daß unser Graf alle Rettungen und Ausfahrten immer persönlich leitet? Daß er unser kühnster und unerschrockenster Seefahrer ist? Seine Lotsen hat er sich alle allein herangebildet, ebenso wie er jetzt den ganzen Schuppen aus eigenen Mitteln erbaut und ausgerüstet hat. Nun ist er sein eigener Herr, so ein rechter, wahrer Lotsenkommandeur, wie man noch einen zweiten finden soll. Wußten das gnädige Fräulein das wirklich noch nicht?«

Gabriele blickt wie im Traum auf den Anzug in Antons Händen.

»Nein, das wußte ich nicht«, sagt sie mit leiser Stimme. »Ist solch eine Rettung eigentlich gefährlich? Ich kann mir das gar nicht vorstellen.«

»Gefährlich? Gott im Himmel erbarme sich! Der arme Riek ist das letztemal dabei geblieben, und seine Leiche ist bis zum heutigen Tag noch nicht geborgen. Haben das gnädige Fräulein denn nicht von der kühnen Tat des Herrn Grafen und seiner Lotsen... ich meine im vergangenen Winter... gehört? Wie sie die Unglückskerle von dem Wrack der ›Sophie Johanne‹ geholt haben? Nein? Na, die Rettungsmedaille haben sie sich alle dabei verdient.«

»Die Rettungsmedaille? Auch der Graf?«

»Nun, *der* doch in erster Linie!«

Gabriele strich langsam mit der Hand über die Stirn. »Nein, das wußte ich nicht!« murmelte sie.

Bei Tisch war Fräulein von Sprendlingen stiller als sonst; ihr Blick haftete oft sinnend und forschend auf Guntram Krafft, als sehe sie ihn heute zum erstenmal.

Die Gräfin schien ganz mit der Zubereitung des Salates beschäftigt.

»Gehst du heute wieder zum Dorf, Guntram Krafft?« fragte sie plötzlich leichthin, »dann hab bitte die Güte und nimm Fräulein Gabriele einmal mit. Denk dir, sie hat, seit sie hier ist, noch nicht ein einziges Mal die See in der Nähe gesehen.«

Ein finsterer Ausdruck lag auf der Stirn des Grafen.

»Damit würde ich Fräulein von Sprendlingen kaum einen Dienst erweisen; sie liebt das Meer nicht.«

»Nein, ich liebe es nicht und begreife auch nicht, wie man es so schön finden kann«, bestätigte Gabriele harmlos. »Aber gerade darum möchte ich einmal wieder an den Strand gehen, um zu sehen, ob es hier ebenso langweilig ist wie in Heringsdorf.«

Gundula lachte. »Wie habe ich Ihre Aufrichtigkeit so gern, Gabriele!«

»Ich kann Fräulein von Sprendlingen unmöglich zumuten, so lange drunten zu bleiben, wie ich am Schuppen zu tun habe. Ich bitte dich, uns zu begleiten, Mutter, damit Ihr beiden Damen jederzeit heimkehren könnt.«

»Gut. Ich bin gern bereit.« Gundulas Blick streifte das geneigte Antlitz des Sohnes, und sie lächelte abermals.

*

Es war ein außergewöhnlich milder, sonniger Frühlingstag. Kein Lüftchen regte sich. Blau – weit – unendlich lag die See. Voll kristallener Klarheit spannte sich der Himmel darüber aus und verschwamm am Horizont mit der Wasserflut, daß man kaum die zarte Linie unterscheiden konnte, die Himmel und Erde trennt. Der Sonnenglanz lag breit auf dem Wasser, es spiegelte und schimmerte, und die weißen Segel der Fischerboote zogen traumhaft still durch die Ferne. Der Strandhafer knisterte leis unter den Schritten der Nahenden, und über ihnen stiegen zwei Lerchen mit hellem Jubel in den offenen Himmel hinein.

Die Gräfin hatte eine Fischersfrau, die am Strand saß und Steine und Tang aus den Netzen las, angesprochen und blieb neben ihr stehen, um sich nach diesem und jenem zu erkundigen. Gabriele und Guntram Krafft schritten weiter, nahe bis an den festen, hartgewaschenen Sand, über den in graziösen Linien der silberschaumige Saum einer kaum merklichen Brandung spülte.

Der Graf hatte den Hut vom Kopf gezogen und blickte wie verklärt in die sonnige Pracht hinaus. Es lag ein weicher Zug auf dem schönen Antlitz, und Gabriele schaute verstohlen zu ihm auf und fand zum erstenmal, daß dieser Ausdruck doch nicht so unsympathisch sei, wie es ihr im Ballsaal erschienen war.

»Es ist eine köstliche frische Luft hier«, sagte sie nach kurzem Schweigen. »Aber die See liegt ebenso still und trag wie damals in Heringsdorf, und was Sie daran so schön finden, erklären Sie mir bitte, Graf!«

Er sah sie nicht an, aber das Entzücken, das sein Auge widerspiegelte, vertiefte sich.

»Wie kann man eine derartige Schönheit mit Worten nennen«, sagte er leise, »die analysiert man nicht, sondern empfindet sie! Fühlen Sie es nicht mit allen Fasern Ihres Herzens, welch ein Stücklein Gottesfrieden sich rein und unverfälscht hier an der See erhalten hat? Bekommen Sie nicht eine Ahnung von der Unendlichkeit, wenn Sie über diese weite, weite Flut schauen, die ohne Anfang und Ende scheint wie der Himmel uns zu Häupten? Und wenn Sie die Wellen schauen, wie sie in ewig gleicher Weise, Tag und Nacht, Jahr um Jahr, hier gegen den Strand rollen, von keines Menschen Kraft bewegt, geheimnisvoll kommend und gehend, dem ewig weisen Willen eines Gottes gehorchend, für den tausend Jahre sind wie ein Tag?«

Gabriele stand neben ihm, das Köpfchen lauschend erhoben, den Blick wie in staunendem Sinnen geradeaus gerichtet.

»Nein«, sagte sie leise, »diese Gedanken sind mir noch nie gekommen. In Heringsdorf wurde nur gescherzt und gelacht, aber nicht philosophiert.«

»Dies ist keine Philosophie«, lächelte er, »im Gegenteil, hier spricht nicht der Verstand, sondern lediglich Herz und Gemüt, aber gerade die – ich glaube es wohl – kommen überall zu kurz, wo der Lärm der bunten Welt sein Recht behauptet.«

Gundula trat herzu, und Guntram Krafft wandte sich, ihr den Arm zu bieten.

»Ich habe in dem Schuppen einen kleinen Auslug anbauen lassen, wo die Damen hinter sicheren Glasscheiben, gegen Zug und Wind geschützt, ausruhen können. Darf ich dich hinführen, Mutter?«

»Macht es Ihnen Freude, die ›Rettungsstation‹ meines Sohnes zu sehen, Gabriele?«

»Ich bitte darum, denn ich interessiere mich dafür.«

»Dann laß uns getrost gehen, Guntram, und genaue Musterung halten. Wir wissen ja, daß Gabriele keine Phrasen sagt.«

Der Rettungsschuppen trug äußerlich die Form einer großen, massiv gebauten Scheune. Zwei breite Tore gewährten den Eintritt, und unter dem spitzen Dach war das Wappen der HohenEsp unter dem roten Kreuz im weißen Feld eingefügt. Alle modernen Errungenschaften auf dem Gebiet des Rettungswesens waren der inneren Einrichtung zugute gekommen. Das Rettungsboot, eine Mischung der gebräuchlichsten Systeme, war aus Stahlblech gebaut und trug den Namen »Guntram Krafft« in goldenen Lettern. Ein fester, sehr dauerhaft und widerstandsfähig gebauter

Wagen trug es und diente zu dem Zweck, das Boot bequem zum Strand zu transportieren und es unmittelbar ins Meer zu lassen.

Auch ein Raketenapparat war zu schleunigstem Gebrauch auf dem Wagen montiert. Seitlich und im Hintergrund des Schuppens waren alle erforderlichen Apparate und Gegenstände aufgestellt oder an Gestellen aufgehängt.

Gabriele konnte kaum so schnell schauen, als der junge Lotsenkommandeur an ihrer Seite mit blitzenden Augen erklärte und beschrieb, und während sie seinen Worten lauschte, streifte ihr Blick sein lebhaft erregtes Antlitz, und sie begriff es nicht, daß es dasselbe war, das vor wenigen Augenblicken noch in träumerischem Schwärmen hinaus auf die blaue See geblickt hatte, dasselbe, das im Ballsaal so weibisch-schüchtern errötete und mit beinahe blöden Augen um sich schaute. Hier reckte und dehnte der Bär von HohenEsp die kraftvollen Arme, hier hob er schwere Lasten wie eine Feder hin und her, hier schritt er fest und selbstbewußt in den schweren Fischerstiefeln über den Grund und Boden, dem er aus eigener Kraft eine edle und hohe Bedeutung gegeben hatte.

XXI.

Der Lenz hatte einen außergewöhnlich frühen Einzug gehalten, und wenn auch die Tage sonnenhell und warm waren, so strich doch am Abend eine noch recht empfindlich kühle Luft von der See herüber und machte den Aufenthalt in warmen Zimmern notwendig.

Guntram Krafft hatte sich anfänglich sogleich nach dem Abendessen empfohlen. Er saß mit seinen Zeitungen und Büchern in seinem stillen Zimmer, stützte das Haupt träumend in die Hand und las nicht. Oft war er voll nervöser Unruhe aufgesprungen und noch einmal hinaus in den Wald oder hinab an den Strand gestürmt, aber Ruhe für sein Herz fand er auch dort nicht, wo der silberne Mondschein so bleich und kühl auf den Wogen spielte und ihm immer dasselbe Bild vor die Seele zauberte: Gabriele!

Je länger er mit ihr zusammen weilte, desto tiefer und inniger wurde seine Liebe zu ihr, obwohl seine leidenschaftliche Erregung nachließ und ihr heiteres, gleichmütiges Wesen auch ihm Ruhe und Unbefangenheit gab. Er gewöhnte sich an ihre Gegenwart, er genoß voll heimlichen Entzückens ihren Anblick.

Während des Abendbrotes hatte sich die Unterhaltung sehr lebhaft um seemännische Dinge gedreht, und als Anton die dicke schwarzlederne Posttasche mit den Zeitungen brachte, erhob sich Guntram Krafft nicht wie sonst, sich in sein Zimmer zurückzuziehen, sondern trat näher an das Kaminfeuer und sagte: »Es ist abends recht kühl bei mir droben; ich vermisse jetzt den warmen Ofen doch noch im großen Erkerzimmer.«

»Aber Guntram, so sag doch Anton sofort, daß morgen nachmittag geheizt wird.«

Der Graf warf gerade ein neues Buchenscheit in die Glut und beobachtete angelegentlich, wie die roten Flammen an ihm emporzüngelten.

»Das wird leicht zu heiß, Mutter, und die zu große Wärme geniert mich dann mehr als die Kälte. Am liebsten bliebe ich hier. Was unternehmt ihr denn jetzt? Stört meine Anwesenheit?«

Ein ganz feines, schier unmerkliches Lächeln ging um die Lippen der Gräfin, so froh und zufrieden wie bei einem Menschen, der geduldig gewartet hat und nun dafür den gewünschten Lohn erhält.

»Welch eine Frage«, schüttelte sie den Kopf und rückte sich behaglich in ihrem hochlehnigen Sessel zurecht. »Wir freuen uns an deiner Gesellschaft. Geheimnisse haben wir durchaus nicht zu verhandeln. Ich lehre Gabriele den Gebrauch des Spinnrades und freue mich meiner fleißigen Schülerin.«

»Spinnen? Sie lernen spinnen?«

Guntram hob ganz betroffen den Kopf, als habe er nicht recht verstanden; Gabriele aber räumte die gemalten Wappenhumpen, aus denen man zuvor Warmbier getrunken hatte und die Anton soeben wieder aus der Küche zurückbrachte, in die uralte Kredenz und sang lachend, ohne sich umzusehen:

> »Ich kann stricken,
> Ich kann flicken,
> Feines Leinen
>
> Kann ich spinnen…
>
> …so fein, Graf, daß man vorerst noch Kettenhemden daraus schmieden kann.«

Guntrams Augen leuchteten.

»Da ich Ihnen diese Kunst doch nicht ablerne, so können Sie dieselbe neidlos in meiner Gegenwart ausüben«, scherzte er, rückte sich einen kleinen Tisch herzu, breitete die Zeitungen aus und nahm in einem der Rittersessel davor Platz. Aber er las nicht. Er starrte wie ein Träumender gedankenlos auf das Papier und gab sich ganz dem Zauber hin, in Gabrieles Nähe zu weilen.

Wie Frieden zog es in sein sehnendes, gequältes Herz und ein beinah wunschloses Genügen, das nicht mehr von dem Schicksal fordert, als es freiwillig gibt. Welch ein reizendes Bild war es, die beiden Damen am Spinnrad zu sehen! Neigte sich Gräfin Gundula helfend und erklärend näher, so traf sie der Blick der hellen Nixenaugen so warm und herzlich, daß das Herz des Beobachters schneller schlug in dem entzückten Empfinden: Sie liebt deine Mutter! Stand sie ihm selber auch ewig fremd und fern, diese Liebe zu Gräfin Gundula schlug dennoch eine Brücke zu seinem Herzen, das ihn mit der Geliebten in gleichem Denken und Fühlen verband.

Die Bärin von HohenEsp nestelte am Rocken, dessen Flachsgewinde unter den Fingern Gabrieles etwas in Unordnung geraten war; derweil flog der Blick des jungen Mädchens durch die mattbeleuchtete stille Halle und haftete wieder sinnend auf der Lampe vor Guntram Kraffts Platz, deren Fuß durch einen schreitenden Bronzebär gebildet wurde.

»Wie kommt es eigentlich, gnädigste Gräfin, daß alles und jedes in HohenEsp das Bild eines Bären zeigt?« fragte Gabriele leise und neigte das Köpfchen näher zu der alten Dame, um den Lesenden nicht zu stören. »Man findet in anderen Schlössern auch die häufige Wiederholung des Familienwappens, aber so, bis auf die kleinsten Gegenstände herab, sah ich es noch nie angebracht. Es kam mir schon früher der Gedanke, daß dies einen besonderen Zweck haben müßte.«

Gundula schüttelte lächelnd das Haupt.

»Eine Liebhaberei! Eine Laune der Besitzer! Die Bären von HohenEsp gefielen sich darin, ihre Höhle zu einem wirklich originellen, echten Bärennest zu gestalten. Der Urahn begann damit, und Kind und Kindeskinder führten es weiter und schufen halb im Ernst und halb im Scherz diese eigenartige Burg, in der die Nachkommen jenes ersten Bären von HohenEsp stets daran erinnert sein sollten, wem sie das Bestehen ihres Geschlechts verdanken.«

»Das Bestehen ihres Geschlechts? Was haben die Bären mit Ihrer Familie zu tun, gnädigste Gräfin, und woher kommt es, daß die HohenEsp den seltsamen Namenszusatz ›die Bären von HohenEsp‹ erhielten?«

»Wenn es Sie interessiert, so erzähle ich Ihnen gern unsere alte Familiensage, liebe Gabriele.«

Frau Gundula schob das Spinnrad der Genannten wieder zu und setzte ihr eigenes Rädlein abermals in surrende Bewegung. Guntram Krafft ließ mechanisch die Zeitung sinken und blickte wie in fragender Spannung zu dem jungen Mädchen hinüber.

»Und ob es mich interessiert, verehrte Frau Gräfin!« nickte Gabriele eifrig. »Was könnte mir lieber sein, als mit der alten Welt, die mich hier umgibt, recht vertraut zu werden! Bitte, erzählen Sie! Zu einem Spinnrad gehören seit jeher die Romanzen.«

»Nun, so hören Sie, Gabriele!« Frau Gundulas Stimme klang tief und voll durch das leise, melodische Summen des Spinnrades. »Eine Jahreszahl nennt unsere Wappensage nicht. Sie greift weit, weit in die dämmernde Vergangenheit zurück und setzt da ein, wo die Grafen von HohenEsp bereits ein ritterliches und turnierfähiges Geschlecht und als Schirmvögte bereits mit der Burg HohenEsp hier belehnt waren. Da hebt sie an, von einer furchtbaren Seuche zu berichten, die allerorts die Lande verödete und die Menschen dahinraffte wie Grashalme vor dem Messer des Schnitters. Auch hier an die Tore der Burg hatte die Pest mit knöchernem Finger geklopft. Der Burgherr, seine edle Hausfrau, zwei Söhne und zwei Töchter starben in einer Nacht, im Burgfried lag das Gesinde zu Haufen und hauchte sein Leben aus, und nur der Gräfin jüngstes, neugeborenes Söhnlein, eine alte Schwester des Hausherrn und die Amme des Kindes waren noch am Leben. Da befahl das alte Fräulein in großer Angst und Sorge, daß sich die Amme mit dem Neugeborenen eilends aufmache und das Kind in das nahe Fischerdorf zu treuen Menschen bringe, die es aufnehmen und warten sollten, bis der Würgengel vorübergezogen sei in diesem Land. Ein Knappe stieg zu Roß, der Magd und dem Knäblein ein sicheres Geleit zu geben. Da sie aber kaum eine halbe Stunde durch den Wald geflohen waren, kam den Mann die Todesschwäche an, er sank vom Roß und starb elend am Weg. Voll Angst und Grauen lief das Weib mit dem Kindlein in den finsteren Wald hinein, und kaum daß sie das nahe Meer brausen hörte, sperrte ihr eine mächtige Bärin den Weg, stellte sich auf, hob dräuend die Pranken und brüllte aus blutigem Rachen. Da wußte die Magd in ihrem Schrecken nicht, was sie tat. Sie warf das Kind, das sie des kalten Windes wegen in einen warmen Fellsack gesteckt hatte, von sich und entfloh in sinnloser Furcht. Sie kam in das Fischerdorf und verbarg sich in einer Hütte und wagte es nicht, vom Ende des Kindleins zu berichten. Die Zeit verging, und eines Tages kam plötzlich das totgeglaubte alte Burgfräulein ins Dorf, forschte nach der Magd, trat vor sie hin und forderte das Kind. Die Ungetreue sank wehklagend in die Knie und berichtete von dem Tod des Knappen und dem Überfall des Bären und daß sie bei der Flucht das Knäblein aus dem Fellsack verloren habe. Ein großes Wehklagen erhob sich, und das Fräulein rief die Fischer und sprach: ›Auf! Lasset uns im Wald suchen! Die Heiligen im Himmel haben meine Gebete für das Kind erhört, so es ihr gnädiger Wille gewesen war, erretteten sie es aus dem Rachen des Bären!‹ Die Fischer schüttelten zwar die Köpfe und meinten, das sei vor eines Mondes Länge geschehen und wohl kein Knöchelchen von dem jungen Grafenkind mehr zu finden; aber sie bewaffneten sich und gingen in den Wald. Als sie an die Stelle kamen, die die Magd beschrieben hatte, hörten sie ein gewaltiges Brummen wie von einem Bären; und als sie durch das Dickicht heranschlichen, sahen sie ein leibhaftiges Wunder. Da lag die Bärin im Moos ausgestreckt und an ihr das noch in das Fell gewickelte Knäblein, das sie säugte. Sie lockten das Untier mit Geschrei heraus, und ein Beherzter sprang hinzu und ergriff das Kind. Das war lebendig und gesund, stark und bärenkräftig, und solche Kunde drang bis zu dem Fürsten des Landes. Der lachte über die absonderliche Mär, ließ das Knäblein vor sich bringen, wiegte es auf den Armen und lobte Gott. ›Ei, du Gräflein von HohenEsp, da du Bärenblut gesogen hast, so wirst du stark und kühn werden, und man wird dich hinfort ›den Bären von HohenEsp‹ heißen.‹ So sprach er und gab ihm den neuen Namen und den Bären in das Wappenschild zur Erinnerung an das Gotteswunder, das sich an dem Kind begeben hatte.«

Frau Gundula unterbrach sich und ließ die fleißigen Hände ruhen, ihr Blick schweifte voll Zärtlichkeit zum Sohn hinüber und umfaßte seine hohe, markige Gestalt; dann zog sie abermals den feinen Faden aus dem Flachs und lächelte. »Und nun gehen Sie hinauf in den Saal, Gabriele, und sehen Sie sich einmal das Bärengeschlecht an! Es ist wirklich ganz auffällig, wie die Bärenamme ihm ihren Stempel aufgedrückt hat. So hoch und kraftvoll gewachsen, so bärenhaft fest und trutzig ist kein zweites. Die eckige Stirn und die große Gutmütigkeit haben die HohenEsp sicher von dem Bären geerbt, vor allen Dingen aber das mutige und kühne Drauf-und Drangehen in Kampf und Gefahr, wenn es gilt, einen Feind zu packen, die zähe Ausdauer im Ringen mit dem Gegner, gleichviel, ob derselbe aus Fleisch oder Blut oder als Sturm und hohe Flut zum Gang auf Leben und Tod herausfordert!«

Gabriele hatte bisher nur Augen und Ohren für die Sprecherin gehabt, den schlanken, blonden Mann in dem Rittersessel vor dem Kamin schien sie völlig vergessen zu haben.

Jetzt plötzlich hob sie das Haupt, und ihr Blick traf Guntram Krafft. Auge ruhte in Auge. Wie wunderlich sah sie ihn an. So groß, so forschend und so nachdenklich ... und doch brannte es wie ein geheimer Vorwurf in ihrem Auge, wie ein scharfer, ungestümer Widerspruch, der veräcbt-lich sagt: »Nein! Du irrst, Frau Gundula! Hier dieser Letzte seines Geschlechts ist kein Held! Er imponiert mir nicht! Und darum werde ich nun und nimmer diesen ruhm-und tatenlosen Mann freien!« Sprach es nicht so aus ihrem Blick, aus den großen, wundersam ernsten Augen?

Wieder steigt es heiß empor in Stirn und Schläfen, er senkt finster den Blick und begreift es nicht, daß er sich soeben noch ihres Interesses an seiner Familie gefreut hat. Nach wenigen Minuten rafft der Graf die Zeitungen zusammen, steht auf und empfiehlt sich kurz. Die Nacht ist so schön und mondhell; er will mit den Fischern hinausfahren, wenn sie die Netze auswerfen.

Gabriele sieht ihn erstaunt an.

»Das tut man in der Nacht? Warum das? Ist solche Arbeit am Tag nicht müheloser und bequemer?«

Ein herber, spöttischer Zug liegt plötzlich um seine Lippen.

»Mühelos und bequem ist sie nach Ansicht der Binnenländer stets, gnädiges Fräulein. Man rudert ein wenig hin und her und schöpft das Schiff voll Heringe und Dorsche. Ob bei Sonnen- oder Mondenschein – das ist höchstens eine kleine Abwechslung in dem ewigen Einerlei!«

Gräfin Gundula dreht mit ganz, seltsamem Lächeln den Faden, der ihr gerissen ist, wieder zusammen. Fräulein von Sprendlingen aber sieht so harmlos aus, als ob sie von den Worten des Sprechers ganz überzeugt sei, und sagt nur nachdenklich: »Wird die See nicht bald einmal böse und wild? Ich möchte so gern eine bessere Meinung von ihr bekommen!«

Ein beinahe finsterer Blick aus den sonst so lächelnden Blauaugen trifft sie.

»Kurze Zeit müssen Sie sich wohl noch gedulden, die Ruhe scheint allen Wetterberichten nach noch anzudauern; aber in dieser Jahreszeit pflegt sie tatsächlich eine Ruhe vor dem Sturm zu sein.«

Er verneigt sich kurz, unhöflicher als sonst, und geht. Gundula aber schüttelt ernst das Haupt und sagt mit leisem Seufzer: »Sie wissen und verstehen es noch nicht, was Sie da wünschen, Gabriele. Für meinen Sohn bedeutet ein Sturm mehr als ein schönes Schauspiel, und für seine braven Fischer ebenso. Warum wollen Sie diese glücklichen Tage der Ruhe kürzen? Warum so viel Sorge und Not durch ein Unwetter heraufbeschwören? Ist das Meer in seinem ruhigen Schlaf wirklich so langweilig? Gehen Sie morgen einmal an den Strand und sehen Sie den Sonnenuntergang an. Er ist verkörperte Poesie, das schönste Gedicht, das unser lieber Herrgott in Farben an den Himmel geschrieben hat.«

Gabriele nickte mit sinnendem Blick, ihr fielen plötzlich Guntram Kraffts Worte am Strand drunten ein.

Die Gräfin schob ihr Spinnrad zurück und erhob sich. Sie war müde und wollte zur Ruhe gehen. Man machte frühen Feierabend auf HohenEsp.

*

Gabriele stand am geöffneten Fenster ihres Turmzimmerchens und blickte hinaus in die stille, blütenduftende Pracht des kleinen Gartens, über den der Vollmond sein schier taghelles Silberlicht goß. Sie konnte nicht schlafen. Wundersame Gedanken kreuzten hinter ihrer Stirn und nahmen ihr die Ruhe. Sie dachte zurück an jene Stunde, in der sie neben Guntram Krafft am Strand stand und seinen so eigenartigen poetischen Worten lauschte. Gerade aus seinem Mund berührten sie sie so seltsam, weil Gabriele sie nicht erwartet hatte, und wenn ihr die Zartheit seines Empfindens zuerst auch etwas unmännlich erscheinen wollte, so wurde doch dieser Eindruck schnell verwischt durch die Besichtigung des Rettungsschuppens.

Noch nie zuvor war ihr der Graf so kraftvoll männlich erschienen als hier in seiner energischen Art des Erklärens und Zufassens, in seiner so schönen und frischen Begeisterung für die Sache.

*

Gabriele verstand nicht viel von all den Dingen, aber sie fühlte instinktiv, daß es sich hier um mehr handelte als um einen harmlosen Sport.

Vielleicht war es auch das Ungewohnte im Anzug des Grafen, das denselben schon während der ganzen Zeit seiner Anwesenheit aus HohenEsp so verändert erscheinen ließ. Das Anschmachten und entzückte Anstaunen hat er vollends verlernt.

Kaum, daß er sie beachtet und ihr die notwendigste Höflichkeit erweist. Warum gefällt sie ihm nicht mehr? Gabriele blickt gedankenvoll auf die weißglänzende Pracht der Kirschbäume hinab.

Anfänglich war es ihr so angenehm, von ihm übersehen zu werden; jetzt grübelte sie, aus welchem Grund es geschehen mag. Daß es so geschieht, ist gut; es steht ihm wohl an, er gefällt ihr in dieser kühlen Gelassenheit. Und wie seltsam schaute er sie heute abend an, als Frau Gundula von dem Mut und der Kühnheit der HohenEsp sprach. Erriet er in jenem Augenblick ihre Gedanken?

Was dachte sie doch? Sie sah ihn an – die große, eckige Stirn unter den blonden Haarlocken, die herrliche, »bärenhafte« Gestalt… und sie dachte… warum fehlt gerade ihm der Mut und die wilde Kühnheit, den die verblendete Mutter an ihren Vorfahren preist? Er ist wie geschaffen zu einem Helden! Warum ist er's nicht?

Verstand er diese Gedanken? Las er sie von ihrem Antlitz ab? Sein Blick war so finster, so aufsprühend zornig, wie sie ihn noch nie zuvor gesehen hatte, und er stand auf und antwortete ihr voll spöttischen Trotzes auf ihre Frage und ging davon.

Horch! Drunten auf dem schmalen Kiesweg, der durch den Garten nach dem Wald führt, erschallen Schritte.

Das junge Mädchen neigt sich unwillkürlich vor und schaut hinab. Der Mond scheint so hell, sie erkennt jeden Grashalm am Weg, und jene Gestalt, die naht... wer ist das?

So hoch ist nur einer in der Burg gewachsen, so stolz und elastisch schreitet nur ein Herr unter Knechten! Es ist Guntram Krafft! Aber wie seltsam sieht er aus? Ist's ein Scherz, daß er sich so kostümiert hat, wie man es an den Fischern und Lotsen auf Seebildern so malerisch dargestellt sieht? Nein, dem Grafen HohenEsp war es heute gewiß nicht nach Scherzen zumute. Der breite Südwester sitzt ihm weit im Nacken und gibt seinem Antlitz einen eigenartig verwegenen Ausdruck, die Fischerjacke steht über der Brust offen, das weiße Hemd leuchtet breit hervor und fällt in weichem Streifen über den Halskragen hinaus. Die hohen Wasserstiefel reichen bis über die Knie, aber sie sehen nicht plump und häßlich aus, sondern geben der schlanken Gestalt etwas Keckes und Ritterliches, obwohl der Gang sehr ruhig und ernst erscheint.

Mit weit offenen Augen starrt Gabriele hinab.

Die Schritte drunten verhallen, die Schatten des Gebüsches decken die hohe Männergestalt. Graf Guntram Krafft will mit seinen Fischern hinaus zum Fang fahren, er stellt seine starken Arme in den Dienst der Seinen, so wie sie zu ihm stehen, wenn er sie aufruft zum Schutz der Gefährdeten.

Gabriele hat sich das nie so recht vorstellen können; jetzt aber ist es ihr, als ob ein ahnungsvolles Verstehen in ihrem Herzen aufdämmere. Kreist vielleicht jener Tropfen wilden Bärenbluts dennoch in seinen Adern?

Langsam wich Gabriele zurück. Drunten rauschten die dunklen Waldwipfel leise im Hauch der Nacht, und fernher glänzte die See wie ein silbernes Märchenland.

XXII

»Nun, es wird mit dem schönen, stillen Wetter vorbei sein«, sagte die Gräfin am Nachmittag des anderen Tages, »der Wind hat aufgefrischt, und die See setzt kleine Kämme auf. Ich denke mir, mein Sohn wird dies Wetter benutzen, um mit dem neuen Segelboot hinauszufahren. Er wartete auf eine frische Brise, um es ausprobieren zu können.«

»Gehen Sie heute an den Strand, gnädigste Gräfin?«

»Das glaube ich nicht. Der Inspektor hat sich mit den Abrechnungen angemeldet. Ich werde wohl den ganzen Abend mit ihm zu tun haben. Wenn Sie aber einen Spaziergang machen wollen, liebe Gabriele, so können Sie getrost auch allein gehen. Hier in unserer Einsamkeit droht keinerlei Gefahr. Der Weg zum Fischerdorf ist kurz und nicht zu verfehlen, und wenn mein Sohn noch nicht gegangen ist, wird er Sie gern bis an den Schuppen begleiten.«

»Ich danke, Frau Gräfin, und ich werde mir wohl einmal das Meer mit seiner krausen Stirn ansehen. Ich kenne es noch gar nicht, wenn es bewegt ist. Der Graf ging bereits nach dem Kaffee zum Strand und wird wohl längst auf hoher See schaukeln; ich fürchte mich aber durchaus nicht, allein zu gehen.«

»Das ist recht! Suchen Sie unsere herrliche See zu verstehen und liebzugewinnen.«

Gabriele schritt nachdenklich die moosigen Waldpfade hinab nach dem Strand. Als sie das schützende Laubholz verlassen hatte, brauste ihr der Wind entgegen. Er riß an ihrem Mantel, er jagte ihr den Hut vom Kopf, und in lustiger Jagd eilte sie dem Flüchtling nach, ihn wieder einzufangen. Welch ein Sturm war das! Das ganze Haar zerzauste er ihr, und das Riedgras und die Seemannstreu bog er tief herab zum gelben Sand. Aber es war schön, wunderschön! Solch ein freies, ungestümes Wettlaufen mit dem Wind, das kannte sie in den engen, eleganten Straßen der Residenz freilich nicht. Und jetzt, als sie über die schützenden Dünen emporsteigt, da liegt es vor ihr, das weite Meer, dunkelblau gefärbt, im vollen Strahlenglanz der sinkenden Sonne. Es dehnt sich nicht mehr so träge und glatt wie ein Präsentierteller, sondern wogt und wallt und wirft hier und dort weiße Schaumköpfe auf.

Ja, das ist wahrlich ein schöneres Bild als sonst! Namentlich die Brandung gefällt ihr, die sich wie duftige, schmale Tüllrüschen an dem Strand entlangschlängelt, spitz auslaufend wie ein zierliches Valenciennemuster oder breit emporspülend um die Haufen von Seetang und angeschwemmtem Gehölz. Ein zarter, silberduftiger Schaum, hier und da von der Sonne mit rosa Dufthauch gefärbt.

Wie lustig dort ein Boot auf den Wellen schaukelt! Am liebsten möchte sich Gabriele hineinsetzen und auf-und niedergleiten durch die blauen Wogen. Käme doch eine Menschenseele, die sie darum bitten könnte! Gabriele wendet sich zurück, blickt nach dem Rettungsschuppen und stößt einen leisen Laut der Überraschung aus. Dort auf der Düne steht Graf Guntrum Krafft, ebenso gekleidet wie heute nacht. Er spricht mit zwei Fischern und scheint ihnen irgendwelche Anweisungen zu geben. Jetzt sieht er sie, und Gabriele hebt freudig die Hand und winkt ihm zu. Er scheint einen Augenblick zu zögern, dann verabschiedet er die Männer und schreitet ihr langsam entgegen.

Ein neuer Windstoß läßt den kleinen Filzhut Gabrieles abermals flüchtig werden, aber sie fängt ihn noch rechtzeitig auf und behält ihn in der Hand.

Immer langsamer schreitet Guntram Krafft. Sein Herz schlägt wieder heiß und ungestüm bei ihrem Anblick, der ihm reizender dünkt als je.

»Wie gut, daß Sie kommen, Graf!« ruft sie ihm heiter entgegen. »Ich hatte Sehnsucht nach Ihnen, große Sehnsucht! Und wissen Sie auch, warum?«

Er begrüßt sie von weitem, ohne ihr die Hand zu reichen.

»Warum?« wiederholt er beinahe mechanisch und drückt den Südwester auf den Kopf. »Nein, das weiß ich nicht, mein gnädiges Fräulein.«

»Oh, Sie kennen meinen Egoismus noch nicht«, fährt sie harmlos fort, »ich möchte gern einmal in einem Boot hinausfahren in die See, heute, da solch hohe Wellen sind und wir solch argen Sturm haben...«

Sein lautes Auflachen unterbricht sie.

»Sturm? Sie kennen noch keinen Sturm, heute weht es nur ein wenig, kaum daß man es eine frische Brise nennen kann!«

Er sieht heiter aus, während er spricht, und Gabriele blickt überrascht empor.

»Wenn es Ihr Ernst ist, fahre ich Sie gern. Wir sind eben von einer kleinen Probefahrt zurückgekommen, das Boot liegt noch dort an der Buhne.«

Er spricht so ruhig wie sonst, und Gabriele sieht nicht, wie seine Lippen beben.

Sie dankt ihm mit der freudigen Hast eines Kindes.

Ihr Wesen kommt ihm überhaupt verändert vor, sie ist so fröhlich und gesprächig wie noch nie zuvor, und ihre Augen leuchten zu ihm auf. Täuscht er sich? Oder ist es wahrlich so? Aber so warm und innig blickte sie ihn noch niemals an.

»Wissen Sie auch, daß ich das Meer heute wirklich schön finde? Und den Wind auch? Nun lebt erst die Welt ringsum! Nun atmet sie Abwechslung, nun wird sie mir verständlicher! Ehrlich gestanden, ich habe mir das Meer im Sturm noch gewaltiger gedacht, aber wie Sie sagen, ist es heute noch kein richtiger Sturm.«

»Was nicht ist, kann noch werden. Die Wetterberichte lauten ungünstig, wir erwarten stündlich eine Sturmwarnung. Vielleicht lernen Sie die träge See noch von recht ungemütlicher Seite kennen!«

Sie waren hastig ausgeschritten und standen jetzt vor dem Boot, das zwei Fischer an den Strand schieben wollten. Zur Zeit saß ein alter Mann auf einem Holzstamm und war damit beschäftigt, Reservedollen und Ruderklampen zu schnitzen.

Guntram Krafft rief die Männer in plattdeutscher Sprache an, sie unterbrachen sich, wateten heran und schienen kurz mit dem Grafen zu beraten. Ein prüfender Blick nach dem Horizont, eine ruhig zustimmende Handbewegung.

»Wenn dat nich länger wiehrt, a's 'ne half Stunn', dann geiht dat wull noch an'!« Und sie warfen die Riemen zurecht und bereiteten schweigend das Boot zur Fahrt vor.

Der alte Mann stand auf, nahm die kurze Pfeife aus dem Mund und fragte.: »Sall ik Se beglieten, Herr Graf?«

»Nee, Klaaden, da sull keener mit mi gahn, dat düert hüt nich lang.«

Und dann flüsterte er noch ein paar Worte mit den Schiffern und wandte sich abermals zu Gabriele.

»Es hält sehr lange auf, das Boot ans Land zu ziehen, gnädiges Fräulein; Sie gestatten wohl, daß einer der Leute Sie in das Fahrzeug trägt.«

»Ja, so gehört sich das«, lachte Gabriele ein klein wenig verlegen. Der Fischer aber trat ruhig herzu, nahm Gabriele auf den Arm und watete mit ihr ins Wasser.

»Hollen Se' sick fast!« sagte er und nach einem Augenblick mehr zu sich selber im Kommandoton: »Laß sack'!« Gleichzeitig hob er die junge Dame und ließ sie in das schwankende Boot nieder.

Guntram Krafft kam nun mit schnellen Schritten durch das seichte Wasser, sprang in das Fahrzeug und griff nach den Riemen.

»Ich möchte heute nicht segeln, sondern mich in nächster Nähe des Ufers halten, um erst einmal zu sehen, ob Sie seefest sind, mein gnädiges Fräulein«, sagte er mit schnellem Lächeln. »Für meine Begriffe ist die See sehr ruhig, für die Ihren vielleicht nicht.«

Die starken Fäuste der Fischer machten das Boot frei, der Graf half mit den Riemen und stieß kräftig ab. Hochauf bäumte das leichte Fahrzeug und glitt über die erste Brandung hinaus.

»Und das nennen Sie ruhige See?« fragte Gabriele leise und blickte mit großen Augen in den Gischt, der um das Heck spritzte. »Sehen Sie doch, wie das schäumt und wogt!«

»Ich hoffe, Sie lernen es vom sicheren Land aus noch besser kennen! Heute scherzt und spielt das Wasser nur. Wenn es aber ernstlich böse wird, fahre ich Sie nicht hinaus.«

»Dann ist es gefährlich?«

»Sehr gefährlich! Nicht für mich, sondern für Sie!«

Wieder zuckte ihr Blick zu ihm hinüber.

»Als Sie die Leute der ›Sophie Johanne‹ retteten, war es da solch ein Wetter wie heute?«

Guntram Krafft wandte seine ganze Aufmerksamkeit dem Boot zu. »Die größte Macht des Sturmes war wohl vorüber«, sagte er lächelnd, »und das war ein Glück für die Mannschaft, sonst wäre es unmöglich gewesen, bei derart schwerer See an dem Wrack anzulegen. Es hängt da so viel von der Geschicklichkeit, dem gesunden Urteil und der Geistesgegenwart des Lotsen ab, daß ein günstiger Erfolg nie mit Sicherheit vorausgesehen werden kann.«

Das Boot hatte die Brandung passiert und glitt nun in großen, ruhigen Bewegungen über die Wogen. Der Graf, der erst mit voller Kraft und Aufmerksamkeit gerudert hatte, hielt die Riemen ruhiger und schaute mit sinnendem Blick nach dem Horizont, dem der feurigrote Sonnenball langsam entgegensank und einen breiten, funkelnden Goldstreifen auf das Wasser malte, in den das Boot hineintrieb.

Gabrieles reizende Gestalt war von hellem Purpurlicht übergossen, und ganz verstohlen streifte sie der Blick des Grafen. Sein Atem ging schwer, seine Hände umkrampften die Riemen.

War's ein Traum? Wie oft hatte er es sich voll leidenschaftlicher Sehnsucht gewünscht, so allein, so weltfern und einsam mit der Heißgeliebten auf der wogenden Unendlichkeit des Meeres zu treiben, und nun war es geschehen, nun saß sie ihm nah, ganz nah gegenüber, die zauberischen Nixenaugen so oft mit langem Blick auf ihn gerichtet, das lockige Haar vom Wind verweht, das reizende Antlitz ihm so träumerisch und ernst zugekehrt.

Er atmet schwer auf, streicht langsam über die Stirn und lauscht ihrer Stimme wie im Traum.

»Ihre Frau Mutter sagte mir, ein Sonnenuntergang sei ein verkörpertes, oder besser gesagt, ein gemaltes Gedicht. Ist das auch Ihre Ansicht? Meine Sinne sind wohl noch nicht aus dem tiefen Schlaf erwacht, in dem sie inmitten alles Großstadtstaubes gelegen hatten. Sie haben jüngst am Strand das schlafende Dornröschen schon einmal geweckt, Graf, tun Sie es auch heute! Lehren Sie mich mit Ihren Augen sehen! Was bedeutet für Sie solch ein Sonnenuntergang?«

Er schiebt den Hut weiter aus der Stirn, seine großen Blauaugen bekommen einen weichen, träumerischen Glanz, sein Blick schweift weit hinaus.

»Er bedeutet für mich einen Traum. Ich habe eine Vision. Vor mir wachsen die geheimnisvollen, glutroten Korallen aus der Tiefe des Wassers, sie breiten ihr mystisches Geäst aus über den Himmel, sie flechten ein Netz durch Luft und Wolken, ein Netz von blutfarbenen Zweigen, an dem weiße Perlen schimmern. Über sie hin weht es wie lichte Schemen…duftig…wesenlos… grau verhauchend, sie breiten violette Schwingen aus…die reichen von einem Ende des Himmels bis zu dem andern…sehen Sie dort? Da tauchten sie hinab in die grelle Feuersbrunst, die wabernde Lohe, die hinter den Wolkenbergen lodert und ihre Blitzfunken weit empor gegen das Firmament wirft. Sehen Sie, wie die Farben kommen und gehen? Dort schießen mächtige Lilien empor…wie Phantome…ein Glorienschein umgibt sie…riesenhafte Schmetterlinge umgaukeln sie…und darüber wölbt sich eine Kirchenkuppel, an der grelle Rubine wie zornige Augen sprühen. Sie stürzt zusammen, und nun schlägt eine ungeheure Flamme empor…Sie wähnen, daß es die Sonne ist? Nein! Es ist das Stück eines Weltenbrandes, der entscheidende Augenblick im wilden Kampf der Titanen. Das Goldgeglitzer aut dem Wasser sind keine Wellen, es sind die goldenen Schuppenringe der Midgardschlange, die sich schillernd windet und auf-und niederrollt. Sehen Sie, wie die Gewaltige den Glutenball verschlingt? Mehr und mehr verschwindet er, und die roten Korallen erbleichen und sinken zusammen…die weißen Lilien brechen wie stumme Klagen nieder…die Schmetterlinge zerstieben und treiben wie müde, kleine Wolkenflocken in der Unendlichkeit. Aus dem Meer aber steigt ein wunderholdes Weib mit kristallenen Nixenaugen und windzerzaustem Kraushaar, es hebt mit müdem, strengem Lächeln einen grauen Schleier und breitet ihn über Himmel und Erde, über die Augen des fiebernden Mannes, der solch wunderliche Träume hat, und sie sagt: ›Wach auf! Es ist Zeit, heimzukehren, die Sonne geht unter!‹«

Guntram Krafft schwieg, er sah Gabriele an und lachte plötzlich leise auf. »Und solch närrisches Zeug denkt ein großer, vernünftiger Mensch bei dem Anblick eines Abendhimmels.«

Sie saß ihm gegenüber, die Blicke groß und sinnend auf ihn gerichtet. Unverwandt, wie in staunender Frage.

»Sie sind ein Dichter, Graf HohenEsp!«

»Wohl möglich, ich weiß es nur nicht.«

Der Wind erhob sich stärker, das Boot stieg hoch auf und schoß tief hinab im grünglasigen Wassergebirge.

»Sie sehen so blaß aus, Fräulein Gabriele, frieren Sie?«

Sie nickt. »Der Wind ist kalt, lassen Sie uns umkehren.«

Er griff hinter sich nach einem Lodenmantel, der auf der Bank lag, und reichte ihn zu ihr hinüber.

»Ich bitte, legen Sie ihn um. In wenigen Minuten sind wir am Strand.«

Guntram Krafft wandte den Bug des Bootes nach der See hin und strich dem Land zu, jeder heranlaufenden See einige Schläge entgegenrudernd, daß sie das Boot schneller passiere. Wie ruhig er sich bewegte, wie energisch und sicher seine starken Arme das Fahrzeug regierten!

Und wie schön er aussah! Nie hatte Gabriele die glänzendste Galauniform eines Mannes besser gefallen als dieser schlichte, so wunderbar kleidsame Fischeranzug.

Gabriele war noch nie auf bewegter See gefahren. Ihr kam das Auf-und Niedergehen des Bootes gefahrvoll und beängstigend vor, sie fühlte, wie ihr Herz schneller schlug, wie ihre Hände leise erbebten, wenn ein Schaumkamm hoch aufstieg und über das Schifflein hinwegzubranden drohte.

Mit keinem andern Fährmann hätte sie in diesem gebrechlichen Fahrzeug sitzen mögen als mit dem Bären von HohenEsp, der ihr so ruhig und unbesorgt gegenübersaß, als habe er nur seine herzliche Freude an dem scherzenden Spiel der Meerfrauen. Immer stärker sauste der Wind, immer schneller schoß das Boot der Küste zu. Guntram Krafft wandte sich um und blickte nach dem Strand.

Eine jähe Betroffenheit malte sich auf seinen Zügen.

»Die Fischer scheinen uns noch nicht zu erwarten«, sagte er, griff mit der einen Hand hastig in die Tasche und führte eine Torpedopfeife an die Lippen. Niemand zeigte sich in den Dünen.

»Wir müssen landen, es wird immer kühler, und der Wind kommt auf.«

»Sind wir noch nicht zur Stelle?«

Das Boot schoß auf den Sand und saß mit hartem Ruck fest, eine kräftige Welle schoß über und übergoß es mit ihrem Spritzer.

Guntram Krafft stand aufrecht und blickte noch immer hilfesuchend nach dem Strand. Dann warf er die Riemen hin und sagte zu Gabriele, indem er sich aus dem Boot schwang: »Wir haben leider keinen Landungssteg hier. Die Brandung duldet ihn nicht. Das Boot liegt aber noch halb im Wasser. Sie müssen gestatten, gnädiges Fräulein, daß ich Sie diese paar Schritte an Land trage.«

Gabriele fühlte, wie ihr das Blut in die Wangen schoß, aber sie erhob sich und trat sehr ruhig an den Rand des Kahns.

»Das wäre sehr freundlich, Graf, meine Schuhe sind nicht auf Waten eingerichtet.«

Er stand halb abgewandt, legte den Arm um sie, ohne sie anzusehen, und hob sie an seine Brust.

Mit sehr hastigen Schritten erreichte er den trockenen Strand und ließ die junge Dame sanft hinabgleiten. Droben in den Dünen erschienen im Laufschritt die Fischer.

»Wollen Sie die Güte haben, vorauszugehen, wir müssen das Boot erst bergen.« Seine Stimme klang rauh, atemlos.

»Ich habe Ihnen so viele Mühe gemacht, Graf, ich danke Ihnen von Herzen!« Sie reichte ihm die Hand, und er umschloß sie mit kurzem, krampfhaftem Druck. Er murmelte ein paar Worte, sie verstand sie nicht; der Wind brauste, und Gabriele eilte geneigten Hauptes zur Burg.

XXIII

Die Bäume des Waldes rauschen im Wind, neigen sich und blicken in das bleiche, ernste Antlitz Gabrieles, das so seltsam verändert erscheint.

Wo war die kühle, gleichgültige Ruhe geblieben, die sonst aus ihren Augen geschaut hatte? Gabriele kann ihre Gedanken nicht von dem Erlebten und Guntram Krafft lösen.

Nein, es war *nicht* derselbe! Es war nicht möglich, nicht denkbar, daß binnen kurzer Zeit ein solcher Wechsel und Wandel mit einem Menschen vor sich gehen kann! Nein, es ist kein Wandel.

Guntram Krafft ist wohl stets der kernige Mann gewesen, wie er jetzt vor ihre Augen tritt, die kurze Gastrolle aber, die er in der Residenz gegeben, hatte ein Zerrbild aus ihm gemacht, dessen weichliche Züge in nichts der Wahrheit glichen.

Ist es nur das Neue, Überraschende, was Gabriele so fesselt, so ungewöhnlich erregt? Ist es Zauberspuk, daß ihr sein schönes, eigenartiges Bild vorschwebt, ob sie es sehen mag oder nicht?

Scharf wie der Adlerblick war sein Auge, als er prüfend See und Himmel beobachtete, sichere Fahrt zu nehmen, und wie mild und träumerisch wurde es, als der Sonnenuntergang seine geheimnisvollen Bilder vor ihm spiegelte, als er ihr leis und schwärmerisch seinen Zauber mit den Worten eines Dichters malte.

Er sprach wie in kurzem Traum, und der Wind verwehte den Klang seiner Stimme. Als er erwachend das Haupt hob, war der Traum vergessen. Da schafften seine starken Arme voll eiserner Kraft, da machten sie sich die Elemente untertan und besiegten sie wie in harmlosem Spiel.

Und dann...Gabriele atmete plötzlich schwer auf und schritt ungestüm weiter...Dann umfing sie dieser kraftvolle Arm und trug sie durch den kräuselnden Wellenschaum, und sie umschlang seinen Nacken und war seinem Antlitz so nah, wenngleich er das seine in respektvoller Ritterlichkeit auch abwandte.

Warum schlug ihr Herz so heiß und leidenschaftlich in diesem Augenblick?

Horch, wie der Wind durch die Baumkronen braust, es klingt wie spöttisches, grimmiges Gelächter! Noch wenige Schritte, und die grauen, efeuumsponnenen Mauern von HohenEsp tauchen vor ihr auf.

Die steinernen Bären sehen sie mit den bemoosten Augen an, als ob auch sie lachten, und heben die Pranken und kehren ihr das alte Wappenschild zu.

Schirmherr der Not! Gibt es einen edleren Helden als einen Mann, der hochherzig und selbstlos sein Leben einsetzt, der Not des Nächsten zu Hilfe zu kommen?

Die Grafen von HohenEsp aber haben seit vielen Jahrhunderten ihr Schwert und ihren starken Arm in den Dienst der Not gestellt. Auch Guntram Krafft ist ein HohenEsp!

*

Gräfin Gundula schien ihre junge Gesellschafterin bereits erwartet zu haben. Sie trat ihr in der Halle entgegen und sah sehr heiter und zufrieden aus.

»Anton sollte dem leichtsinnigen kleinen Fräulein noch ein warmes Tuch an den Strand nachtragen«, scherzte sie. »Statt dessen kommt der Alte unverrichteterdinge zurück und meldet, daß das gnädige Fräulein mit dem Herrn Grafen hinausgerudert sei. Das nenne ich Mut, liebe Gabriele; denn soviel ich von hier aus beurteilen kann, ist die See bewegt.«

»Und wie bewegt, Frau Gräfin! Für meine Begriffe war es Sturm!«

Gundula lacht und dreht das junge Mädchen dem Fenster zu.

»Lassen Sie sehen, wie Ihnen diese Extravaganz bekommen ist. Nun ja...blaß wie eine weiße Rose. Das konnte ich mir schon denken. Schnell trinken Sie ein Glas Wein, damit Sie wieder Farbe bekommen. Hat es Ihnen unser schönes Meer nun doch angetan?«

»Es war in seiner Erregung entschieden viel berückender als in seiner Ruhe«, lachte das junge Mädchen und trat noch weiter aus dem Fensterlicht zurück in die dämmrige Halle. »Ja, es war so herrlich anzusehen, daß mich das unwiderstehliche Verlangen ankam, mich einmal mutig hinauszuwagen.«

»Wie war Ihre Fahrt? Erwiesen Sie sich seetüchtig?«

»Es schaukelte furchtbar, und ganz unter uns gesagt, Frau Gräfin, ich habe mich schrecklich gefürchtet. Ich wollte mich nur nicht allzusehr vor dem Grafen blamieren, sonst wäre ich sehr bald wieder ausgestiegen, als ich merkte, wie hoch die Wellen gingen.«

»Fürchten? Wenn Guntram Krafft die Ruder führt?« Wie ruhig, wie stolz und zuversichtlich klangen diese Worte.

Gabriele neigte das Köpfchen. »Der Graf ist gewiß sehr stark und kräftig, aber gegen Sturm und Meer aufkommen vermag schließlich niemand, und ich glaube, Ihr Herr Sohn wußte es anfangs selber nicht, wie arg der Wind war, sonst hätte er vielleicht die Fahrt gar nicht unternommen.«

Nun lachte die Gräfin ebenso laut auf wie zuvor Guntram Krafft, als sie vom Sturm gesprochen hatten.

»Ich wünschte nur, Sie erlebten bald einmal das, was wir hier ›grobe See‹ nennen!« sagte sie dann mit seltsam leuchtendem Blick. »Ich glaube, Sie kennen bisher weder einen echten, rechten Seesturm noch das Meer, wenn es zornig wird, noch den Bären von HohenEsp, wenn er beiden die Zähne zeigt. Was bringen Sie, Anton?«

»Halten zu Gnaden, Frau Gräfin. Soeben bringt einer aus dem Dorf die Nachricht, daß der Herr Graf nicht rechtzeitig zum Abendbrot kommen könne. Man wisse nicht, was die Nacht bringe, und es seien mancherlei Vorbereitungen am Strand zu treffen. Der Herr Graf lassen die Damen bitten, allein den Tee zu trinken, da es bis zu seiner Rückkehr spät werden könne.«

»Gut, Anton; ich dachte es mir schon. Es ist zwar noch keine telegrafische Sturmwarnung an meinen Sohn eingetroffen, aber der Seemann versteht sich schon auf die Anzeichen, die Vorsicht gebieten. So stecken Sie die Lampe an und sagen Sie der Mamsell, daß für uns gerichtet werde.«

Gabriele hatte hoch aufgeatmet bei der Nachricht, daß Guntram Krafft heute fernbleiben werde. Sie wußte es selber nicht, warum sie ein gewisses Bangen empfand, ihm heute wieder in die Augen zu schauen. Noch schlug ihr Herz zu ungestüm, wenn sie an den Augenblick dachte, wo er sie an der Brust gehalten hatte. Es war gut, wenn sie Zeit gewann, ihre törichte Verlegenheit zu überwinden.

»Arme Mike!« fuhr die Gräfin mitleidig fort. »Sie bekommt gewiß einen stürmischen Hochzeitstag. Das Heulen, Sausen und Wogenbranden ist zwar für eine wackere Fischersfrau gewohnte Musik, aber es sollte mir leid tun, wenn die kleine Frau ihren jungen Ehemann gleich in böses Wetter hinausschicken müßte.«

»Mike?« fragte Gabriele nachdenklich. »Ist das nicht das blonde, hübsche Mädel, mit dem Sie vorgestern im Dorf sprachen, Frau Gräfin?«

»Ganz recht, dieselbe. Sie heiratet morgen den Jugendgespielen meines Sohnes, Jöschen Grotrian mit Namen, einen wackeren, prächtigen Burschen, der beste unter Guntram Kraffts Lotsen. Vorhin war Mike mit der Mutter bei mir, um uns alle noch einmal feierlich zur Hochzeit einzuladen. Ich habe zugesagt, auch für Sie, liebe Gabriele. Wir HohenEsper und unsere braven Fischer drunten gehören in Freud und Leid zusammen. Wir sind in der langen Reihe der Jahre wie eine große Familie geworden, und gemeinsame Not, Angst und Sorge und manch einstimmiges Gebet am Strand waren der Kitt, der unsere Herzen treu zusammengefügt hat. Da ist es undenkbar, daß sich im Dorf drunten jemand freuen oder betrüben könne, ohne daß wir innigen Anteil daran nehmen. Sie haben gewiß noch keine Fischerhochzeit mitgemacht, liebe Gabriele. Dennoch hoffe ich, daß sich Ihr gutes Herz in all dies Fremde finden wird.«

Der Blick der Sprecherin hatte sich wie in nachdenklichem Forschen auf das reizende Antlitz des jungen Mädchens geheftet, und als sie das freudige Aufleuchten in den großen Augen und das Lächeln um die rosigen Lippen sah, streckte sie Gabriele die Hand entgegen und sagte so herzlich wie noch nie zuvor: »Ja, ich sehe es Ihnen an, Sie werden uns gern begleiten. Sie fühlen und denken wie wir, Gabriele, und ich danke Gott dem Herrn, daß er Sie in unser Haus geführt hat.«

»Wo könnte es mir wohler sein als in Ihrer Nähe, Frau Gräfin, gleichviel, wohin Sie mich führen! So neu, wie mir diese Welt auch noch ist, so lieb ist sie mir schon geworden. Wo wird das junge Paar getraut werden? Müssen wir alle in das Nachbardorf zur Kirche?«

»O nein! Die Trauung findet in unserer alten Burgkapelle statt.«

»Eine Kapelle? Hier in der Burg?«

»Wir benutzen sie für gewöhnlich nicht, um dem Pfarrer den sehr unbequemen Weg durch den Wald zu ersparen. Darum gehen wir alle zu ihm. Bei außergewöhnlichen Gelegenheiten aber kommt er hierher, und Mikes Hochzeit ist solch ein besonderer Fall. Wir lassen unseren lieben Pastor mit dem Wagen holen, die Kirche wird geschmückt.«

»Oh, herrlich! Wer besorgt das?«

»Immer der, der fragt«, neckte die Bärin von HohenEsp. »Die Girlande nagelt freilich einer der Knechte über die Tür, und die Tannenbäumchen stellt wohl die Mamsell mit den Mägden um den Altar herum auf; aber wenn sich sonst noch ein paar geschickte Hände finden wollten, den Altar selber recht schön und poetisch zu schmücken, so wäre mir das sehr lieb; denn für gewöhnlich war das meine Sorge, die ich jetzt aber gern jüngeren Kräften überlassen möchte.«

Gabrieles Wangen leuchteten in zartem Rot. »Oh, wie danke ich Ihnen für die reizende Pflicht, Frau Gräfin, und wie freue ich mich darauf, die Kapelle zu sehen!«

»Wenn die Mägde morgen früh mit Fegen und Scheuern fertig sind, soll man Sie rufen, liebe Gabriele. Sie sorgen wohl selber im Garten für die Blumen. Kaiserkronen, Narzissen und Anemonen gibt es bereits, auch noch Krokus und Leberblumen. Nehmen Sie alles, was sie brauchen, die Sträuße können dann später noch auf den Hochzeitstisch gestellt werden.«

Erst spät kehrte Guntram Krafft heim; er schritt sogleich nach seinem Zimmer hinauf.

Auch Frau Gundula war müde, küßte Gabriele auf die Stirn und sagte ihr Gute Nacht.

Wie allabendlich begleitete sie das junge Mädchen erst nach seinem Erkerstübchen. Ganz erschrocken wich Gabriele zurück.

»Was ist das?« fragte sie betroffen.

Die Gräfin lachte. »Das ist der Wind! Hörten Sie ihn noch nie um altes Gemäuer sausen und heulen? Die Burg liegt ziemlich frei, da braust es in allen Tonarten von der See herüber. Ich fürchte, die Nacht wird schlimm; aber gottlob ist niemand von unseren Leuten draußen. Die Armen aber, die auf hoher See mit Wind und Wogen kämpfen! Vergessen Sie nicht, ihrer im Gebet zu gedenken, Gabriele, auch das ist so Sitte auf HohenEsp.«

Als sich die Gräfin nach herzlichem Gute Nacht zurückgezogen hatte, trat Gabriele ans Fenster und blickte in die dunkle Nacht hinaus.

Der Wind jagte schwarze Wolkenmassen über den Himmel, die Bäume drunten bogen sich und ächzten, und die Fensterriegel klappten und greinten wie mit leisem, wehmütigem Klagelaut.

Gabriele schloß die Vorhänge und begab sich zur Ruhe. Aber sie fand lange keinen Schlaf. Ihr war's, als säße sie noch im Boot, das auf und ab geschleudert wurde von tosenden Wellen. Guntram Krafft saß ihr gegenüber und führte das Ruder; er sah sie nicht an, sondern blickte starr geradeaus in die gähnende finstere Nacht; sein Angesicht glich dem jungen Wulffhardt von HohenEsp, der um 1503 ertrunken war.

Gegen Morgen hat der Wind ein wenig abgeflaut. Die Sonne leuchtet am Himmel, hinter dem Wald blitzen die weißen Wellenkämme der See auf. Gabriele ist frühzeitig aufgestanden. Sie hat gestern im Wald ein wildes Birnbäumchen gesehen, das in voller Blüte stand. Welch sinnigeren Altarschmuck könnte sie finden als diese duftigen, schneeigen Zweige?

Als sie in den Hof tritt, hört sie noch jenseits der Zugbrücke Hufschlag verklingen. Ein Knecht steht, die Arme behaglich in die Seiten gestemmt, und schaut dem Reiter nach.

»Ist eine telegrafische Nachricht gekommen, Christian? Die erwartete Sturmwarnung von der Seewarte?«

Der Mann lacht die Fragerin mit seinen hellblauen Augen vergnügt an.

»Nee, gnä Frölen! Dat wi nähstens doch 'n ollen düchtigen Bö kreegen, dat weeten wi ganz alleen!«

»Wer ritt soeben fort?«

»Dat wier nur uns' junge Graf. He sall woll up'n Feldern nach'n Rechten kieken!«

»Auf den Feldern?«

»Wie hei seggt! Du leiwe Tid! Wat het de Graf nich allens to bedenken! Keen Ruh nich bi Dag un Nacht. Un hätt dat doch so goar nich nötig! Aber dat rackert sich af! Keen Dagelöhner duht sich so schinn'n as uns' leibe Jong! Um Glock fif rett hei weg, jeßt däht hei Frühstück eten, un nu heidi wedder up't Pierd!«

Tief in Gedanken verloren schritt Gabriele weiter.

Also darum war er so selten am Morgen zu sehen, darum kehrte er neulich so staubig und erhitzt zurück und hatte so viel Eiliges mit seiner Mutter zu verhandeln. Daß er nachts mit seinen Fischern ausfuhr, die Netze zu werfen, daß er am Tag oft segelte und ruderte und anstrengende Übungen mit seinen freiwilligen Lotsen machte, das war nur Erholung, nur Vergnügen nach der Arbeit! Und diesen Mann hatte sie oft einen Bärenhäuter genannt, ihn als müßigen Tagedieb bespöttelt und verachtet! Wieder schießt Gabriele das Blut heiß in die Wangen. Wie traurig ist es doch, wenn ein Mädchen so gar keinen Begriff von Landarbeit und Seewesen hat. Was für falsche, irrige Ansichten bildet man sich in der Stadt davon, wie bitter unrecht tut man oft den Fleißigsten und Verdienstvollsten! Gabriele ist es plötzlich zu Sinn, als habe sie ein schweres Unrecht an Guntram Krafft gutzumachen.

Mit bebenden Händen pflückt Gabriele die blühenden Zweige im Wald. Ein Flockenregen rieselt auf sie nieder und streut bräutlich-weiße Blättchen in ihr lockiges Haar, in ihrem Herzen aber wächst aus kleinem Funken eine helle Flamme empor, noch flackernd und unsicher, aber dennoch stark genug, daß sie kein Aschenregen wieder ersticken kann.

Und diese Flamme brennt so vieles zu Tode, was ehemals in diesem Herzen als falsche Götzen gethront, sie macht es so hell, wo es früher dunkel war, sie läßt es so warm, ach, so warm werden, wo früher Schnee und Eis gestarrt hatten.

Mit duftigen Blütenzweigen beladen kehrt Gabriele heim, und von der niederen, gewölbten Turmtür, die zu der Kapelle führt, tönten das helle Gelächter und der Gesang der Mägde. Sie sind noch fleißig bei der Arbeit. Die Mamsell tritt Gabriele entgegen und bittet: »Wollen das gnädige Fräulein nicht noch ein halbes Stündchen warten? Dann ist die Kapelle sauber wie ein Schmuckkästchen, und Baronesse haben einen so viel schöneren Eindruck davon! Vielleicht machen Sie inzwischen erst Toilette? So ein bißchen was Weißes oder Rosiges gehört sich doch für den heutigen Tag! Und die Zweige stellen wir derweil noch in Wasser! Je kürzere Zeit sie auf dem Altar liegen, desto frischer sehen sie aus.«

»Sie haben recht, Mamsell, das ist ein guter Gedanke. So will ich mir denn ein hochzeitliches Gewand anziehen und bin in einer halben Stunde wieder hier.«

XXIV.

Da der Wind ganz plötzlich wieder bedeutend aufgefrischt hatte und merklich kühl durch die blühende Frühlingspracht brauste, hatte Gabriele ein wollenes Kleid zu ihrem Anzug gewählt, das nun in zarten weißen Crêpefalten an ihrer schlanken Gestalt niederfloß.

Es war noch eins ihrer Fünfuhr-Tee-Kleider, die sie ehemals in der Residenz getragen, schick und elegant gearbeitet und doch einfach und anspruchslos wirkend. Die weiße Perlenschnur, die sie damals auf dem Hofball getragen hatte, glänzte auch jetzt auf ihrem graziösen Nacken, und im Gürtel duftete ein kleiner Strauß weißer Narzissen.

Hastig schritt sie über den Hof nach der Kapelle, die Mamsell trat ihr entgegen, faltete behaglich die Hände über dem Magen und betrachtete das junge Mädchen mit unverhohlenem Entzücken.

»Das laß ich mir gefallen, Baronesse«, nickte sie wohlgefällig. »Wenn jetzt ein Fremder hier hereinschaute, der gehört hätte, daß es auf der Burg eine Trauung gebe, dann würde er Stein und Bein darauf schwören, daß das gnädige Fräulein selber die Braut sei, auf die die Gespielinnen mit Kranz und Schleier warten!«

Noch ein neckendes Nicken und Grüßen, und die Mamsell faßte Besen und Staubtuch und schritt über den Hof zurück. Gabriele aber trat in die Kapelle, die leer und still im Schimmer der bunten, kleinen Glasfenster vor ihr lag.

Voll andächtigen Entzückens schaute Gabriele um sich. Rechts und links befanden sich die wenigen Reihen der dunkelbraunen, hochgeschnitzten Kirchenstühle, geradeaus der erhöhte Altar in seinem verblichenen lila Samtschmuck, auf dem die Silberstickerei längst schwarz geworden war. Hocharmige Silberleuchter, ein elfenbeingeschnitztes Kruzifix, an dem noch die Rosenkränze der gräflichen Beter aus der katholischen Zeit hingen. Rechts und links vom Altar die Familienbilder frommer HohenEsp, hohe, steiflinige Gestalten in schwarzen Nonnengewändern und weißen Kopftüchern, mit betend zusammengelegten wachsgelben Händen und starren, hohläugigen Gesichtern. Direkt hinter dem Altar sah sie ein kaum noch erkenntliches Gemälde, die Auferstehung des Herrn darstellend.

Seitlich von dem Altarbild sind Gedenktafeln, zwei halb vermoderte Kirchenfahnen, Fischernetze und ein zerbrochenes Ruder aufgestellt. Ein welker, fast zerfallener Totenkranz mit Trauerflor ist um das Ruder gewunden. Gabriele schaudert zusammen. Dieses Ruder war wohl das einzige, das vom Boot eines ertrunkenen HohenEsp ans Land zurückgespült wurde.

Ihr Blick irrt weiter von den mächtigen Bärenwappen über die steinernen Grabplatten, die die Familiengruft schließen und steife, liegende Rittergestalten zeigen, hinauf zu der niederen gewölbten Decke, von der an rostigen Ketten eine ganze Anzahl von kleinen Schiffen herabhängen. Es sind fromme Stiftungen der Fischer aus dem Dorf drunten. Grob und plump geschnitzte Segelschiffe, in Form und Bau ihr hohes Alter zeigend, kleine Boote und schwerfällige Kuffs, allerliebst und kunstvoll getakelte kleine Dreimaster, an denen fleißige Hände wohl ein Menschenalter gearbeitet haben, sind zu sehen.

Leiser Schritt erklingt auf den Steinfliesen, und Gabriele schrickt aus tiefen Gedanken empor und blickt sich um.

Ein schmächtiges altes Männchen steht hinter ihr und dreht respektvoll den schäbigen Filzhut in der Hand.

»Ach, Verzeihung«, flüstert er, die lichte Gestalt der jungen Dame wie eine Vision anstarrend, »ich bin der Küster aus Karstein und soll bei der Trauung das Harmonium spielen. Die Frau Gräfin schickt mich, daß ich die Lieder erst einmal durchspiele.«

»Oh, das ist ja schön, Herr Küster«, nickte ihm Gabriele mit herzgewinnendem Lächeln zu, »da habe ich den Genuß schöner Musik während meiner Beschäftigung.« Der kleine Mann dienert sehr geschmeichelt und klettert die schmale Holzwendeltreppe zu der Empore hinauf, Gabriele aber tritt an den Altar, nimmt sinnend die weißen Blütenzweige und schmückt die teuren Heiligtümer.

Wie wundersam leuchten die frischen Blumenkelche auf dem uralten, verschossenen Samt, wie grell ist der Kontrast zwischen Tod und Leben, zwischen dem sonnigen, bräutlichen Jetzt und dem grabesstillen, grauen Ehemals!

Ein Sonnenstrahl bricht durch das bunte Fenster und malt goldige Lichter um die schlanke Mädchengestalt, die mit geschickten Händen die Blüten um das Kruzifix schlingt und die zarten Zweige durch die Arme der Leuchter flicht, dann niederkniet vor der Altardecke und auch an ihr empor den holden Schmuck ranken läßt, sinnig und schön, so festlich, wie wohl dieser Tisch des Herrn seit langen Jahren nicht mehr ausgeschaut hat.

Und während sie ihres lieblichen Amtes waltet, ertönen über ihr die jubelnden Klänge »Lobe den Herrn meine Seele und vergiß nicht, was er dir Gutes getan hat«.

Immer voller und duftiger gestaltet sich der Altarschmuck unter Gabrieles Händen, sie streut auch noch die weißen Blüten über die Grabsteine, sie nestelt die duftigen Narzissen in die grünen Tannenzweige, die das Geländer um den Altar verhüllen, und dann steht sie plötzlich wieder schweratmend still und starrt auf das zerbrochene Ruder unter dem verstaubten Trauerschleier.

Jetzt fällt ihr Blick auch auf ein kleines Pastellbildchen, das an dem Pfeiler, kaum sichtbar von der Kirche aus, aufgehängt ist. Es ist eine schlechte Kopie jenes Gemäldes aus dem Ahnensaal droben. Wulffhardt von HohenEsp; ertrunken um 1503.

Gabriele weiß nicht, warum sie es tut, aber sie schlingt die schneeigen Blütenzweige zum Kranz und schmückt das Bild des Wulffhardt von HohenEsp. Und seine Augen schauen so lebendig drein, sein Blick senkt sich in den ihren, und seine Lippen lächeln unter dem bräutlichen Schmuck. Wie gleicht er Guntram Krafft! Wird auch sein Bild einst hier hängen, wird auch unter ihm das grausige Wort »ertrunken« stehen … wird …

Gabriele macht eine jähe Bewegung und preßt schweratmend die Hand gegen das Herz, und als sie sich hastig zurückwendet, ringt sich ein leiser Schreckenslaut von ihren Lippen. Dort an einem Kirchenstuhl steht Guntram Krafft, mit gekreuzten Armen, still und regungslos und starrt sie aus weit offenen Augen an. Blick ruht in Blick.

Der Graf schreitet langsam näher, tritt neben sie und schaut auf das geschmückte Bild Wulffhardts nieder.

»Warum taten Sie das?« fragt er mit leiser, fremder Stimme.

Gabriele sieht nicht auf zu ihm; sie wendet sich ab und ordnet mit bebenden Händen die Blüten auf dem Altar, die bereits wohlgeordnet liegen.

»Das Herz tut mir weh, wenn ich daran denke, wie früh er sterben mußte.«

»Ja, er starb früh, an der Schwelle des Lebens. Er kannte weder Glück noch Liebe, und doch wäre er wohl auch so gern glücklich gewesen!«

Auch glücklich gewesen! Klang das nicht wie ein geheimer, leidenschaftlicher Seufzer der Sehnsucht?

Gabriele antwortet nicht, sie neigt das Haupt nur tiefer.

»Ich danke Ihnen im Namen jenes Armen, Einsamen«, fährt der Graf sehr ruhig fort, »dessen Sie so barmherzig gedachten. Mir ist's, als müßte er jetzt ruhiger in der Gruft drunten schlafen, als müßte er nun versöhnter mit seinem inhaltlosen Leben sein.«

»Ein inhaltloses Leben, wenn ein Mann dieses Leben hingab für die Brüder?«

»Er tat seine Pflicht!«

»Er tat *mehr* als sie!«

Ein beinah düsterer Blick brach aus Guntram Kraffts Augen.

»Wohl doch nicht in Ihrem Sinn, Fräulein Gabriele; er zog weder in den Krieg noch konnte er große Taten für sein Vaterland tun. Sein Name ist in keinem Heldenbuch verzeichnet, sein Andenken wird weder durch Wort noch durch Lied geehrt. Jene Stelle, wo die tosende Flut einen Jüngling verschlang, der einem gefährdeten Schiff Rettung bringen wollte, ist durch keine Spur gekennzeichnet, die Wogen rollen darüber hin, und der Wind verweht die Kunde. Das Schicksal der HohenEsp! Mit weißen Totenblumen schmückt eine mitleidige Mädchenhand nach Jahrhunderten wohl noch unser Bild und Grab, mit Lorbeerzweigen aber nicht.« Er brach kurz ab und trat zurück. »Der Hochzeitszug scheint zu nahen. Sie gestatten, daß ich meinen jungen Freund im Burghof begrüße!«

Gabriele stand regungslos und schaute starren Blicks auf das Bild. War es nur Einbildung, oder sahen die lachenden Augen Wulffhardts plötzlich ernst, beinahe wehmütig unter dem weißen Blütenschmuck auf sie nieder?

Nicht mit Lorbeerzweigen, nicht mit dem Ehrenkranz, der dem Helden geziemt! Es lag etwas seltsam Herbes in der Stimme des Grafen, als er das gesagt, etwas Vorwurfsvolles, was sie nicht verstand. Hatte sie vielleicht damals auf dem Hofball nur *den* Mann einen Helden genannt, der auf dem Schlachtfeld sein Leben für das Vaterland läßt? Wohl möglich; so war es ja ehedem auch ihre Ansicht. Und jetzt? Nachdenklich streicht sie die krausen Löckchen aus der Stirn. Jetzt ist es ihr wie eine Ahnung gekommen, daß ein Mann, der sich kühn in Sturm und hohe Flut hinauswagt, auch ein Held sein könne.

Gabriele senkt das Köpfchen tief, tief auf die Brust und schreitet langsam die Stufen des Altars hinab, der Gräfin entgegen, die die Kapelle betreten hat, den Brautzug in ihrem hohen Kirchenstuhl seitlich des Traualtars zu erwarten.

Gundula nimmt die kalte, bebende Hand des jungen Mädchens in die ihre, streift mit einem warmen Blick inniger Bewunderung die liebreizende Erscheinung ihres jungen Gastes und geht mit ihr zum erhöhten Sitz. Die Orgelklänge ertönen, und mit dem golden durch die Tür hereinflutenden Sonnenlicht erscheint das Brautpaar in der Kapelle.

Guntram Krafft führt es zum Altar. Mike schreitet zwischen ihm und dem Geliebten, eine blühende, kraftvoll schöne Braut. Sie trägt das goldblonde Haar schlicht gescheitelt und in Zöpfen herabhängend, ein dicker grüner Myrtenkranz legt sich um den ganzen Kopf und endet in einer Schleife, die lang über den Rücken herabflattert. Sie ist die Verkörperung eines echten, rechten Glückes.

Jöschen an ihrer Seite sieht nicht minder strahlend aus, wenngleich sein frisches Gesicht mit den hellblauen, lustigen Augen und dem weißblonden Flaum auf der Oberlippe recht verlegen ob all der Ehre, die ihm geschieht, dreinschaut.

Dem Brautpaar folgt die Schar der Gäste, Fischer und Fischersfrauen, wohl die gesamten Einwohner des kleinen Dörfchens.

Kinder mit Blütenzweigen oder bunten Sträußen in der Hand drängen sich scheu an die Mütter; alte, wetterharte Seeleute mit dem Priem zwischen Zähnen und Backe und der Tonpfeife in der Rocktasche folgen langsam im Zug, und dann schließt sich das Gesinde von HohenEsp an, alle so strahlend heiter und festfreudig gestimmt, als gehe Mikes und Jöschens Glück sie alle an, als sei diese Hochzeit ihr aller Ehrentag, von dem ein warmer Sonnenstrahl in jedermanns Herz fällt.

Zuerst wurde gesungen, sehr lange und viel gesungen, wie es die Sitte verlangte, und Guntram Kraffts Stämme klang fest und laut hervor, ebenso wie Gundulas weicher Alt und die helle, schmetternde Stimme der noch sehr stattlichen Brautmutter.

Der Pastor trat vor den Altar, sprach in schlichter, sinniger Weise viel schöne und herzbewegende Worte und wandte sich ganz besonders an Mike, sie auf die schweren Pflichten der Seemannsfrau aufmerksam machend. Wie treu, wie selbstlos, wie aufopfernd muß das brave Weib eines Fischers sein, wie wenig an sich selbst und das eigene Glück denken, wie tapfer und mutig den Herzliebsten in Sturm und Gefahr hinausschicken, wenn es gilt, fremder Not und gefährdeten Menschenleben zu Hilfe zu kommen. Gerade in solchen Stunden höchster Angst und Gefahr müßte sich die wahre Liebe eines treuen Weibes bewähren.

Mike blickte dem Pastor mit ihren großen, treuherzigen Augen aufmerksam in das gütige Antlitz, und sie nickte ihm zustimmend und so recht von Herzen überzeugt zu. Jöschen machte auch hie und da eine unwillkürliche Bewegung, als wolle er versichern: »Jawoll, Herr Pastur, dat woll'n wi allens so maken!«

Dann knieten sie nieder und wurden gesegnet. Der Prediger nahm die Ringe und steckte sie ihnen an.

*

In der kleinen Dorfschenke, die über einen einzigen Raum verfügte, in dem ein bescheidenes Fest abgehalten werden konnte, hatte der Graf von HohenEsp den Hochzeitsschmaus für seinen Jugendgespielen herrichten lassen.

Hier in dem niedrigen, verräucherten Saal, an dessen Deckbalken das Haupt des hochgewachsenen Bären beinah anstieß, feierten die Fischer ihre Feste; hier saßen sie sonntags und rauchten ihre Pfeifen beim Glas Bier, hier versammelten sie sich, wenn es Außergewöhnliches zu besprechen gab oder wenn ein Sohn, Vetter, Bruder oder Onkel nach langer Seefahrt heimkehrte und von viel schweren oder glücklichen Fahrten zu erzählen hatte.

Auf den wurmstichigen uralten Schränken liegen große Korallen und fremdartige Muscheln, steht eine chinesische Vase, der der eine Henkel fehlt, und ein paar grellbunte, furchtbar fratzenhafte Götzenbilder, vor denen sich die Kleinen im Dorf über die Maßen »grugeln«.

Heute ist eine lange, lange Tafel inmitten des Saales aufgestellt, mit groben weißen Tüchern belegt und durch Tannengrün und Blumensträuße ganz besonders feierlich geschmückt.

Teller von jeder Art und Sorte sind aufgestellt, Napfkuchen duften schon jetzt sehr lecker, und festlich von des Tisches Mitte und seitwärts lagert ein großes Faß Bier, auf das mit Kreide »Vivat« geschrieben ist und von den eben ankommenden Fischern mit schmunzelndem Entzücken zuerst besichtigt wird.

Das junge Ehepaar und die Hochzeitsgäste nahen, vorerst noch schweigsam und ernst, wie es in der Art dieser wortkargen Menschen liegt, die es mehr gewohnt sind, den schweren, sorgenvollen Kampf um das Dasein zu führen, als heitere Feste zu feiern.

Der Wind, der mehr und mehr auffrischt und manch altem, wettererfahrenen Schiffer ein bedenkliches Kopfschütteln und »Hm-Hm!« abgenötigt hat, spielt in den rosa Kranzbändern der jungen Frau und färbt ihre Wangen noch röter; und wenn auch Mike mit festem Händedruck ringsum die schwieligen Hände faßt und Jöschen manch lieben Freund innig auf den Rücken klopft, so herrscht dennoch vorerst noch die feierliche, erwartungsvolle Stille, die dem Nahen des Pastors und der gräflichen Herrschaft vorauszugehen pflegt.

XXV

Über die hohe Düne, die das Fischerdorf von der See trennt, stieg Gräfin Gundula an der Seite des alten Pfarrherrn, gefolgt von Gabriele und Guntram Krafft.

Der Pastor hatte den lebhaften Wunsch ausgesprochen, das Meer bei dem immer stärker werdenden Wind in seiner wogenden Schönheit zu sehen, und darum hatte man den kleinen Umweg gemacht und nahte dem Dorf nicht von dem Burgberg, sondern vom Strand aus.

Die Gräfin sprach sehr lebhaft und angeregt, und Gabriele, die ebenso schweigsam wie der Bär von HohenEsp an dessen Seite schritt, gedachte der Worte des Predigers, die dieser kurz zuvor zu Guntram Krafft gesprochen hatte. »Welch eine auffallende und sehr erfreuliche Veränderung ist mit Ihrer Frau Mutter vor sich gegangen! So heiter und lebhaft habe ich die Gräfin seit langen, langen Jahren nicht gesehen. Mir scheint, der finstere Ernst, die tiefe Schwermut sind erst jetzt von ihr gewichen, und dafür sei Gott gelobt.« Er hat dann Gabriele herzlich beide Hände entgegengestreckt und fuhr fort: »Das haben wir ganz entschieden Ihrem so günstigen Einfluß zu verdanken, mein gnädiges Fräulein. Sie haben den Sonnenschein wieder ins Haus der so tief gebeugten Frau getragen.«

Der Blick des Grafen hatte sie abermals getroffen, als er sich stumm und höflich, wie in schweigender Zustimmung, vor ihr verbeugte, und es hatte in den ernsten, traurigen Augen warm aufgeleuchtet.

Ein paar gleichgültige Worte hatten sie später auf dem Weg zum Strand gewechselt, und als sie über die waldige Höhe schritten und zuerst den Blick auf das Meer genossen, war Gabriele unwillkürlich stehengeblieben und hatte mit leisem Ausruf des Entzückens auf die weißschäumende, hochgehende See hinausgeblickt.

»Nicht wahr, so gefällt sie selbst Ihnen?« hatte der Graf gelächelt, und das junge Mädchen nickte mit seltsam leuchtendem Blick und wiederholte: »Selbst mir!«

Dann brauste der Sturm daher und riß die weißen Narzissen aus ihrem Gürtel und verstreute sie durch das Riedgras, und während Gabriele mit beiden Händen den Hut festhielt, eilte Guntram Krafft den Blumen nach und sammelte sie.

Sein Blick überflog ihre schlanke, schneeweiße Gestalt, um die die weichen Kleiderfalten in graziösem Spiel flatterten, und er behielt den Strauß in der Hand und sagte: »Ich werde die Narzissen bis zum Dorf tragen. Sie haben jetzt genug zu tun, Hut und Kleid zu halten.«

Und er trug sie, bis sie abermals in den Schutz der Dünen gelangten und das Wirtshaus »Zur blauen Woge« vor ihren Blicken lag. Da gab er ihr die Blüten zurück.

»Wir alle haben uns festlich geschmückt, Graf, nur Sie allein tragen kein einziges Abzeichen, das auf die frohe Bedeutung dieses Tages schließen läßt.«

Um seine Lippen zuckte ein resigniertes Lächeln.

»Ich selber vergaß es, und andere dachten nicht an mich.«

Da wählte sie die schönsten Blumen aus ihrem Strauß und bemühte sich, sehr unbefangen zu lachen. »Welch eine grobe Unterlassungssünde! Erlauben Sie, Graf, daß ich das Versäumte nachhole und Ihr Knopfloch schmücke.«

Er nahm die Blumen und befestigte sie an der Brust.

»Wie freundlich Sie sich heute der HohenEsp annehmen«, sagte er sehr ruhig. »Den Ahnherrn Wulffhardt und mich bedenken Sie in gütiger Weise mit solch lieblichem Schmuck.«

Das Gespräch wurde unterbrochen. Aus dem Saal des Wirtshauses erschallten die lustigen Weisen der Harmonika, und das junge Ehepaar trat den vornehmen Gästen entgegen, sie mit herzlichem Händedruck zu begrüßen und zum Hochzeitstisch zu geleiten.

Gräfin Gundula saß zwischen dem jungen Ehegatten und dem Pastor, Guntram Krafft an der Seite des bräutlichen Weibes, zu seiner Rechten war Gabriele der Platz angewiesen. Auf der Ofenbank saßen die beiden Harmonikaspieler und sorgten durch lauter schöne Seemannslieder und lustige Stücklein für Unterhaltung, während es bei Tisch selber sehr ruhig zuging.

»Unsere Anwesenheit scheint die Leute in ihrer Fröhlichkeit zu stören«, flüsterte Gabriele dem Grafen zu.

Dieser lächelte: »Oh, durchaus nicht! Es würde eine Nichtachtung gegen die vergötterte Weinsuppe und den obligaten Schweinebraten sein, wollte man während dieser Genüsse viel sprechen. Das ist nicht Sitte hier, und die ›Stimmung‹ kommt zumeist erst mit dem Tanz. Dann werden Sie sehen, daß wir unsere Getreuen nicht stören. Ich bin überzeugt, daß wir hier von allen noch sehr viel mehr geliebt wie respektiert werden!«

Und so war es auch. Als das nach Ansicht der so wenig verwöhnten Leute glänzende Hochzeitsmahl beendet war, als die Tische beiseite gerückt wurden und der Kaffeeduft so lieblich durch den Saal zog, daß allen Frauen das Herz im Leibe lachte, da schallten die Stimmen lauter und lauter durcheinander, da wagten sich die ersten verstohlenen Jauchzer hervor, und als die Harmonikas mit schallendem Ton den »Großvatertanz« anhuben, da umfaßte Jöschen seine strahlende junge Frau und begann sich mit ihr sehr langsam und würdevoll im Kreis zu drehen.

Aller Augen schauten auf den Grafen, ob er nicht mit dem wunderschönen jungen Fräulein solchem Beispiel folgen werde. Aber der stand und sprach so eifrig mit ein paar alten Fischern, daß er gar nicht an den Tanz zu denken schien.

Da wagte sich denn der Vater der Braut herzu, machte seinen Kratzfuß vor Gabriele und tanzte mit ihr, schwer und wuchtig, als gelte es, eine holländische Kuff bei konträrem Wind zu lavieren. Als er zum Schluß die junge Dame mit freundlichem Lob auf den Arm gepatscht hatte, stand schon ein junger Lotse bereit und sah sie treuherzig bittend an.

Gabriele nickte ihm lachend zu und tanzte weiter. Ihre schlanke weiße Gestalt tauchte wie ein Traum zwischen dem derben Schiffervolk auf, so daß der Pastor ganz begeistert zu Guntram Krafft trat und sagte: »Ist es nicht, als ob die weiße Wassernixe aus der Flut gestiegen sei, sich unter das lustige Fischervolk zu mischen? Wie ein Märchen erscheint mir die lilienhafte Mädchengestalt, und wen Fräulein Gabriele mit den großen, klaren, wundersam glänzenden Augen anlächelt, der lernt, an die Macht der Meerfrau zu glauben.«

»Man sagt, die Meerfei bringt Unglück dem, der sie schaut. Hören Sie, wie der Sturm ums Dach heult? Vielleicht wählt sich die Undine bereits ihre Opfer für die kommende Nacht aus!«

»Das verhüte Gott! Fürchten Sie böses Wetter?«

»In wenigen Stunden haben wir es.«

»Arme junge Frau! Das wäre eine üble Hochzeitsmusik!«

Jöschen stand mit leuchtenden Augen vor seinem Jugendgespielen. »Wollen Sie heute gar nicht tanzen, Herr Graf?«

Guntram Krafft richtete sich auf. »Ich warte nur, bis du Mike einmal freigibst.«

»Dor steiht se!« lachte der junge Ehemann, wieder in sein gemütliches Plattdeutsch verfallend, und der Bär von HohenEsp nickte, drückte dem Glücklichen die Hand und holte sich die Braut mit den rotglühenden Wangen zum Ehrentanz.

»Nu leggt he los!« flüsterte es im Kreis, und man wartete, daß der Burgherr nach der Mike das »gnä Frölen« zum Tanz holen werde. Aber er trat mit umwölkter Stirn zur Tür zurück und hatte mit Krischan Klaaden sichtlich viel ernste Dinge zu reden.

Obwohl das Rollen und Branden der See immer stärker und stärker herübertönte und der Sturm immer schriller durch die Taue des vor dem Haus aufgepflanzten Flaggenmastes pfiff, wurde die Stimmung immer fröhlicher und ausgelassener, und schließlich stand die Mamsell vom Schloß und tuschelte unter listigem Augenzwinkern mit Mike und Jöschen.

Die Frauen, Mädchen und Burschen drängten heran, es gab ein leises, jubelndes Gelächter, und dann lichtete sich plötzlich der Kreis, einer der Fischer trat vor und rief mit kraftvoller Stimme: »Tom Brutdanz binnen! Uns' Mike sall sich sin' Nachfolgern söken!«

Großer Jubel erhob sich, Mike ging mit schalkhaftem Lächeln zu Gräfin Gundula und bot ihr eine Schere, mit der die Burgfrau die beiden rosa Bänder der Kranzschleife abschnitt.

Die alte Dame lächelte dabei amüsiert, und in ihren Augen leuchtete es auf wie ein wohlgefälliges Verstehen. »Möchtest du die Rechte treffen, Mike!« sagte sie und händigte der jungen Frau die Bänder aus. Diese wandte sich, reichte Jöschen flink eines der Rosenbänder, und schnell wie der Gedanke stürmte das junge Paar unter die laut kreischenden und jubelnden Hochzeitsgäste.

Erstaunt hatte Gabriele dem Beginnen zugesehen, als sie ihren Arm auch schon von Mike gefaßt und mit dem Band umschlungen sah, gleichzeitig zerrten und drängten die Männer Guntram Krafft heran, an dessen Arm Jöschen das andre Band geknüpft hatte, und ehe die beiden aufs höchste betroffenen jungen Leute recht wußten, wie ihnen geschah, waren ihre Arme durch die Bänder zusammengebunden, und ein jauchzendes Geschrei erhob sich: »Tom Brutdanz! Tom Brutdanz!«

Guntram Krafft stand momentan regungslos, nur seine Lippen bebten, und die breite Brust hob und senkte sich unter stürmischen Atemzügen; dann neigte er sich zu Gabriele herab und stieß kurz hervor: »Wollen Sie tanzen, mein gnädiges Fräulein?«

Sie blickte zu ihm auf, ihm schien es, ebenso kühl und ruhig wie sonst, und die kristallenen Nixenaugen leuchteten ganz nah den seinen, und ihr roter Mund antwortete: »Ich füge mich der Sitte, Herr Graf.«

Da umschloß sie sein Arm, er machte eine kurze Bewegung mit der freien Hand, daß man Raum gebe, und dann tanzten sie.

Wie feurige Nebel wallte es vor seinen Augen, siedend heiß brauste das Blut durch seine Adern, wie befangen von einem wilden, leidenschaftlichen Rausch flog er dahin, und die weiche, schmiegsame Gestalt ruhte wieder an seiner Brust, und ihre krausen Löckchen flimmerten vor seinem Blick.

Freiwillig wäre er nie zu ihr gekommen, nun trieb sie das Schicksal selber in seine Arme, und er hielt die bleiche Meerfrau und drückte sie fest, immer fester und aufgeregter an sich, so fest, als wolle er sie nie wieder freigeben.

Seine Augen brannten wie im Fieber, all die heiße, unaussprechlich innige Liebe, die er so stolz und gewaltsam bekämpft hatte, loderte in verzehrenden Flammen in seinem Herzen auf und nahm ihm alles klare Denken und Handeln.

Er tanzte, tanzte ohne Aufhören.

Gabrieles Köpfchen aber sinkt plötzlich tiefer und tiefer, und ihr Körper ruht schwer in seinem Arm.

Da erwacht er plötzlich wie aus tiefem Traum und starrt sie an. Wie blaß sie ist! Erschrocken hält er inne: »Verzeihen Sie, Gabriele«, murmelt er, »ich war unbescheiden...ich tanzte zu lang.«

Sie lächelt und ringt nach Atem, und um sie her erhebt sich abermals ein tosender Jubel. »Dat wier äwerst ’n Danz! Dat wier jo gliek haf ’n Dutzend Dänz’!« schallt es lachend im Kreis, und dann plötzlich jähe Stille.

Ein Schuß? Ertönte nicht draußen auf hoher See ein Schuß? Ein Notsignal?

Alles lauscht einen Augenblick wie erstarrt, Guntram Krafft reißt das rosa Band, das ihn an Gabrieles Arm fesselt, mit scharfem Ruck durch und stürmt nach der Tür, Jöschen, Krischan Klaaden und die anderen Fischer folgen in großer Hast.

Die lachenden geröteten Gesichter sind plötzlich blaß und ernst geworden, die Klänge der Harmonika sind verstummt.

Gabriele ist an die Seite der Gräfin geeilt und hat mit angstvollem Aufblick ihre Hand gefaßt. »Was bedeutet das, Frau Gräfin?«

Gundula legt den Arm um sie und schreitet nach dem kleinen Fenster, einen Blick hinauszutun.

»Gott der Herr verhüte es, daß ein Schiff in Not ist!« sagte sie mit schwerem Atemzug.

»Oh, welch ein Wetter plötzlich!« schaudert Gabriele, »wie schwarz die Nacht und welch furchtbares Brausen und Donnern! Man hat es zuvor bei der Musik nicht gehört, jetzt merkt man erst, wie schlimm es geworden ist.«

Eine alte Fischersfrau tritt herzu und faltet die runzligen Hände. »Das ist eine grobe See geworden«, sagt sie leise. »Arme Mike! Muß den Jöschen heute nacht wohl hergeben!«

»Heute nacht?« wiederholte Gabriele mit entsetzten, weit offenen Augen.

»Es wäre wahrlich nicht das erstemal, daß Guntram Krafft seine wackeren Lotsen in ein Unwetter hinausführt.«

»Der Graf?« stammelte Gabriele. »Er selber – er fährt auch mit hinaus?«

»Wenn es nottut, jedesmal!«

Da ist es plötzlich, als wüchse die schlanke Mädchengestalt empor, als lausche sie atemlos diesen Worten wie einer Offenbarung.

»Wo ist er? Wo sind die Fischer?« stößt sie hervor.

»Wohl auf der Düne draußen, nach dem Schiff zu spähen.«

»Lassen Sie mich hin! Lassen Sie mich sehen, Gräfin! Ich bitte, ich beschwöre Sie!«

»Undenkbar, Kind! Sie sind vom Tanz erhitzt, und Sie ahnen nicht, wie der Sturm draußen pfeift. Das Haus hier liegt ja noch hinter der Düne geschützt. Wenn Sie sich auf die Höhe hinauswagen, können Sie kaum atmen; Sie sind solch einen Wind nicht gewohnt, Gabriele.«

Eine fieberhafte Ungeduld leuchtet aus ihren Augen. »Gleichviel, ich hülle mich warm ein! Ach, ich flehe Sie an, Gräfin, lassen Sie mich sehen, was da draußen vorgeht!«

Einen Augenblick noch zögert Gundula, dann sagt sie kurz entschlossen: »Gut. Dort auf der Bank liegen die warmen Sachen, die Anton für den Heimweg brachte. Nehmen Sie ein Tuch um den Kopf und einen Mantel um, ich werde mit Ihnen gehen.«

Gabriele begreift es nicht, wie diese Frau so ruhig und still bleiben kann, wo möglicherweise ihr einziges Kind sich im nächsten Augenblick auf Tod und Leben hinaus in den Sturm wagen wird.

Huh, welch ein Sturm!

Er braust ihnen entgegen, als wolle er sie voll zornigen Unwillens in das sichere Haus zurückdrängen, über ihnen kreischt die kleine Wetterfahne, pfeift und schrillt es im Tauwerk des Flaggenmastes. Fräulein von Sprendlingen preßt unwillkürlich die Hände gegen die Brust und ringt nach Atem, sie strebt vorwärts und hat doch kaum die Kraft, gegen das Ungewohnte anzukämpfen. Da umfaßt Gräfin Gundula die schlanke Gestalt mit ihrem kräftigen Arm und leitet sie wie ein sicherer Lotse durch das Brausen und Heulen.

Droben auf der Düne steht Guntram Krafft. Sie sieht seine herrliche Gestalt wie ein Schattenbild gegen den bleifarbenen Himmel gezeichnet. Das Auge gewöhnt sich an die Dunkelheit. Die Nacht ist nicht so rabenschwarz, wie es ihr von dem erleuchteten Zimmer aus geschienen hat; schwarze, phantastisch wilde Wolkengebilde jagen über den Himmel und verhüllen den Mond; nur hier und da bricht sein fahles Licht hervor, wenn der Sturm die Massen zerreißt.

Jöschen liegt im Riedgras ausgestreckt, stützt die beiden Ellenbogen auf und späht durch den langen Fernkieker auf die See hinaus.

Die beiden Damen kämpfen sich vorwärts, Fischersfrauen und Kinder folgen ihnen. Fest aneinandergedrängt starren sie stumm und ernst hinaus auf die wild empörten Wasser. Der Schutz der Düne hört auf, mit voller Wucht wirft sich der Sturm den Nahenden entgegen. Einen Augenblick hat Gabriele das Empfinden, sie müsse ersticken. Die Gräfin faßt sie fester in den Arm und kehrt ihr Antlitz dem Land zu. Da braust es über sie hinweg, und sie kann aufatmen und neu zu Kräften kommen.

Dann ringen sie abermals gegen Wind und Wetter, und Gabriele gewöhnt sich nach den kurzen Anweisungen Gundulas an das Atmen im Sturm. Sie überwindet ihre Bangigkeit und Schwäche, sie will stark sein! Sie will vorwärts! Sie will sehen und hören!

Guntram Krafft wendet sich flüchtig um und blickt zurück, aber all sein Interesse scheint im Dienst der Pflicht zu stehen.

»Ist es tatsächlich ein Notsignal?« fragt die Gräfin.

Er nickt. »Vorläufig läßt sich noch nichts erkennen. Wir müssen warten, bis die Wolken vorüber sind und der Mond hervortritt.«

Dann trifft sein Blick Gabriele. Sie steht neben ihm, die Hände gegen die Brust gedrückt, die Augen starr und weit offen auf die See gerichtet. Ist dies dasselbe Meer…dasselbe Meer von gestern und ehedem? Schwarz und furchtbar gähnt es in weiter Unendlichkeit vor ihr. Der hohe Wogenschwall wälzt sich donnernd heran, in zwei-, drei-und vierfacher Brandung kocht der weiße Gischt am Strand auf, gespenstisch rollen die aufbäumenden Seen heran wie Ungeheuer, die in wütender Gier Strand und Land verschlingen wollen.

Da teilt sich die dräuende Finsternis. Der Mond bricht durch die Wolken, sein weißgelbes Licht fließt minutenlang wie ein magischer Schein über die Wasser.

»Dort ... dort ... dat Schipp!«

Wie ein Schrei gellt es von Jöschens Lippen.

»Richtig – dort is't! Obacht! Dat Blulight!«

Ein scharfes, bläuliches Licht blitzte auf See auf, hielt sekundenlang an und verschwand wieder, gleichzeitig donnerte ein Kanonenschuß.

»Das Schiff treibt auf! Brandung voraus!« schrie Guntram Krafft. »Vorwärts, da ist keine Zeit zu verlieren! Zum Schuppen! Gebt Signal! Boot klar zum Auslaufen!«

Die Stimmen klangen sekundenlang in wilder Hast durcheinander, die Männer stürmten die Dünen hinab nach dem Rettungsschuppen. Wie in jähem Entsetzen hob Gabriele die Arme. »Jetzt hinaus in See? Gräfin ... auf *diese* See hinaus?«

Gundula nickte. »Gebe Gott, daß sie noch zur rechten Zeit kommen. Kehren Sie jetzt zurück in das Zimmer, Gabriele! Ich muß in den Schuppen hinab und alles vorbereiten, falls es gilt, einem Verunglückten Hilfe zu bringen.«

Sie sprach ruhig, beinahe tonlos, und ihr blasses schönes Antlitz sah im Mondlicht wie versteinert aus.

Das junge Mädchen schüttelte aufgeregt den Kopf, in ihren Augen leuchtete es plötzlich auf wie heiße, leidenschaftliche Begeisterung.

»Ich bleibe bei Ihnen! Schnell, Gräfin, schnell! Ach, lassen Sie uns eilen! Lassen Sie mich das Unbegreifliche schauen!«

Und sie wartete nicht mehr auf den schützenden Arm Gundulas, sondern flog, wie von den Sturmesschwingen getragen, dem Rettungsschuppen zu.

Ein grelles Flackerfeuer, wie von geschwungenen Teerfackeln herrührend, flammte wieder auf dem gefährdeten Schiff auf, gleichzeitig leuchtete am Strand drunten, dicht neben dem Schuppen, ein rotes Licht auf, mehrere Augenblicke gezeigt, dann wieder verschwindend.

XXVI.

Ein aufgeregtes, überhastiges Leben entwickelte sich am Strand.

Die Leute hatten in größter Eile ihre hochzeitlichen Kleider mit dem im Schuppen bereithängenden Ölzeug vertauscht und waren soeben, voll ausgerüstet, bereit, den Wagen, auf dem das Boot stand, durch den tiefen Sand bis an die See zu schieben. Eine schwierige, unsagbar mühselige Arbeit bei solchem Sturm!

Gabriele hatte sich in den Schutz des Gebäudes gegen die Mauer gedrückt und starrte mit stark klopfendem Herzen das fremdartige Treiben an.

Sie sah Guntram Kraffts herrliche Gestalt im Lotsenanzug, grell beschienen von den lodernden Fackeln, die von schwieligen Fäusten geschwungen wurden, sie sah, wie er mit Bärenkräften zufaßte und half und schaffte, der erste seiner Lotsen, ein ruhiger, besonnener, gewaltiger Kommandeur.

Eine leise Stimme klang neben Gabriele.

»Dat wir sneller kamen, as wie dachten!« seufzte Mike und knüpfte das wollene Tüchelchen fester um den zerzausten Brautkranz in ihrem Haar. Ihre hartgearbeiteten Hände griffen ein wenig unsicher zu, und ihr erst so blühend frisches Gesicht war blaß geworden.

»Ach, gnä Frölen, un dat ok grad an min Hochtid!«

Gabriele blickte voll tiefsten Mitleids in die traurigen Augen der Sprecherin.

»Arme Mike!« sagte sie weich, »ja, das ist eine traurige Hochzeit! Aber so Gott will, kehrt dein Schatz bald gesund und heil zurück, und dann kannst du doppelt stolz auf ihn sein.«

Mike schien nicht ehrgeizig. Sie wickelte die Hände in die geblümte Schürze und sagte resigniert: »Wenn he man wedder kümmt!« Dann entsann sie sich, daß ja das gnädige Fräulein nicht gut plattdeutsch versteht, und fuhr, nicht ganz ohne Mühe, fort: »Vielleicht kriegen sie die Mannschaft mit der Rettungsboje herüber und brauchen nicht selber hinaus. Sehen Sie dort? Da schaffen sie an dem Mörser! Der Graf schießt bannig gut, aber bei Dunkelheit ist es doch immer ein übles Ding damit, noch dazu bei dem Sturm heut, denn die Windrichtung und die Stärke desselben kommt gar sehr in Betracht dabei.«

»Man schießt nach dem Schiff?« wiederholte Gabriele überrascht. »Um alles in der Welt, warum das?«

Mike war zu traurig, sonst hätte sie wohl gelächelt. Sie strich wieder seufzend mit der verarbeiteten Hand über ihren Brautkranz und fuhr erklärend fort: »Das tut ja keinen Schaden nicht, gnädiges Fräulein, im Gegenteil! An der Kugel ist eine dünne Leine befestigt; sie wird über das Schiff hinübergeschossen, und die Leute müssen die Leine so rasch wie möglich auffangen und festhalten. Wenn das geglückt ist, muß als Zeichen dafür ein Blaufeuer angesteckt werden, oder man schwenkt auch nur eine Laterne, wie sie's auf so 'nem wracken Schiff noch grad möglich machen können; dann wissen die Unsern hier Bescheid. Jetzt gleich wird es mit dem Schießen losgehen. Der Krischan zeigt schon die rote Latern'.«

Eine immer größere Aufregung hatte Gabriele erfaßt. Die wundersame schaurige Poesie dieser nächtlichen Rettung wirkte wie berauschend auf ihr so leicht empfängliches Gemüt. All dieses fremdartige Hasten und Treiben, die drohende Gefahr, die Angst und Sorge um eigenes und fremdes Leben, die unbeschreiblich großartige Schönheit der wild entfesselten Elemente übten einen nie geahnten Zauber aus. Ihr Auge glänzte wie im Fieber.

Die Stimmen der Männer hallten wirr und zumeist unverstanden zu ihr her. Mit gewaltigem Krach entlud sich das Rettungsgeschoß, die Rakete zischte wie ein greller Feuerstreif empor, nahm die Richtung nach dem gestrandeten Schiff und verschwand im Dunkel der Nacht. Voll banger Spannung harrte man auf das Signal, daß die Leine getroffen habe.

Guntram Krafft stand hocherhobenen Hauptes, den adlerscharfen Blick seewärts gerichtet, als könne und müsse sein Blick die gähnende Finsternis durchdringen.

Ein paar Augenblicke tiefer Stille, nur der Sturm heult über sie hinweg, und die See donnert und braust immer gewaltiger gegen den Strand.

Krischan Klaaden schüttelt den Kopf. »Dat helpt nich…dor sin' keene Mast's miehr, de Bran-
dungen gähn all öwer dat Schipp weg!«

»Denn man tau! Wi möten klor maken!« Der Bär von HohenEsp wandte sich in hoher Erregung zu seinen Lotsen.

»Vorwärts, Kinder! Es ist keine Minute mehr zu verlieren wir müssen hinaus!«

Ein leiser, sturmverwehter Schreckensschrei. Mike wirft sich an den Hals ihres Mannes und
umklammert ihn sekundenlang mit den Armen.

Gabriele hat keinen Blick für die schluchzende Mike, sie folgt atemlos nach dem Boot, sie
preßt die bebenden Hände gegen ins Herz, sie starrt mit weitoffenen Augen auf Guntram Krafft.

»Hohojohe! Remen los!«

Noch einmal wendet Guntram Krafft das Haupt. Sein Blick sucht Gabriele. Er hebt die Hand,
er winkt ihr zu, und dann steigt das Boot hoch auf, weiße Gischtwogen scheinen es zu verschlingen. Es sinkt tief, tief, hebt sich. Wie furchtbare Wasserberge rollt es schwarz und grauenvoll
gegen das winzige Fahrzeug heran. Gähnende Finsternis! Der Sturm heult, und die Brandung
kocht wild auf.

»Laßt uns beten, meine Freunde!« ruft der Pastor, er entblößt sein Haupt. Die weißen Haare
wehen um seine Stirn, um ihn her sinken die Frauen und Kinder auf die Knie, banges Seufzen
und Schluchzen klingt durch seine Worte, die im Sturm verhallen. Auch Gabriele will nieder-
sinken und die bebenden Hände zum Himmel heben – sie kann es nicht.

Sie muß stehen, hochaufgerichtet, sie muß hinausstarren aufs Meer, als könne sie dem kleinen
Boot mit den Blicken folgen. Der Mond tritt hell aus den Wolken, mit Jubel und Dank gegen
Gott begrüßt.

Ja, man sieht das Boot, man sieht das gestrandete Schiff.

Gabriele atmet fast keuchend. Ihre ganze Gestalt bebt und schüttert wie unter heißen Fie-
berschauern.

Ist jener heldenhafte, tollkühne Mann in dem gebrechlichen Fahrzeug wirklich der Bär von
HohenEsp, der, der einst so linkisch und mädchenhaft errötend auf höfischem Parkett gestanden hatte? Ist dieser unerschrockene, verwegene Held wahrlich Guntram Krafft? Oh, wie gräbt
sich sein Bild in dieser Stunde, wie mit feurigen Linien gezeichnet, so unauslöschlich in Gabrieles Herz! Wie in bangem, wonnig wehem Ahnen all dieser blendenden Erkenntnis hat es schon
all die Tage vorher in ihrer Brust gezittert, aber sie hat sich gewehrt gegen diesen Gedanken wie
gegen eine Unmöglichkeit. Noch vorhin, als er sie im Arm gehalten, als er sie in nimmer en-
dendem Tanz heiß und heißer an die Brust gedrückt hatte, da ging es wie ein Morgendämmern
der Liebe durch ihre Seele, da war es ihr, als müsse sie das Antlitz auf seine starken, kraftvollen
Hände drücken und sagen: »Ich weiß, was sie Gutes tun und Edles schaffen, und ich bitte dir all
das schwere Unrecht ab, du wackerer Mann, das ich dir ehemals so verblendet zugefügt habe.«

Wie ein eisiges Grauen will es Gabrieles Herz beschleichen, wenn sie hinaus in die Nacht,
auf die finsteren, tosenden Wasser blickt.

Drüben liegt das Schiff! Mattes Mondlicht huscht gespenstisch darüber hin. Man sieht, wie
schwere Seen über sein Deck schlagen, wie es sich immer mehr auf die Seite neigt, wie sich das
Lotsenboot gegen die furchtbare Strömung näher und näher herankämpft.

Wird es gegen die Schiffswand geschleudert werden und zerschellen? Wird es durch das Zu-
rückprallen der See vollschlagen und kentern?

Gabriele hört wie im Traum die Worte der Umstehenden.

»Wenn sie nur erst rankommen!«

Der Mond versteckt sich wieder, eine bange, lange Stille, leis gemurmelte Gebete, Seufzen
und Schluchzen.

Gräfin Gundula ist nach dem Schuppen zurückgegangen. Sie hat dort einen Spiritusapparat
entzündet, um starken, heißen Tee für die Heimkehrenden bereitzuhalten. Auch richtet sie alles
vor, im Fall sie einem Verunglückten die erste Hilfe angedeihen lassen muß.

Ruhig und umsichtig waltet sie ihres Amtes. Ihr Sohn, ihr Liebling, ihr einziges Glück auf
der Welt, wird auch heute von Gottes Vaterhand heimgeleitet werden wie in all jenen anderen

schweren Stunden, in denen sie ihn hingeben mußte als einen Schirmherrn der Not, als einen treuen, opfermutigen Mann, der für fremdes Leben sein eigenes wagt.

Warum sollte Gott seine wunderbaren Wege selber durchkreuzen, nachdem er sie so herrlich und unfaßlich bis hierher geführt? Oh, Gräfin Gundula hat in den letzten Tagen im Herzen ihres Sohnes gelesen, und sie hat Gabrieles erglühende Wangen geschaut, sie weiß, welch ein Kampf in diesen beiden jungen Menschenherzen tobt, sie weiß, wie herrlich der Sieg sein wird, der schon jetzt seine leuchtenden Strahlen vorauswirft.

Ein lautes, jubelndes Schreien, Jauchzen und Rufen ertönt wie ein verworrenes Echo vom Strand empor.

Das Rettungsboot kehrt zurück!

Die Bärin von HohenEsp hebt inbrünstig die gefalteten Hände zum Himmel, ihre Lippen zittern und flüstern leise, ihre Augen glänzen feucht. Und ruhig, ernst und hoch aufgerichtet wie stets schreitet sie abermals über den losen, wehenden Sand hinab, den Sohn zu erwarten.

Alles drängt den Nahenden entgegen. Die Männer springen in das schäumende Wasser, das Fahrzeug mit hilfsbereiten Händen zu fassen, um es auf den Strand zu ziehen; aber die Stimme des Grafen klingt kräftig durch Wind und Wogengebraus: »Halt! Laßt ab! Wir müssen noch einmal zurück! Landet die Mannschaft! Es sind Norweger. Versorgt sie!«

Noch einmal zurück?

Der Jubel verstummt. Jähes Entsetzen malt sich auf allen Gesichtern.

Gott erbarm sich, noch einmal zurück! Noch sind nicht alle Gestrandeten geborgen!

Die fremden Seeleute springen über, bleich und ermattet, aber alle gesund und lebend, nur einen Schiffsjungen, der bewußtlos scheint, hält Guntram Krafft mit starken Armen und trägt ihn selber an Land.

»Es ist nichts, Mutter«, ruft er leuchtenden Auges, »als er über die Reling kam, ist er hart aufgeschlagen, das betäubte ihn. Den Kopf kühlen und einen Kognak! Sonst ist alles in Ordnung!«

Gundula schlingt die Arme um den Sohn und drückt ihn sekundenlang ans Herz.

»Noch einmal zurück willst du«, seufzt sie tief, » *muß* es sein, mein Sohn?«

Er küßt hastig ihre Hände.

»Ja, es *muß* sein, Mutter!«

Guntram Krafft wendet sich hastig um. Noch einmal drückt er seiner Mutter die Hände, dann trifft sein Blick Gabriele. Sie hat bisher stumm zur Seite gestanden. Jetzt plötzlich ist es, als ob ein Beben und Schüttern durch ihre schlanke Gestalt gehe. Sie will nicht, sie muß ihm entgegenwanken, ihm die Hände reichen, zu ihm aufblicken. Herr des Himmels, welch ein Blick! Welch ein Ausdruck in dem wunderholden Antlitz! Er zuckt zusammen, er starrt sie an.

»Gabriele!« murmelt er.

Ihre Lippen zittern, sie drückt seine Hände fester, krampfhafter zwischen den ihren.

»Sie sind jetzt erschöpft, Graf, Sie *können*, Sie dürfen das Furchtbare nicht zum zweitenmal wagen!« Wie ein Angstschrei klingt es zu ihm empor. Heiße Röte steigt in sein Antlitz.

»Ich weiß nur, was ich *muß*!« klingt es wie ein Aufjauchzen von seinen Lippen, sein strahlender Blick trifft noch einmal den ihren, dann gibt er ihre bebenden Hände frei und springt ins Boot zurück.

Und abermals bäumt sich das Boot hoch auf und schießt in die grauenvolle, schäumende Wildnis der Wasser, in die gähnende Finsternis hinein.

Die Gräfin legt die Arme um Gabriele und neigt sekundenlang das Antlitz auf die Schulter des jungen Mädchens.

»Beten Sie für ihn, Gabriele! Beten Sie! Diese zweite Fahrt ist schlimmer, viel schlimmer als die erste!«

Und dann richtet sich die Schirmvogtin von HohenEsp energisch auf und folgt festen Schritts den Männern, die den bewußtlosen Schiffsjungen nach dem Rettungsschuppen tragen. Nun gilt es auch für sie, treu und umsichtig ihres Amtes zu walten. Sie muß dem Kranken die erste Pflege angedeihen lassen, für seine Überführung nach HohenEsp sorgen und an das Unterkommen der gestrandeten Mannschaft denken.

Es ist stiller als zuvor um Gabriele. Die Männer bergen die Rettungsgeschosse, die überflüssig geworden sind, die Frauen und Kinder üben Samariterdienste an den Schiffbrüchigen.

Boten müssen nach der Burg gesandt werden, das Gesinde hat Frau Gundula heimgeschickt, alles für die Ankunft des Kranken und der Mannschaft, die in der »blauen Woge« kein Unterkommen mehr findet, vorzubereiten. Nun beginnt das Hasten und Treiben nach Dorf und Burg zu, und nur wenige sturmzerzauste Gestalten stehen wie dunkle Schatten am Strand bereit, die Heimkehr des Bootes rechtzeitig zu künden.

Still und einsam ist es um Gabriele. Die hohe, leidenschaftliche Aufregung, die sich ihrer zuvor bemächtigt hat, ist gewichen. Alles, was sie bisher empfunden hatte, war eine glühende Begeisterung gewesen, das namenlose Entzücken, endlich das Bild ihrer Träume verkörpert zu sehen, den todesmutigen Helden zu schauen, der seit Jahren zum Inbegriff all ihres schwärmerischen Sehnens geworden war.

Jetzt plötzlich rieselt es eiskalt durch ihre Adern, zitternde Todesangst kriecht ihr an das Herz, und die bleichen Lippen möchten aufschreien in bitterer Not um den Geliebten.

Wie ein Gespenst taucht plötzlich das Bildnis Wulffhardts vor ihr auf, das entsetzliche Wort »ertrunken« starrt sie mit grellen Buchstaben aus der schwarzwogenden See an. Sie hebt in qualvollem Entsetzen die Hände, sie bricht nieder auf die Knie. Der Sturm weht über sie hin und reißt das Tuch von ihrem Haar.

Wie aus dem geöffneten Rachen eines Ungeheuers brüllt die See, die ehemals bespöttelte, so verächtlich belächelte See, und Gabriele fühlt, wie das Grauen sie schüttelt angesichts dieser Zürnenden, furchtbar Gewaltigen!

Ertrunken! Herr des Himmels, erbarme dich!

Diese Worte des Predigers klingen ihr plötzlich im Herzen, hell und zuversichtlich. »Das Gebet seines treuen Weibes ist des Seemanns sicherster Anker, ist der Mast, der nicht brechen kann, ist das Segel, das in Sturm und Wetter nicht verlorengeht. Das Gebet der gläubigen Liebe ist die Engelsschwinge, die sein Schifflein durch Sturm und hohe Flut sicher in den Heimathafen zurückführt.«

Das Gebet der gläubigen Liebe! Gabriele ist nicht das Weib des Schirmvogts von HohenEsp, sie hat nicht das Recht wie Mike, die junge, bräutliche Frau, den Geliebten mit Engelsschwingen sorgender Fürbitte zu umgeben, aber Liebe, gläubige Liebe. Ja, die flammt ihr heiß im Herzen, eine Liebe, die die Angst und Qual dieser finsteren Nachtstunde geboren hat.

Wo bleibt er? Die Minuten schleichen dahin. Wie lang, wie entsetzlich lang währt diesmal die Fahrt! Dort drüben liegt das Wrack. Schwarze, undurchdringliche Nacht umgibt es. Werden es die kühnen Retter sehen und finden? Wird die tosende Flut ihr Boot gegen die Schiffswand schleudern, daß es zerschellt, daß alles junge Leben, alle süße, junge Liebe ein kaltes und tiefes Grab auf dem Meeresgrund findet?

Herrgott, erbarme dich!

Fernher vom Strand gellt nun ein Jubelschrei: »Sie kommen! Sie kommen!«

XXVII

Voll jubelnder Hast stürmte es abermals die Düne vom Rettungsschuppen herab.

Neue Fackeln glühten auf, und der Sturm griff in die knisternden Flammen hinein und jagte die funkensprühenden Stückchen des Teerbrandes über den Sand davon.

Das Einlaufen des Bootes an Land erwies sich diesmal noch schwieriger als zuvor, da die Brandung von Minute zu Minute furchtbarer wurde und das nicht allzu schwere Fahrzeug jeden Augenblick beizudrehen drohte.

Jede Welle, die es überholte, warf das Heck empor und drückte den Bug nieder, und der erst so ungestüme Jubel der Harrenden verwandelte sich wieder in angstvolle Stille, als man den schweren Kampf beobachtete, den die kühnen Retter führten.

Das Sturmgewölk war beinahe völlig hinweggefegt, der Mond stand am bleifarbenen Himmel und beleuchtete hell den letzten Akt des aufregenden Schauspiels, das sich in stiller Nacht an dem einsamen, weltfernen Strand abspielte.

Die Brandung rollte unter dem Kiel des Bootes fort, die Kämme der See hüllten es in wahre Schaumwolken, und das ganze Fahrzeug mit den kühn verwegenen Gestalten der so überaus angestrengt arbeitenden Männer erschien wie ein Schattenbild, das sich in wildem Tanz nähert. Und es kam näher und näher, und endlich konnten ihm die zurückgebliebenen Fischer entgegenspringen, um es kraftvoll an Land zu schieben.

Erst im letzten Augenblick hatte sich Guntram Krafft von seinem Sitz erhoben. Sein leidenschaftlich erregtes Antlitz spiegelte noch die Anstrengungen wider, mit denen man in dieser schweren Stunde gerungen hatte, aber seine Lippen lachten, die großen Blauaugen blitzten so siegesfreudig und glückselig wie bei einem Menschen, für den die gute Tat schon allein ihren vollen Lohn in sich trägt.

Gabriele ist Schritt für Schritt herzugewankt. Mit glückzitterndem Herzen und brennendem Blick schaut sie ihm entgegen, und dann schlägt dieses Herz plötzlich so wild, daß sie vor seinem Ungestüm selber erschrickt und angstvoll zurückweicht, weiter und weiter, dahin, wo sie die roten Lichter der Fackeln nicht mehr erreichen, wo keines Menschen Blick erspähen kann, welche Gefühle sich in ihrem Auge verraten.

Voll toller, ausgelassener Freude springt Jöschen als erster über den Bootsrand, watet die letzten Schritte durch das weit ausrollende Wasser und umfängt sein junges Weib, um all das Glück dieses Wiedersehens in innigen Küssen auszudrücken.

»Nu hev' ik mir min leif lüttj Fru erst ganz un gor verdeint!« lacht er mit weithin tönender Stimme. Da gibt es einen hallenden Jubel ringsum.

Der Bär von HohenEsp eilt in die ausgebreiteten Arme seiner Mutter und küßt ihr strahlend stolzes Gesicht voll inniger Zärtlichkeit, dann wendet er sich um und führt den barhäuptigen, bis auf die Haut durchnäßten Kapitän des »Bror Thyrssen«, der mit Pitch-pine-Holz nach Pillau unterwegs ist, der Gräfin zu und empfielt ihn deren Gastfreundschaft und Sorge.

Kapitän Björson spricht Deutsch. Er dankt der Gräfin mit warmen, aus dem Herzen quellenden Worten für die edle, opfermutige Tat ihres Sohnes, der gerade zur rechten Zeit gekommen war, sie alle aus der üblen Lage zu befreien. Dann fragt er nach dem Schiffsjungen und seinem Ergehen, und Gundula kann gute Nachricht geben. Sie schreitet dem Kapitän nach dem Rettungsschuppen voran, bleibt aber noch einmal stehen und wendet sich zu dem Grafen. Sie hat gesehen, wie sein Blick umherirrt und unruhig unter den Anwesenden forscht. Sie weiß, wen er sucht.

Lächelnd deutet sie seitlich nach dem Strand, wo ein weißes Kleid aus dem Dunkel schimmert. »Willst du so gut sein, Guntram Krafft, und Gabriele nach dem Wagen führen? Der Kutscher hält am Tannenweg. Das arme Kind scheint von all der ungewohnten Aufregung todesmatt. Sag ihr, daß ich sie bitten lasse, mit dem Herrn Kapitän und dem Herrn Steuermann einstweilen nach der Burg zu fahren und den Wagen gleich zurückzuschicken, wir folgen augenblicklich mit dem Kranken, sowie er sich noch ein wenig mehr erholt hat. Die Mamsell weiß Bescheid und hat alles vorbereitet. Begleitest du uns, oder bringst du, gewohnterweise, erst das Boot und alles andere unter Dach und Fach?«

»Vorerst bin ich hier noch nicht abkömmlich, Mama«, antwortete er schnell. »Aber Fräulein von Sprendlingen werde ich deine Bestellung ausrichten.« Und schon stampft er in den schweren Wasserstiefeln davon. Da sieht er ihre schlanke, lichte Gestalt im Mondesglanz vor sich, und sein Herz, das soeben noch ruhig und furchtlos dem Tod getrotzt hat, bebt plötzlich. Langsam tritt er näher. Er denkt an den Blick, mit dem sie ihm vorhin in die Augen geschaut hat, an den Ausdruck ihres süßen Gesichts, das ihn während seiner Todesfahrt durch Sturm und brandende Flut wie eine glückselige Vision begleitete. Da steht er vor ihr, und sie hat die gefalteten Hände gegen die Brust gedrückt und sieht mit unaussprechlichem Blick zu ihm auf.

Was soll er bestellen? Er weiß es nicht. Alles Blut braust ihm schwindelnd zum Herzen. Er weiß selber nicht, was er tut, er reicht ihr nur im Übermaß seines Empfindens die Hand und sagt leise, wie in banger, sehnender Bitte um ein freundliches Wort: »Gabriele!«

Da geschieht etwas Unfaßliches, Unbegreifliches. Sie nimmt seine Hand mit jäher Bewegung zwischen die ihren, neigt ihr Antlitz und drückt sie an die weichen, zitternden Lippen. Wieder und wieder. Und an ihren Wimpern glänzt es teucht und perlt herab über seine Rechte.

»Gabriele!« schreit er entsetzt auf. »Um alles in der Welt, was tun Sie?«

Sie hebt das erst so demütig geneigte Köpfchen und reckt ihre schlanke Gestalt hoch und stolz empor und schaut ihn an mit den süßen Nixenaugen, aus denen jubelnde Begeisterung und Bewunderung leuchten. »Ich grüße einen Helden!« stößt sie mit halberstickter Stimme hervor, »und danke ihm für all jene Menschenleben dort, die diese kühne, gewaltige Hand gerettet hat.«

Er hat seine Rechte gewaltsam befreit und preßt sie gegen die Stirn, als könne er den Sinn ihrer Worte gar nicht fassen. »Einen Helden«, wiederholt er leise, »und das sagen *Sie* mir, Gabriele? *Sie?*«

»Wem anders als Ihnen, Graf! Sie haben mich gelehrt, was es bedeuten will, ein Schirmvogt der Not zu sein. Sie haben es mir bewiesen, daß auch hier in tiefster, weltferner Einsamkeit ein kühner, unerschrockener Mann leuchtende Taten zu Ruhm und Ehre seines Vaterlandes tut. Ach, wie viel ich Ihnen abzubitten habe!«

Sie hatte hastig, aufgeregt, voll fieberischer Leidenschaft gesprochen. Bei den letzten Worten sank ihre Stimme zu leisem Flüstern herab, und ehe sich Guntram Krafft aus seiner Betäubung aufraffen konnte, hatte sich die Sprecherin bereits dem sich eilig nähernden Anton zugewandt.

»Gnädiges Fräulein, der fremde Herr Kapitän sitzt bereits im Wagen«, meldete er atemlos. »Darf ich bitten, sogleich einzusteigen, die Frau Gräfin erwartet die Pferde umgehend zurück.«

»Ich komme«, sagte Gabriele hastig. Der Bär von HohenEsp aber schrak empor wie aus einem Traum.

»Krischan Klaaden läßt den Herrn Grafen bitten, bei dem Boot mit Hand anzulegen. Sie quälen sich ab und wollen es auf den Wagen kriegen, aber ohne den Herrn Grafen wird's nichts damit. Und Krischan Klaaden meint, geborgen müsse es auf alle Fälle werden, denn die Flut steigt immer noch, und man könne nicht wissen, wie hoch sie in der Nacht noch käme.«

»Gut, ich komme.«

Drunten am Strand winken die Männer ungeduldig harrend mit den Fackeln, und Guntram Krafft schwenkt ihnen mit jauchzendem »Hojohe!« den Südwester zu und eilt heran, ihnen zu helfen, als flute neues Leben und neue Riesenkraft durch seine Adern.

*

Als Gabriele HohenEsp erreicht hatte, bemühte sie sich, der Gräfin in jeder Weise hilfreich zur Seite zu stehen. Gundula aber tat nur einen schnellen Blick in ihr erregtes Antlitz, auf dem Glut und Blässe wechselten, auf die kleinen, eiskalten Hände, die es kaum vermochten, mit festem Griff zuzufassen. Sie schloß das junge Mädchen herzlich in die Arme und küßte den lockigen Scheitel.

»Gehen Sie zur Ruhe, mein Herzenskind, ich wünsche es. Sie sind von all der Aufregung nervös und ermattet und müssen schlafen, damit Sie morgen wieder bei frischen Kräften sind. Ich kenne diese Sturmnächte und lernte es in all den langen Jahren, ruhig Blut zu wahren.

Was wollen Sie noch hier? Der Kranke ist gebettet und schläft bereits den köstlichen festen Schlaf der Jugend; den gebrochenen Arm habe ich ihm schon im Schuppen drunten in einen Notverband gelegt; auch darin habe ich Übung. Der Schlag gegen den Kopf scheint durchaus nicht bedenklich, denn der Junge sprach nach seiner kurzen Betäubung völlig klar mit seinen Kameraden. Der Arzt wird morgen kommen und, so Gott will, nicht viel Arbeit bei ihm finden. Der Kapitän und der Steuermann haben ihre nassen Kleider gewechselt und sitzen bei einem steifen Grog in der Halle. Sonst gibt es keine Arbeit mehr, und auch ich gehe sogleich zur Ruhe, sowie ich Guntram Krafft noch einmal die Hand gedrückt habe.«

Gabriele atmete sehr schnell und machte eine Bewegung mit dem Kopf, ihre Augen blickten so leuchtend und verklärt an der Gräfin vorüber, als sähen sie voll schwärmerischen Entzückens in nächtiger Ferne ein liebes, liebes Bild. Sie zog die Hand der Sprecherin stumm an die Lippen, wieder und wieder. Sie wollte sprechen und schwieg dennoch.

»Der Sturm scheint abzuflauen. Morgen wird es gewiß ein ganz besonders sonniger, wonniger Maientag werden«, fuhr Gundula weich und leise fort, und sie strich mit der Hand über das rosa Brautband, das noch immer, in der Hast und Eile vergessen, an Gabrieles Arm hing. Sie lächelte. »Heben Sie diese Schleife auf, sie bringt Glück. Und ehe Sie die Augen schließen, danken auch Sie Gott dem Herrn, daß er in dieser Nacht mit uns war.«

Gabriele war heiß errötet. Sie nickte erregt, ihre Lippen zitterten. Noch einmal neigte sie sich tief über die Hand der Gräfin, und dann trat sie hastig über die Schwelle, ihr einsam-stilles Zimmerchen zu erreichen. Sie preßte die Hände gegen die Schläfen und stand zögernd auf der Treppe still. War es recht, daß sie ging? Gab es doch vielleicht noch Pflichten für sie zu erfüllen? Sie konnte ihnen heute nicht gerecht werden, heute nicht! Welch ein Aufruhr tobt in ihrem Innern. Sie wandelt, handelt und spricht wie im Traum, ihre Gedanken sind weit entfernt von dem, was sie tut. Ihr ganzes Sinnen und Denken weilt bei ihm.

XXVIII

Gräfin Gundula hatte recht behalten.

Der Sturm flaute über Nacht und gegen Morgen mehr und mehr ab und wehte schließlich nur noch als kräftig frische Brise von der See herüber, während die klare leuchtende Frühlingssonne am Himmel stand und die blühende Welt in goldenem Licht badete. Alle Wolken, alle Dunst-und Nebelschleier hatte der Sturmwind weggefegt, und nun wölbte sich das Firmament so tiefblau und fleckenlos wie ein einziger funkelnder Saphir, und das Meer dehnte sich so azurfarben und endlos und wogte unter Tausenden von schneeigen Schaumkämmen so majestätisch, wie Gabriele seinen Anblick selbst im Traum nicht in gleicher Schönheit geschaut hatte.

Und weil Guntram Krafft jüngst einmal gesagt hatte, daß die Farbe des Himmels und der See die sei, die er am meisten liebe, so hatte Gabriele zum erstenmal ein lichtblaues Kleid angezogen, und zwar das, von dem ihre Mutter stets gesagt hatte, es stehe ihr am besten von allen.

Sie errötet, als sie ihr Spiegelbild erblickt, und lächelt ihm voll süßer, inniger Träumerei zu und atmet so tief und blickt mit so großen, glänzenden Augen umher, als schaue sie die sonnige Gotteswelt zum erstenmal, als sei in ihr und um sie her alles seit der gestrigen Nacht ganz und gar verändert.

Guntram Krafft war mit den fremden Männern schon zu früher Stunde nach dem Strand hinabgegangen, um mit ihnen zur näheren Besichtigung des Wracks hinauszufahren. Die Gräfin sagte mit feinem Lächeln, er habe dabei so strahlend glücklich wie noch nie in seinem Leben ausgesehen.

Und dann, als sie verstohlen mit einem Blick die entzückende Erscheinung des jungen Mädchens umfaßt hat, legt sie die Hand lächelnd auf die fleißigen Finger, die eifriger als je nach dem Staubtuch greifen wollen, und sagt: »Hanna hat die Zimmer heute sehr gut in Ordnung gebracht, ich habe andere Wünsche an Sie, liebe Gabriele. Gehen Sie in den Garten und holen Sie ganz besonders schöne Blumen zum Schmuck der Tafel! Der Kapitän und der Pastor sind heute unsere Gäste, da kann der alte Jürgen Haas sein Gewächshaus aufschließen und uns einen Strauß seiner gehegten und gepflegten Lieblinge opfern, hören Sie, Gabriele? Holen Sie aus dem Gewächshaus heraus, was Ihnen hold und schön scheint.«

Gabrieles Augen leuchten auf. »Oh, gern!«

*

Der alte Jürgen Haas hat seine blühenden Lieblinge im Gewächshaus stets mit Argusaugen gehütet. Als er aber in das wunderholde Antlitz des Fräulein von Sprendlingen schaut, das ihn lächelnd um einen Strauß bittet, da erhellt sich das runzelige Gesicht des Getreuen, und er nickt mit beinahe zärtlichem Blick. »So veel, als Jug dat leev is!« Er schließt das geräumige Glashaus auf und sieht es ohne jedes Herzeleid, wie die kleinen weißen Hände nach seinen schönsten Blüten greifen.

Plötzlich zuckt Gabriele zusammen und starrt geradeaus in die Ecke des Treibhauses, wo die Oleander, die großen Laurusbäume und etliche Palmen aufgebaut sind.

»Ist das nicht ein Lorbeerbaum, Jürgen Haas?« fragt sie, und alles Blut steigt ihr in das ehedem so rosig zarte Gesicht.

»Ganz recht, een Lorbeer. Der is man torück bleeven von uns' Herrn Grafen sin Konfirmaschon. Die Blätters sin ganz ampart un' nüdlich, äwerst Blaumens dreiht he nich!«

Gabriele war hastig herangetreten. »Darf ich ein paar Zweige zu einem Kranz nehmen, lieber Haas? Haben Sie ein wenig Bast zur Hand, daß ich ihn gleich winden kann?«

Der Alte murmelte: »Allens, wat Se wollen!«, kramte aus den grundlosen Tiefen seiner Jacke einen Flausch Bast, und während sich Gabriele auf eine leere Blumentreppe setzte und die graziösen Zweige mit bebenden Händen zusammenwand, stand er vor ihr, kraute sich den weißen Kopf und sprach in seiner kurzen, schlichten Weise von der vergangenen Sturmnacht, in der sich der liebe Graf mal wieder Gottes Segen verdient habe.

Gabriele nickte mit leuchtendem Blick, erhob sich und schüttelte die Blätter von ihrem Kleid. Zwei kleine Kränze hatte sie gewunden, hing sie an ihren Arm, faßte den großen Strauß der blühenden Blumen zusammen und sagte dem beglückten Alten freundliche und herzliche Dankesworte; dann schritt sie, in tiefes Sinnen verloren, durch die warme, lenzesduftige Luft nach der Burg zurück. Über ihr jubelten die Vögel im blühenden Gezweig, und in ihrem Herzen klangen die Frühlingsglocken noch immer wie ein holdes, traumhaftes Echo.

In der Speisehalle ordnete sie still und geschäftig die Blumen in Schalen und Vasen auf der Tafel, dann stand sie einen Augenblick und schlang zögernd die kleinen Hände ineinander. Alles war still im Haus. Die Gräfin hatte sich in ihr Ankleidezimmer zurückgezogen, Anton hantierte an den Büfetts, und die Herren weilten noch am Strand.

Schnell stieg Gabriele die Treppe empor zum Wohnzimmer der Gräfin. Ein Sonnenstrahl glitt über einen der braungeschnitzten Bären zu ihrer Seite; es sah aus, als ob sich seine Augen bewegten, als ob ihr das grimmige Gesicht plötzlich entgegenlache.

Auf dem Schreibtisch der Burgfrau steht das große Brustbild Guntram Kraffts. Gabriele neigt sich und blickt heiß errötend in das edle, kühne Männergesicht, das ihr mit den großen Blauaugen so ganz, ganz anders wie sonst entgegen schaut. Ihr Herz stürmt, all die tiefsinnige, leidenschaftliche Seligkeit jung erwachter Liebe durchbebt sie, und sie nimmt den Lorbeer und legt ihn um das Bild des heldenhaften Mannes.

Wie sie ihn in diesem Schmuck schaut, glühen ihre Wangen, und ihr Blick flammt auf in jauchzender Wonne. Wie Glut und Feuer rinnt es durch ihre Adern, ein kurzer, glückzitternder Kampf zwischen banger Scheu und allesvergessender Liebe, und sie drückt das Bild an die Lippen, um es wie in einem süßen Wonnerausch zu küssen.

»Gabriele!«

Gleich einem Schrei, halb erstickt in staunendem Entzücken, in namenloser Erregung, klingt es neben ihr. Auf der Türschwelle des Nebengemachs steht Guntram Krafft, die Hände gegen die Brust gedrückt, das Haupt vorgeneigt, als könne er das Wunder, das seine Augen schauen, nicht fassen und begreifen.

»Gabriele!«

Sie schrickt zusammen. Leichenblässe bedeckt ihr erst so holderglühtes Antlitz, das Bild sinkt aus ihren zitternden Händen auf die Schreibtischplatte nieder. Sie will, halb vergehend vor Scham und Entsetzen, entfliehen, aber sie macht nur eine unsichere, wankende Bewegung, und schon steht er neben ihr, faßt sie mit festen, starken, kraftvollen Armen und drückt sie an sein Herz, wild, ungestüm, wie der Bär, der sieghaft seine Beute nimmt.

Nein, das ist nicht mehr der scheue Jüngling, der sie ehemals mit zarter Hand aus dem Schnee emporhob; dies ist ein trotzigkühner Mann, der sich seiner Heldenkraft völlig bewußt geworden ist.

»Du hast mich einen Helden genannt. Du hast mein Bild mit Lorbeer geschmückt und es geküßt, Gabriele. Damit hast du jenes Todesurteil zerrissen, das du mir und meinem Glück geschrieben hast. Jener taten- und ruhmlose HohenEsp, den du ehemals verachtend von dir stießest, würde nie und nimmermehr gewagt haben, die Hände begehrend nach dir auszustrecken, aber der Mann hier, den du selber durch Kuß und Lorbeer zu einem Ritter geschlagen hast, der wirbt nun voll kühnen Wagemuts um deine Liebe, der fordert diese Hand nun als sein heiliges Recht! Gabriele, hast du's gehört? *Mein* bist du, mein!«

Und wie ein Trunkener blickt er in das liebreizende Angesicht, das mit den großen, zauberischen Nixenaugen zu ihm aufschaut, das in holder Verwirrung nur leise, leise seinen Namen flüstert.

Wie ist es urplötzlich so warm, so duftig, so sonnenhell in dem sonst so kühlen und düsteren Gemach der Frau Gundula geworden!

Auf der Bank in über Fensternische sitzt Guntram Krafft, hält sein Lieb im Arm und bedeckt ihr lächelndes, überseliges Antlitz mit heißen, unersättlichen Küssen.

Goldener Sonnenglanz flutet über sie dahin, und fernher, durch die geöffneten Butzenscheiben, grüßt das weißschäumende Meer mit donnerndem Jubelruf.

Die Augen der Bärin von HohenEsp glänzten feucht, als sie ihre Kinder mit leisem Segenswort an das Herz drückte. Und während das Brautpaar auf Gabrieles Wunsch zur Kapelle schreitet, um dort auch das Bild des armen Wulffhardt mit Lorbeer zu bekränzen, ist Frau Gundula vor ihrem Schreibtisch niedergesunken, hat seit langen Jahren zum erstenmal wieder die versiegelten Briefe und Fotografien ihres Gatten zur Hand genommen und heiße, bittere Tränen darauf geweint.

Dann ist es still in ihrem Herzen geworden, still und friedlich wie an einem lichten Sommerabend, wenn alle Wetterschwüle und alles Donnergrollen des Tages mit seinen dunklen Wolken wie ein unheilvoller Traum versunken ist.

Nach dem Verlobungsessen ist das Brautpaar zum Strand hinabgewandert, und Gabriele hat voll leidenschaftlichen Entzückens die Arme nach der blauwogenden Unendlichkeit ausgebreitet.

»Dich und das Meer habe ich gestern nacht in all eurer Größe und Herrlichkeit kennengelernt«, flüstert sie voll weicher Innigkeit zu Guntram Krafft empor, »und weil von der Bewunderung bis zur Liebe bei uns Frauen nur ein kleiner Schritt ist, so nahmt ihr beide mein Herz tatsächlich im Sturm. Wenn ich jetzt hinaus in dieses Brausen und Schäumen, in dieses Sonnengefunkel und Geglitzer schaue, mit dem ich gestern in verzweifelter Todesangst im Gebet um mein Liebstes – um dich – gerungen habe, so kommt es mir ganz unfaßlich vor, daß ich solche Allgewalt und Götterherrlichkeit jemals eintönig und langweilig nennen konnte. O wie blind bin ich gewesen, und wieviel blendende Schönheit sehe ich jetzt!«

Sein Arm umschlingt sie noch fester, seine Lippen glühen heiß auf diesen blinden Nixenaugen.

»Geschlafen und geträumt hast du, verzauberte Meerfei, im fernen, fremden Binnenland, bis du heimkehrtest zu uns.«

Ein jubelndes »Hojohe!« ertönt von der Düne herab. Jöschen und Mike stürmen Hand in Hand über den wehenden Sand, und der junge Ehemann schwenkt schon von weitem den Hut und lacht, daß seine kerngesunden Zähne im Sonnenschein blinken.

Atemlos erreichen sie das Brautpaar, und ihr Glückwunsch ist so ehrlich, so überströmend herzlich und aufrichtig, daß Guntram Krafft den wackeren Burschen in die Arme schließt und ihn beinah übermütig schüttelt.

»Wat seggst nu, min oll Jung? Dat hest di woll nich drömen laten, wat?«

Da zwinkert der Lotse nur schalkhaft mit den Augen, und Mike hält Gabriele bei beiden Händen und flüstert ganz verschämt. »Dat hevven wi längst mierkt, dat dort wat im Spöle was!« Sie gehen noch ein Stückchen plaudernd, und dann fällt Mike ein, daß sie ja einen Topf auf dem Feuer hat. »Grad so weggestürzt« sei sie bei der Nachricht. Sie schütteln sich abermals die Hände und hasten davon durch Disteln und Riedgras.

Wie still ist's wieder, wie still! Eine Möwe flattert mit leisem Schrei über der Brandung, ihre Schwingen blitzen im Sonnenlicht grell auf wie silberne Schwertklingen. Langsam sinkt sie der blauwogenden Flut entgegen und badet das leuchtende Gefieder im perlenden Schaum.

Voll träumerischen Sinnes folgt ihr Gabrieles Blick. »Wie hätte ich mir jemals zuvor träumen lassen, daß gerade die See, um deren Gunst ich nie geworben habe, mir so verschwenderisch alles Glück schenken würde. Jetzt, in ihrer lichten, majestätischen Pracht, hat sie alle Schrecken verloren, die in der vergangenen Nacht mein Herz erzittern ließen, und doch werde ich sie stets in ihrem tobenden Zorn am liebsten haben, weil gerade Sturm und wilde Flut es waren, die mich zu dir führten.«

Wieder umfaßt sie voll bebenden Entzückens seine Hand und schaut empor zu ihm mit demselben Blick heiß bewundernder Liebe, der sein Herz in unbegreiflichem Entzücken stillstehen ließ gestern in dunkler Nacht, als ihre Lippen auf seiner Rechten gebrannt hatten.

Er schüttelt langsam, schweratmend den Kopf. »Du hast mich einen Helden genannt, Gabriele, du hast mein Bild mit Lorbeer geschmückt, und doch leistete ich nicht mehr und nichts Besseres als seit langen Jahren. Nur das verdiente Glück ist mir geworden, daß du mich und meine stille Arbeit kennenlerntest, daß du mir durch deine Anerkennung den Mut gabst, die Hände voll liebeheißen Verlangens nach dir auszustrecken.«

»Das hättest du sonst nicht getan?«

»Oh, nie und nimmermehr, und hätte ich sterben müssen an den Qualen, die mein Herz zerrissen!«

Beinahe demütig blickt sie empor. »So sehr zürntest du mir, weil ich in der Residenz deine Neigung so kühl und schroff abwies, weil ich dein Meer nicht liebenswert fand, weil ich dir, dem Fremden, nicht mit offenen Armen entgegenkam?«

Ein schnelles, beinahe heiteres Lächeln zuckte um seine Lippen, Gabriele aber fuhr mit weicher Stimme, halb ernst, halb scherzend fort: »Glaubst du, Liebster, ich hätte es nicht empfunden, wie sehr verändert du mir in HohenEsp begegnetest? Anfänglich war ich nicht böse darüber, im Gegenteil, es berührte mich sympathisch, weil mein Herz noch so weitab von dem rechten Weg irrte und viel zu sehr von seinem törichten Wahn befangen war, um allsogleich seine Heimat zu finden. Aber später, als es immer wärmer und lichter in mir wurde, als mir dein Wesen immer unbegreiflicher schien, da habe ich oft darüber nachgedacht, warum du mir so sehr zürntest; denn sag selber, Herzlieber, ist es wahrlich eine so schwere Schuld, wenn ein Mädchen nur *dem* Mann angehören will, den es liebt?«

Er lächelte noch mehr, beinahe geheimnisvoll. »Nein, du Wonnige, im Gegenteil! Keine größere Tugend vermag es zu geben als diesen Stolz, der sich nur einen Helden zum Preis setzt.«

»Und doch verargtest du ihn mir?«

»Oh, wahrlich nicht! Meine ganze Seele, all mein Sein und Wesen gehörten dir, Gabriele. Und habe ich dich je geliebt, so war es in diesen bittersüßen Tagen, an denen ich gegen diese Liebe kämpfen mußte wie gegen eine Unmöglichkeit.«

»Du *wolltest* mir nicht gut sein?«

»Ich durfte es nicht!«

»O wunderlicher Mann! Wer verbot es dir denn?«

Er nahm langsam eine schmale juchtene Brieftasche aus der Brusttasche, öffnete sie und entnahm ihr einen kleinen zerknitterten Zettel, dessen verwischte Bleistiftzeilen kaum noch zu entziffern waren.

»Du selber, mein grausamer Schatz«, sagte er leise, und es war, als durchriesele ihn noch einmal wie ein banger Nachhall all das Weh, das ihn so oft beim Anblick dieses kleinen Papierstreifens gequält hatte. Federleicht war er und hatte doch so schwer wie eine unerträgliche Zentnerlast auf seiner Brust geruht.

Mit staunenden Augen neigte sich Gabriele und blickte auf seine Finger, die den Zettel entfalteten.

»Das sieht ja aus wie meine Schrift!« sagte sie überrascht.

»Oh, wie hätte ich ehemals so gern mein Leben gegeben, wenn sie es nicht gewesen wäre!«

Nicht ohne Mühe buchstabierte Gabriele die einzelnen Wörter. Voll äußersten Befremdens blickte sie empor.

»Ja, dieses Bekenntnis einer schönen Seele habe ich geschrieben«, nickte sie sinnend, »vor langen Jahren schon. Kaum weiß ich noch, wie und bei welchem Vorkommnis.«

»Vor langen Jahren?«

»Ah, ganz recht, jetzt entsinne ich mich. In der Weihnachtszeit war es, als wir Mädel eines Abends zusammensaßen und heimlich die Überraschungen für den Gabentisch häkelten und stickten. Die ganze Residenz sprach damals von dir; selbstredend behandelten auch wir dieses interessante Thema.«

»Von mir? Damals?« wiederholte Guntram Krafft mit fragendem Blick.

»Ganz recht! Man erwartete dich als Freiwilligen bei Papas Regiment, wo du deiner Militärpflicht genügen solltest. Aber statt deiner kam die Kunde, daß du wegen einer ganz unbedeutenden Kleinigkeit freigekommen seist und nicht dienen wolltest.«

»Damals? Zu jener Zeit schriebst du diesen Zettel?«

»Gewiß, in allerübelster Laune sogar. Du kennst ja meine Ansichten über Tapferkeit und Heldenmut. Ein Mann, der nicht einmal den Schneid hatte, Uniform zu tragen, der imponierte mir wahrlich nicht, der reizte mich zu trotzigster Opposition. Thea Sevarille verspottete mich um dieser heiligen Entrüstung willen. O ja, nun entsinne ich mich plötzlich wieder ganz genau. Sie behauptete, der geschmähte HohenEsp brauche nur auf der Bildfläche zu erscheinen, um all meine stolzen Grundsätze wie die Kartenhäuser über den Haufen zu blasen. Das reizte mich zu nach lebhafterem Widerspruch. ›Gibst du es vielleicht schriftlich?‹ spottete Thea, und ich nahm einen der Zettel, die schon für ein Schreibspiel vorbereitet dalagen, und schrieb im Obermut diese geharnischte Kriegserklärung gegen den Bär von HohenEsp, der damals in meinen Augen nichts weniger war als ein Held. Hier siehst du auf der Rückseite des Zettels, der zuvor ein Briefbogen gewesen war, noch das vorgedruckte Datum: S..., Villa Monrepos... und hier von mir vollendet: den 22. November 18 .. Es ist mit Tinte geschrieben und noch deutlich zu erkennen.«

Mit unsicherer Hand nahm der Graf das Papier und starrte die Zahlen an wie ein Träumender; dann strich er sich langsam über die Stirn und murmelte beinahe atemlos: »Dieses Datum hatte ich nicht bemerkt. Wie war das möglich? Es muß mir in all der Aufregung, mit der ich je und je diese Zeilen gelesen habe, entgangen sein. Ich war ja arglos wie ein Kind.«

Gabriele blickte plötzlich ernst und forschend in sein tief erbleichtes Antlitz.

»Ich entsinne mich genau, daß ich ehemals diesen Zettel schrieb. Wo derselbe aber an jenem Abend geblieben ist, weiß ich nicht. Geradezu unbegreiflich und unfaßbar aber scheint es mir, wie dieses Papier nach all den langen Jahren in deine Hände gelangen konnte. Sag es mir, Guntram Krafft, ich bitte dich darum.«

Heiße Glut stieg plötzlich in seine erst so farblosen Wangen. Er knüllte den Zettel voll leidenschaftlichen Zornes zusammen.

»Wohl wäre ich nicht mehr verpflichtet, einem solch schnöden Verrat gegenüber das gelobte Schweigen zu wahren. Aber ich will nicht ebenso verächtlich sein wie sie. Ich will das Wort halten, das ich gegeben habe.«

Er drückte Gabrieles Hände an die Lippen und sagte: »Ich habe Diskretion zugesagt, und ich bitte dich, sie halten zu dürfen, Herzlieb.«

Mit tiefem, wundersamem Blick schaute sie ihn an. »Nein, sag den Namen derer nicht, die ein so gewissenloses und egoistisches Spiel getrieben hat. Ich kenne ihn ja. Sie hat dich selbst von dannen getrieben und dadurch wieder bewiesen, daß jede Schuld ihre Strafe in sich selber trägt. So groß aber, ganz so groß, wie du wähnst, war ihr Vergehen jedoch nicht.«

Gabriele hob freimütig das schöne Haupt, ihr Auge leuchtete auf. »Hätte mich Thea an jenem Hofballabend noch einmal um diese meine Backfischansicht gefragt, ich würde fraglos noch einmal dieselben Worte niedergeschrieben haben. Der Bär von HohenEsp war auch in jenen Tagen noch derselbe tatenlose und ruhmlose Schwächling für mich, der er gewesen war, seit sein Name zuerst vor mir erklang. Erst hier in HohenEsp lernte ich begreifen, welch ein bitteres Unrecht ich ihm getan hatte.«

Sie erhob sich vom Bootsrand, auf den sie sich kurz niedergesetzt hatten, und strich die wehenden Haarlöckchen von den Wangen zurück, auf denen heiß und ungestüm seine Küsse brannten.

»Wir wollen den Zettel zu Grabe legen, Geliebter«, lächelte sie, »daß nichts mehr an die böse vergangene Zeit mahnen soll. Das Meer soll jene Zeilen abwaschen und vernichten, und sie sollen vergessen sein in dem jauchzenden Glück, das uns seine stürmende Flut geschenkt hat.«

Sie traten näher an die schäumende Brandung, und Guntram Krafft zerriß das Papier und zerstreute seine kleinen weißen Flocken in den sprühenden Gischt.

Frisch und köstlich rein streicht der Wind um die Stirn, und sie stehen Arm in Arm in wortloser Glückseligkeit und sehen zu, wie das letzte Streifchen im Wellenschnee verschwindet.

»Nun ist die letzte Spur von damals verwischt«, lächelt Gabriele und schmiegt sich fester an die Brust des geliebten Mannes.

»Damals! Und heute?« fragt er neckend. Da schlingt sie die Arme um ihn und flüstert voll strahlenden Stolzes: »Heute lautete der Zettel, den ich schrieb, freilich anders. Lasest du nicht die Depesche, die ich meinem Mütterchen schickte? Oh, Guntram Krafft, wie wird sie sich unseres Glückes freuen!«

9 788027 316274